포카라

포카라

발행일	2020년 12월 3일		
지은이	실비아 정		
펴낸이	손형국		
펴낸곳	(주)북랩		
편집인	선일영	편집	정두철, 윤성아, 최승헌, 배진용, 이예지
디자인	이현수, 한수희, 김민하, 김윤주, 허지혜	제작	박기성, 황동현, 구성우, 권태련
마케팅	김회란, 박진관, 장은별		
출판등록	2004. 12. 1(제2012-000051호)		
주소	서울특별시 금천구 가산디지털 1로 168, 우림라이온스밸리 B동 B113~114호, C동 B101호		
홈페이지	www.book.co.kr		
전화번호	(02)2026-5777	팩스	(02)2026-5747

ISBN   979-11-6539-489-9 03810 (종이책)   979-11-6539-490-5 05810 (전자책)

이 도서의 국립중앙도서관 출판예정도서목록(CIP)은 서지정보유통지원시스템 홈페이지(http://seoji.nl.go.kr)와
국가자료공동목록시스템(http://www.nl.go.kr/kolisnet)에서 이용하실 수 있습니다.
(CIP제어번호: CIP2020050941)

(주)북랩 성공출판의 파트너

북랩 홈페이지와 패밀리 사이트에서 다양한 출판 솔루션을 만나 보세요!

홈페이지 book.co.kr • **블로그** blog.naver.com/essaybook • **출판문의** book@book.co.kr

실비아 정
장편소설

포 카 라

북랩 book Lab

프롤로그

한 여자가 있다. 남편과 아들이 있는, 매일 똑같은 일상을 치열하게 살아 치우는, 그 숙제를 위해 눈을 뜨고 눈을 감는. 그 여자가 어느 날 일탈을 결심한다. 삼십대 중반의 나이에 배꼽을 드러내고, 셔츠 자락을 허리에 묶고 자신의 덩치만 한 배낭을 짊어지고 인도 여행을 떠난다. 그리고 그곳에서 이국의 연하남과 사랑에 빠지고 그 남자와 동행한다. 한마디로 정신 빠진 여자다. 그러나 여자들이 한 번쯤은 꿈꾸는 일탈이 아닐까? 이 소설은 성인 여성들을 위한 동화 같은 이야기다. 주인공은 여행의 여정 속에서 자신이 진정 좋아하는 것이 무엇이었는지를 알게 되고 잃어버리고 있던 꿈도 기억하며 그것들을 만난다. 주인공 '은'이 겪는 에피소드들과 그것들 안에서 자아를 발견해 가는 과정을 통해 우리는 함께 이 여행을 하며 잃어버리고 있던 진정한 '나'와 나의 꿈을 만나게 될지도 모른다. 때문에 이 글이 어떤 특별한 목적의 주제를 품고 있지 않을지라도 독자들이 읽고 해석하기에 따라 내포한 의미는 힘을 가질 수도 있을 것이다. 나는 이 글을 읽는 여성들이 주인공 '은'처럼 일상에서 잊혔던 자신을 찾는 여행을 하길 바란다. 물리적 시공간 여행이 아닐지라도, 일상 속에서의 상대적인 자신의 모습이 아닌 본질적인 '나'를 찾는 내면의 여행을 하길 바란다. 누군가의 딸, 누군가의 아내, 누군가의 엄마이기 이전에 '나'라는 존재를 만나는 각자의 포카라(Pokhara)를 발견하길 바란다. 그리고 그곳에서 만난 진짜 '나'를 사랑하고 소중히 아끼며 '나'가 행복해지기 위한 삶의 여백도 만들어 주었으면 한다.

2020년 10월
도두, 제주시, 대한민국
실비아 정

contents

떠나기 위한 순간

나는 떠나기로 결정했고, 떠나기 위해 이곳에서 기다리고 있다. 나는 남편을 떠나기로 했다. 집 안에 설거지와 술병을 가득 쌓아 두고 텔레비전 앞에만 앉아 있는 무직자인 그를 떠나기로 했다. 나는 아들을 떠나기로 했다. 늘 무언가 나에게 요구하는 그 녀석을 떠나기로 했다. 나는 직장을 떠나기로 했다. 하루 10시간을 어린아이들의 응석과 엄마들의 기대에 찬 눈빛, 실적의 그래프에 시달려야 하는 밥벌이 수단을 떠나기로 했다. 그리고 나를 떠나기로 했다. 늘 구질구질한 옷만 입고, 가식적인 웃음에 절어 있는 가장인 나를 떠나기로 했다. 난 너무 지쳐 있었다. 삶은 내가 감당할 만큼 호락호락한 것이 아닌 것 같았다. 나도 남편이 벌어다 주는 돈으로 살림하고 시간이 나면 카페에서 친구들과 수다도 떨고, 아이와 많은 시간을 보내고 싶은 평범한 여자였다. 그러나 그 평범한 삶이 내게는 왜 허락되지 않았을까?

　　나는 나를 둘러싼 모든 것으로부터 떠나기로 결정했다. 40일 동안…

내 손에는 델리행 비행기 티켓이 여권과 함께 쥐어져 있었고 백팩에는 디지털카메라와 노트가 들어 있었다. 와인색 알이 큰 선글라스를 끼고 어깨에 프릴이 들어간 셔츠의 아랫단 단추를 풀어서 배꼽이 보이도록 허리에 묶었다. 베이지색 칠부바지에 하얀 단화를 신었다. 20대에 그런 옷을 입고 해외여행을 하고 싶었다. 1990년대 중반, 부모의 뒷받침으로 대학 공부를 하고 해외 배낭여행을 했던 내 또래들이 있었다. 나는 그때, 사무실에 앉아서 계산기를 두드리며 돈을 벌었다. 상업고등학교를 졸업하고 19살부터 직장생활을 했다. 24살이 되어서야 야간 대학에 입학했다. 그리고 2년 후에 결혼을 했다. 그게 나의 20대였다. 난 조금 억울했는지도 모르겠다. 열심히 살았는데, 난 내가 원하던 것들을 누려 보지 못했다. 그래서 36살이라는 나이에 20살에 하고 싶었던 배낭여행을 떠나기로 한 것이다. 나는 타인들의 시선에서도 떠나기로 했다. 나를 얽매고 있는 모든 것으로부터 떠나기 위해 게이트로 발걸음을 옮겼다. 다크서클 짙은 30대 중반의 삶에 지친 나를 게이트 앞 의자에 버려두고 40일간의 여정을 향해 걸어 들어갔다.

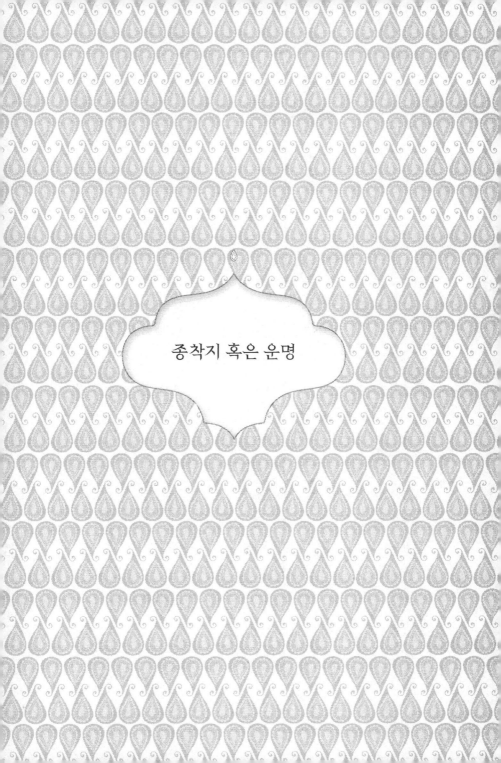

종착지 혹은 운명

15시간 동안 로컬 버스를 타고 드디어 포카라 버스 파크에 도착했다. 다 찢어진 시트에 쿠션이라고는 찾아볼 수도 없는 좁디좁은 의자에 3명의 어른이 끼어 타고 구불구불 산길을 8시간 동안 달려온 것이었다. 나머지 7시간은 어디로 갔냐고? 멈춰 있는 시간이었다. 기름을 넣기 위해 1시간… 버스 기사의 식사 시간 1시간… 차 마시는 시간 1시간… 승객 태우고 내리는 데 각 마을마다 30분씩…. 달리는 시간보다 멈춰 있는 시간이 더 길게 느껴졌던 버스였다. 그곳에 발을 디디기 위해 난 한국에서부터 3일이라는 시간을 소요했다. 인천을 출발해 홍콩을 경유하여 다음 날 아침 델리행 비행기를 탔고 델리에서 국경으로 가기 위해 고락푸르행 기차를 탔다. 하룻밤을 기차에서 보내고 고락푸르에 도착해서 5인용 지프에 10명이 타고 40도의 더위를 지나 국경 도시인 소나울리로 들어가, 그곳에서 다시 거지 같은(정말 거지 버스다) 버스를 타고 비포장도로의 덜컹거림과 옆좌석 변태의 더듬거림을 겪으며 15시간의 여행을 한 것이었다.

'아! 드디어 오늘은 샤워를 할 수 있겠구나.'

땅을 밟자마자 그 생각부터 들었다.

내 몸체만 한 배낭을 다시 짊어지고 택시를 잡았다. 약간의 요금 흥정을 하고 택시에 올라 내가 가려는 호텔을 알려 주었다. 경차 사이즈의 택시가 리무진처럼 느껴졌다.

포카라 방문의 해, 2007

택시의 창을 통해 보이는 때 지난 홍보판이 내 첫 번째 여행지의 입성을 환영해 주었다.

'드디어 왔구나. 포카라!'

길게 뻗은 여행자 거리 레이크사이드의 상점들을 바라보며 3일 간의 고생을 추억하며 자축해 본다.

내가 원한 숙소 위치를 몰랐는지, 택시 기사는 레이크사이드 길을 두 바퀴나 돌고 나서야 뷰포인트 호텔 앞에 차를 세웠다. 택시를 대기시켜 놓고 호텔 안으로 들어가서 방을 둘러보고 가격을 물었다. 예상보다 높은 가격에 나는 다시 밖으로 나오다 맞은편에 있는 가정집 대문 옆에 붙은 간판을 보았다.

홀리 롯지

택시 기사에게 잠시 기다려 달라고 양해를 구하고 대문을 열고 '신성한 오두막'으로 들어섰다.

잔디밭에 바나나 나무와 망고 나무가 있는 아담한 정원을 가운데 두고 있는 민박집 같은 분위기의 작은 호텔로, 방도 깨끗한 편이었다. 뷰포인트 호텔의 1/3 정도의 가격과 조용함이 마음에 들었다. 택시 기사에게 돈을 지불하고 호텔 종업원의 도움을 받아 배낭을 가지고 방에 들어섰다. 창문의 커튼을 젖히고 밖을 보았다.

"하늘이 맑은 날에는 이곳에서 마차푸차레를 볼 수 있어."

방을 보여 주던 호텔 주인이 말했다. 계산적인 나는 5,000원짜리 방에서 히말라야 설봉을 볼 수 있다는 기대에 기분이 무척 좋아진다. 대충 짐을 꺼내 놓고 샤워를 한다. 따뜻한 물줄기가 3일간의 피곤을 씻어 주고 내 머리를 쓰다듬어 준다.

'잘했어. 은! 대견해. 여기까지 오다니….'

샤워를 마치고 방을 나섰다.

아침 8시 17분.

'아침 식사하기 딱 좋은 시간이로군.'

이름 모를 새들의 지저귐을 들으며 거리로 나갔다. 낮은 층의 호텔들과 옥수수밭이 골목길 양쪽을 메우고 있다. 마치 우리나라의 한 시골 마을을 걷는 기분이다. 메인 도로에 나오니 수공예품과 등산용품 상점들과 낮은 층의 호텔들과 작은 식당들이 줄지어 있어 여행자 거리다운 모습을 보여 준다. 그러나 다른 여행자 거리에 없는 것이 이곳에는 있다. 바로 페와호수다. 넓은 호숫가 주변으로 아름드리나무들과 꽃, 잔디밭이 이어져 있고, 그 사이사이로 소들이 한가로이 풀을 뜯고 있다. 호수와 나무와 새와 풀과 소. 그리고 길을 걷다 만나는 모든 이가 나를 보고 인사한다.

"나마스떼."

마치 오래전부터 나를 알고 있었던 것처럼. 처음에는 익숙하지 않아 내게 뭔가를 팔려고 하나 움츠리던 나도 의심의 코트를 벗어 던지고 그들에게 응대한다.

"나마스떼."

햇살은 눈 부시지 않으면서도 화사하다. 바람은 상쾌하면서도 따뜻하다. 향긋한 내음이 바람 속에 실려 온다. 저절로 콧노래가 흥얼거려지고 발걸음은 더욱 가벼워진다.

한국 식당 '서울 뚝배기'에 들어섰다. 넓은 정원을 가진 식당으로, 레이크사이드 끝자락에 자리하고 있었다. 현지인 종업원이 한국말로 나를 맞았다.

"안녕하세요?"

"나마스떼."

나는 네팔어 인사로 답례한다.

정원에 앉아 된장찌개를 먹는다. 맛있다. 행복하다. 정갈하게 차려진 반찬과 차진 쌀밥은 3일 동안 제대로 된 음식을 먹지 못한 내게 보상과 같은 식탁이다.

식사를 마치고 트레킹 신청을 하기 위한 여행사를 알아보러 걸음을 옮긴다.

Tilicho Tours(틸리쵸 여행사).

수많은 선택의 여지 가운에 무언가 하나를 선택하게 되는 이유는 무엇일까? 나는 왜 간판을 보고 그 여행사로 들어가기로 했을까? 만약 내가 그 여행사로 들어가지 않고 다른 여행사로 들어갔다면 내게는 전혀 다른 여정이 기다리고 있었을지도 모른다. 예정된 운명처럼 나는 그 여행사 안으로 들어섰다.

"뭘 도와줄까?"

작은 키에 퉁퉁한 체격을 가진 그 남자가 나를 맞았다.

"나는 트레킹을 하려고 해. 그런데 내가 혼자 여행 왔기 때문에 그룹 트레킹을 원해. 가능할까?"

"미안해. 지금은 비수기라 그룹 트레킹이 없어. 우리뿐 아니라 다른 여행사도 마찬가지야. 가이드가 친절하게 안내할 거야. 그리고 개별 트레킹이 더 편해."

그가 명함을 내게 내밀며 말했다. 그는 여행사의 매니저였다.

"바로 그 가이드 때문에 그룹 트레킹을 원하는 거야."

나는 잠시 멈칫하다가 말을 받았다.

"왜?"

매니저는 의아한 듯 내게 물었다.

"여행 가이드에 트레킹 가이드나 포터가 간혹 혼자 여행하는 여자 트레커를 성폭행하는 경우가 있다고 혼자 트레킹하지 말라고 쓰여 있었거든."

나는 심각한 표정으로 말했다.

"하하하. 말도 안 돼. 있을 수 없는 일이야."

그는 크게 웃었다.

"정말 없었다면 왜 그런 글이 쓰였겠어?"

나는 기죽지 않으려고 턱을 치켜세우며 서툰 영어로 그에게 응대했다.

"우리 사무실에서 그런 일은 이제껏 단 한 건도 없었어. 만약 네가 트레킹 하다가 그런 일이 발생한다면 우리가 책임을 질게."

나는 잠시 생각을 하고 그에게 말을 건넸다.

"좋아. 그럼 만약 나를 만지거나 성폭행할 경우 물질적, 정신적 보상을 하겠다는 각서를 써 줘."

내가 생각해도 어이가 없는 요구였지만, 무엇이든지 조심해서 나쁠 것은 없었다.

"하하하. 좋아. 그렇게 하지. 내가 수많은 한국 사람을 상대했지만, 당신 같은 사람은 처음 봐. 당신 아주 영리하군."

그는 나를 비웃는 듯했다. 그의 웃음에 내가 더 멍청해 보이는 건 아닐까 하는 생각을 했다.

그는 계약서 양식에 트레킹에 관한 내용을 기재한 후, 그 뒷면에 내가 요구한 '신체불가침조약'을 쓰고 여행사 스탬프를 찍고 사인을 했다. 영어 해석이 어려워서 제대로 이해가 되지는 않았지만, 나는 그 각서가 효력이 있을 거라 믿었다.

'최소한 나를 함부로 대하지는 못할 거다.'

내가 비용을 지불하고 난 후, 그는 어딘가에 전화를 걸려는 듯 수화기를 들고 버튼을 눌렀다. 그때 한 남자가 안으로 들어섰다. 낡은 하늘색 퓨마 티셔츠와 청바지를 입은 피부가 가무잡잡한 청년은 동네 양아치 같은 느낌을 풍겼다. 그를 보자 매니저는 들고 있던 수화기를 내려놓으며 네팔어로 그와 이야기를 했다. 매니저와는 다르게 약간은 퉁명스러운 말투를 쓰는 그는 서 있는 자세도 불량해 보였다. 데스크에 기대선 자세로 매니저와 얘기를 주고받고 있었다. 청년과 대화를 마친 매니저가 나를 향해 몸을 돌렸다.

"트레킹을 하려면 이민국에서 퍼밋을 받아야 하거든. 이 남자가 너를 이민국에 데려다줄 거야. 아직 이민국이 문을 열지 않았기 때문에 그가 네게 잠깐의 투어를 시켜 주고 이민국에 데려다줄 거야. 정직하고 착해. 절대 너를 만지거나 키스하지 않을 거야. 걱정하지 않아도 돼."

매니저가 날 놀리는 말투로 웃으며 그를 소개했다. 나 역시 우습

긴 했다. 각서까지 써달라 했으니…. 나 역시 억지웃음을 지으며
응대했다.

"오케이. 땡큐. 노 키스 노 터치. 하하하."

"그리고 노 지기지기."

매니저는 더 크게 웃으며 내게 말했다.

"노 지기지기? 그게 뭐야?"

궁금한 건 못 참는 내가 그에게 물었다.

"알고 싶어?"

매니저가 웃으며 내게 물었다.

"응."

그가 자신의 핸드폰을 꺼내 버튼을 만지작거리더니 내게 보라고
내밀었다. 핸드폰 화면에 야동이 절찬 상영 중이었다.

"저리 치워."

내가 손으로 그의 핸드폰을 밀어내며 말했다.

"왜? 싫어?"

"만약 여기가 한국이라면 난 당신을 고소할 수 있어. 한국에서
는 여자에게 이런 것을 보여 주기만 해도 죄가 된다고…. 조심해."

웃음을 잃지 않은 얼굴로 나의 기분 나쁨을 얘기하자 그가 사과
했다.

"아! 미안해."

"그리고 트레킹 장비가 하나도 없어. 빌려야 해. 네가 도와줄 수 있어?"

"물론이지. 이리 와!"

매니저는 나를 데리고 바로 옆 트레킹 숍으로 갔다. 키가 크고 무뚝뚝한 주인아줌마와 몇 분의 흥정 끝에 등산복 한 벌, 등산화, 침낭, 스틱을 빌리고 장갑과 양말 두 켤레를 샀다.

"어차피 내일 와서 입어도 되니까 여기다 두고 가."

나는 고분고분 그의 말에 따랐다.

"고마워. 그럼 내일 봐."

매니저와 인사를 나누고 밖으로 나와 나를 기다리고 있는 하늘색 퓨마 티셔츠 청년의 오토바이에 올랐다.

'조금 겁나는걸.'

16년 전, 동생이 끌고 다니던 오토바이를 한 번 타 본 후 처음 타는 거라 조금 긴장이 되었다. 하늘색 퓨마가 머리에 헬멧을 쓰며 무뚝뚝한 목소리로 물었다.

"오케이?"

"오케이. 하지만 오랜만에 타는 거라 조금 겁이…"

부르릉….

내 말이 채 끝나기도 전에 오토바이는 출발했다.

내 뺨을 어루만지는 바람을 맞으며 거리를 달린다. 낮은 건물들로 들어찬 거리 풍경이 사랑스럽다. 망고와 사과를 피라미드 모양으로 쌓아 올려놓고 바나나를 천장에 매달아 놓은 과일 파는 수레의 모습도 아기자기하고, 자리가 없어 버스 밖에 매달려 타고 가는 사람들의 모습도 재미있다. 길가에 모여 앉아 담소를 나누는 사람들의 모습과 오토바이를 타고 달리는 여인의 머플러가 푸른 하늘과 절묘하게 어우러져 한 장의 패션 화보 사진을 만들어 내고 있었다. 그 위의 구름은 갖가지 형태로 내 창의성을 시험했다.

행복하다. 오토바이를 탄다는 것….

행복의 절정에 다다를 것 같은 기분에 빠지려 할 때, 오토바이가 멈췄다.

데비스 폭포

표지판이 내 시야에 들어왔다. 살짝 아쉬움을 느끼며 나는 오토바이에서 엉거주춤한 포즈로 내렸다.

가이드북을 통해 정보를 접하고 상상한 것보다 훨씬 규모가 작다. 폭포라 해서 한참을 걸어 들어갈 거라 생각했는데 작은 정원을 지나자 바로 아래 땅 밑으로 꺼진 지형에 물이 흐르는 것이 보인다. 우리는 계단을 따라 걸어 내려갔다.

"이 계곡물은 이쪽으로 흘러서 동굴 속으로 빠져나가."

그가 손가락으로 흐르는 물을 가리키며 말했다.

"생각했던 것보다 크기가 작아. 폭포라고 하기는 조금… 하지만 땅이 꺼진 모습은 특이하네."

내가 카메라로 여기저기 사진을 찍는다.

"나 좀 찍어 줄래?"

그에게 카메라를 넘겨주고 계단 입구에서 포즈를 취했다. 사진을 찍고 카메라를 돌려주는 그에게 물었다.

"넌 이름이 뭐야?"

"Jiwan(지번)"

"지번?"

하지만 일에 관련되지 않은 이름을 기억하지 못하는 내 습성상 바로 잊어버린다.

"너는?"

"나는 은이야. 넌 몇 살이야?"

내가 햇빛에 눈을 찡그리며 그에게 물었다.

"25살."

"와! 너 늙어 보인다. 난 내 나이나 된 줄 알았네."

나는 그의 기분은 생각지도 않고 내 생각을 거침없이 표현했다. 그도 나의 나이를 물었다. 나는 몇 살처럼 보이냐고 물었다. 그는 내가 25살 정도로 보인다고 했다.

"난 35살이야. 근데 조금 기분 나쁜데…. 아까 매니저는 나보고 22살 같아 보인다고 했거든. 그에 비해 넌 나를 너무 늙게 보는 거 아냐?"

내가 웃으며 그에게 눈을 흘겼다.

"아냐. 그 정도로 보여. 하하하."

그도 웃는다. 웃으니 초등학생 같은 모습의 얼굴로 변한다. 처음에 느낀 불량스러운 청년이 아니라 순수한 소년 같다. 그를 바라보던 나의 선입견도 무너진다.

"여기 오는 한국 여자들 모두 예뻐. 그런데 넌 더 예뻐."

접대용 멘트가 뻔한데도 기분이 무척 좋다.

"고마워. 한국 여자들은 의학의 힘을 빌리기 때문에 예뻐지기 쉬워. 하지만 난 의학의 힘을 빌리지 않았어."

내가 웃으며 눈가에 생긴 주름을 손가락으로 가리키자, 그가 더 환하게 웃었다. 매력 있다. 이 녀석의 웃음. 한국에서는 한 번도 경험해 보지 못한 이방인의 웃음이다. 한국의 거리에서 만나는 그와 비슷한 모습의 동남아시아 사람들을 보면서 한 번도 매력 있다고 생각해 본 적이 없었다. 솔직히 말하면 그들이 웃는 모습을 가졌는지조차 관심이 없었다. 왜 난 그런 것들을 몰랐을까? 그들도 이렇게 매력적인 모습들을 저마다 갖고 있었다는 것을 말이다.

폭포를 둘러본 후 입구로 나왔다. 갈증이 난다. 바로 옆에 있는 가게에서 주스를 두 캔 사고 앞에 놓인 테이블에 앉았다. 주스를 들이켜는 내 시야에 하늘을 빙빙 돌고 있는 검은색 큰 새 한 마리가 들어왔다.

"저 새 이름이 뭐야?"

"독수리."

그가 주스를 들이켜며 대답한다.

"정말? 누가 키우는 거야?"

난 눈이 동그래져서 그에게 물었다.

"키우는 게 아니라, 원래 저기 사는 거야."

"진짜야? 난 야생 독수리는 처음 봐. 우리는 동물원에서만 볼 수 있는데… 와! 신기하다. 정말 근사해."

나는 모든 것에 저마다의 장소가 있는 곳에서 사는 사람이다. 학생은 학교에, 회사원은 회사에, 개는 집이나 마당에, 독수리는 동물원 조류 코너에, 소는 우사에 놓여 있어야 하고 그 모든 것은 누군가의 소유다. 그런데 이곳은 그런 소유 개념이 덜한 듯하다. 원래 독수리는 하늘에 있어야 맞는 거지. 소는 들판에서 풀을 뜯고 있어야 맞는 거고. 그럼 나는 어디에 있어야 맞는 걸까?

"퍼밋을 신청하고 오늘은 포카라를 구경하고 싶어. 걸어서 다닐 수 있을까?"

독수리를 바라보던 내가 그에게로 고개를 돌렸다.

"어디 갈 건데?"

"국제산악박물관이랑 산티스투파. 그리고 해 질 무렵에 페와호수에서 보트를 타고 싶어."

"걸어서는 힘들어. 택시를 타든가 자전거로 다녀야 해. 자전거를 타. 대부분의 여행자가 그렇게 다녀."

"알고 있어. 하지만 난 자전거를 못 타."

"그래?"

"응. 배우려고 수없이 노력했지만, 못 했어."

자전거 타기. 내가 정말 하고 싶지만, 못 하는 것. 자전거를 타고 페달을 밟으며 바람을 맞는 기분은 얼마나 행복할까? 어렴풋하게 자전거를 타다가 시골 고랑물에 빠졌던 기억이 난다. 6살쯤? 그러나 그때의 흔적은 여전히 내 왼쪽 무릎에 남아 있다. 당시의 고통이 너무 컸던 걸까? 난 성인이 되어서 자전거를 배우려고 몇 차례 도전했지만, 땅에서 발을 떼지 못했다. 페달에 내 두 발을 올려놓는 과정으로 동작이 옮겨 가지 못했다. 그래서 자전거는 내게 불가능한 꿈이 되었다. 내 시선이 오토바이를 잡았다.

'그렇지! 자전거 대신 오토바이를 타면 되지.'

"혹시 괜찮다면, 오토바이로 나를 투어시켜 줄 수 있어?"

"물론이지. 이민국이 문을 열었을 테니 퍼밋을 신청하고 나서 투어를 시작하는 게 어때?"

나는 좋다고 하고 그에게 가격을 물어보며 자리에서 일어났다. 가질 수 없는 것에 아쉬워하기보다 그것을 대체할 수 있는 것을 찾는 게 지혜로운 거다. 물론, 더 많은 비용을 내고 누군가의 오토바이에 동승해서 바람을 맞는 것이 혼자 자전거를 타며 느린 속도로 풍경을 보는 것보다는 훨씬 못하겠지만 말이다.

한 번 더 독수리를 보려고 의자에서 일어나며 하늘을 보니 독수리는 없었다. 아까는 독수리를 볼 수 있는 운명이었고, 지금은 보지 못하는 운명인 거다. 그 독수리와 나의 인연은 거기서 끝이었던 것이다.

퍼밋을 신청하고 여행사에 잠시 들러서 1일 투어 비용을 지불했다. 매니저는 퓨마 청년이 말했던 금액보다 더 높은 금액을 불렀고 오토바이 유류대에 청년의 팁까지 계약서에 적어 넣어서 내 기분을 조금 상하게 했다. 그 차이가 한국에서는 커피 두 잔 정도의 가격이었기에 나는 기분 좋게 쓰기로 했다.

'사소한 일로 내 행복에 흠집을 내지는 말자.'

사무실을 나와 퓨마 청년과 오토바이에 올랐다. 짧은 다리로 어설프게 오르는 내 모습에 웃음이 나온다.

'좀 더 멋지게 탈 수는 없는 거야?'

"어디로 갈까?"

헬멧을 쓰며 그가 물었다.

"먼저 박물관으로 가고 싶어."

오토바이는 시동을 걸고 달리기 시작한다.

햇살은 어느새 선글라스 없이는 눈을 제대로 뜰 수 없을 만큼 강해져 있었다. 바람을 가르며 달리는 오토바이 위에서 나를 바라보는 행인들의 시선을 만끽한다. 나의 심리 상태는 10대의 폭주족 여자친구가 되어 있었다.

'야호! 기분 최고야. 소리라도 질러 볼까? 후후.'

퓨마 청년은 이런 내 기분을 아는 건지 속도를 더욱 높였다.

'International Mountain Museum(국제산악박물관)' 앞에 오토바이가 멈추고 난 짧은 다리로 떨어질 듯 불안하게 내렸다. 박물관은 공원처럼 조성이 되어 있고 한 동의 작은 건물에 히말라야산맥에 자리한 각 산과 산악인들에 대한 정보, 그곳에 사는 원주민인 셰르파에 대한 정보들을 모아 놓았는데, 전시물의 수준은 조악하기 짝이 없었다. 대부분이 사진으로 전시되어 있고 동물들은 유리컵 같은 곳에 풍덩 빠뜨려 넣어 놓은 모양이었다. 아니면 박제라고 말하기도 민망할 만큼 동물을 바싹 말려 놓은 모습으로 전시되어 있었다.

마침 우리나라 산악회에서 온 듯한 중년 무리가 역시 산악인인 듯한 남자에게 열심히 가이드를 받으며 관람을 하고 있었다. 나 역시 그들 틈에 살짝 끼어 귀동냥을 해 본다. 한국말이기 때문이다. 청년은 이곳에 들어온 이후 입을 다물고 나처럼 관람을 하고 있었다.

천천히 전시물을 둘러보던 내 눈에 사진 한 장이 확대되면서 들어왔다. 나는 그 사진 앞에서 발을 멈춘다. 이제까지 보지 못했던 풍경이다. 웅장하면서도 화려하다. 거칠지 않고 우아하다.

"이 산 이름이 뭐야?"

"다울라기리(Dhaulagiri)."

처음 듣는 이름이었다. 그때까지 내가 들어 본 히말라야의 산 이름은 기껏해야 안나푸르나, 에베레스트가 전부였고 에베레스트가 히말라야산맥의 한 봉우리라는 것도 인도 여행을 준비하면서 알게 된 것이었다.

"다우리리기?"

"아니, 다 울 라 기 리."

"다울라기리…. 이름도 재미있네. 아름다워."

찰칵! 그 사진을 내 카메라에 담는다.

"봐! 진짜 같아."

카메라를 그에게 내밀며 흥분한다.

"트레킹 가면 직접 볼 수 있어."

그가 카메라를 들여다보며 좋아하는 내게 말해 주었다.

"정말? 이 산을 내가 직접 보게 된다고?"

"응."

"와! 더 기대된다. 넌 저 산에 올라가 본 적 있어?"

"하하하. 아니. 저 산은 전문 산악인들만 갈 수 있어. 우리는 베이스캠프 정도까지만 갈 수 있어."

"아! 그렇구나. 그럼 베이스캠프는 다녀와 봤어?"

"아니. 난 등산 안 좋아해."

'뭐야? 이 멋진 풍경을 옆에 놓고 오르고 싶다는 생각이 안 들었단 말이야? 정말 독특한 녀석이네.'

관람을 마치고 걸어 나오는데 내 배에서 점심 시간을 알려 주었다.

"너 화나지 않았니?"

그를 돌아보며 묻다가 내 얼굴이 굳었다.

'아뿔싸! angry가 아니라 hungry인데….'

"아니. 왜?"

의아한 듯 내게 묻는 그의 얼굴을 본 순간, 내 입에서 메가톤급 웃음이 터져 나오며 난 바닥에 주저앉았다.

"하하하. 미안해. 난 배고프지 않냐고 물어본 건데 단어를 틀리게 말했네."

난 터진 웃음을 멈추지 못했고 그에 더해 예전에 TV에서 보았던 토크쇼의 한 장면까지 떠올라 눈물까지 흘리며 웃어 댔다. 나의 그런 광기를 옆에서 멍하니 쳐다보고 있던 그에게 이유를 설명해 주었다.

"한국에서 한 TV 프로그램을 보았는데 거기에서 한 남자 영화배우가 나왔어. 그가 미국에 가서 한동안 살았는데 그곳에서 헬스클럽에 다녔대. 그런데 하루는 한 덩치 큰 미국인이 그 배우 옆을 자꾸 왔다 갔다 하더래. 그 배우는 기분이 나빠서 자리에서 벌떡 일어나 그 미국인에게 소리쳤대. 뭐라고 했는지 알아?"

"글쎄…."

"나 너무 배고파! '나 진짜 화났다!'라고 말하려고 했는데, angry 대신에 hungry가 튀어나온 거야. 하하하."

나는 웃음을 참지 못하면서 내가 이렇게 미친 듯이 웃는 이유의 정당성을 그에게 설명했다.

"그는 너와 반대로 얘기한 거군."

그도 웃으며 내 말을 받았다.

"그렇지. angry와 hungry가 한국인에게는 어려운가 봐! 하하하."

나는 오토바이를 타고 박물관 주차장을 빠져나올 때까지 웃음을 멈추지 못했다. 그렇게 오래 웃어 본 게 언제였더라. 기억이 나지 않는다. 나의 실수가 부끄럽기보다 이렇게 유쾌했던 적이 있었던가! 왜 한국에서는 나의 실수에 늘 주눅만 들고 이렇게 오래 웃을 수는 없었을까?

그가 안내한 작은 식당 앞에 오토바이를 세운 후 안으로 들어섰다. 나는 그에게 네팔식 백반인 달밧을 먹어 보고 싶다고 안내를 부탁했었다. 나무로 된 작은 식탁이 4개 있는 작은 현지인 식당이었다. 퓨마 청년이 주인과 얘기를 나누더니 식탁에 앉아 있는 내게 다시 걸어왔다.

"달밧이 지금 안 된다는데…. 시간이 늦어서 다 떨어졌대."

'뭐야. 무슨 밥집에 밥이 떨어져?'

다른 식당으로 가려고 자리에서 일어나려는데 그가 다시 말을 이었다.

"다른 메뉴로 주문해."

'무슨 매너가 이래? 고객이 먹고 싶던 메뉴가 없으면 다른 식당으로 안내해야지.'

그를 잠시 바라보다가 나는 다시 자리에 앉았다.

'그래. 이게 이들의 법인가 보다. 로마에 오면 로마법을 따라야지.'

"뭐가 맛있어? 난 모르니까 네가 골라 줘."

난 벽에 걸린 메뉴판을 바라보며 그에게 말했다.

"차오면 맛있어."

"중국 면이야?"

차오면이라는 이름에 중국 요리인가 싶어 물었다.

"응. 야채로 할래? 고기로 할래?"

무성의하게 대답하며 그는 다음 질문을 이어 나갔다.

"야채로 할래."

그가 주인에게 주문을 하고 자리에 와서 마주 앉았다. 식탁 위에 재떨이가 놓인 것을 보고 나는 가방에서 담배와 수첩, 펜을 꺼냈다. 담배를 피워 무는 나를 보고 그가 물었다.

"담배는 언제부터 피웠어?"

"15살 때부터…."

"와! 정말 오래되었네."

"담배 피울래?"

"아니. 난 담배 안 피워."

"그래, 피우지 마! 건강에 해로워."

담배를 입에 물고 노트에 글을 썼다. 박물관에 갔던 이야기와 오토바이를 타며 느꼈던 스릴을 까만 펜으로 적어 나갔다.

'가만, 그 산 이름이 뭐였지?'

"아까 그 산 이름이 뭐지? 내가 사진 찍었던 것 말이야."

역시나 이름을 기억하지 못한 내게 그에게 물었다.

"Dhaulagiri야. 수첩 이리 줘 봐. 내가 써 줄게."

그가 내게서 수첩을 받아 산의 이름을 적었다. Dhaulagiri. 필체가 시원하면서도 단정했다. 나의 편견이 그를 성격이 반듯한 좋은 사람이라고 인식했다.

"고마워. 난 뭐든지 잘 잊어버려. 특히 이름들은 더….

"내 이름은 뭐지?"

그가 내게 웃으며 물었다.

'아! 이런….'

"아! 정말 미안해. 잊어버렸어. 난 정말 머리가 나빠."

"하하하. 다시 알려 줄게. 잊지 마! 지번(Jiwan)이야. Jiwan은 네팔어로 life(삶)라는 뜻이야."

"멋진데…. 이름이 삶이라…. 정말 멋진 이름이야."

내 이름은 은이다. 은행에 들어가는 한자 '銀'. 달리 해석하면 돈이다. 돈과 삶이 포카라에서 만났다. 밀접한 관계지. 삶에서 돈은 중요하니까. 지금 그에게 나는 돈이겠지. 그의 일당이 나에게서 나올 테니까.

식당을 나와 우리는 산티스투파로 향했다. 우리가 탄 오토바이는 시골길을 달렸다. 포카라가 네팔에서 두 번째로 큰 도시라 하는데 여긴 영락없는 시골이다. 길게 이어지는 산등성이마다 계단

식 밭에 옥수수, 콩, 호박 등을 재배하는 풍경이 나의 고향과 너무
도 흡사했다. 내 고향 하동도 평지가 거의 없기 때문에 계단식 논
에 경작을 한다. 다른 점이 있다면 하동의 계단식 논은 불규칙하
게 놓여 있지만, 이곳의 밭들은 너무나 질서정연한 진짜 계단 같은
모양을 하고 있다는 것이다. 멀리서 바라보면 그 모습이 초록 카펫
으로 덮인 계단 같아 보여 어찌나 멋들어진지.

불어오는 바람에는 간혹 달콤한 향기가 섞여 있기도 하고 소똥
냄새가 섞여 있기도 하다. 그런 시골길을 20분 정도 달렸을까? 오
토바이는 언덕을 오르기 시작했다. 비포장 산길을 힘겹게 오르는
오토바이가 불쌍하다는 생각이 들고 앞에 앉은 그도 힘들겠다는
생각이 들었다.

"안 무서워?"

비탈길을 힘겹게 오르며 그가 내게 물었다.

"괜찮아. 재미있어."

"무서우면 내 허리 잡아."

"아냐. 괜찮아."

나는 뒤쪽의 손잡이를 꽉 잡는다.

한참을 힘겹게 올라 사원 바로 아래 이르렀다. 나무 그늘 아래
오토바이를 세우고 돌계단을 걸어 올랐다.

"오늘 나 나쁜 소녀가 된 것 같아."

계단을 하나씩 밟고 올라가며 그를 향해 말했다.

"무슨 뜻이야?"

"한국에서는 나쁜 소녀들이 남자친구랑 오토바이 타고 다니면서 술 먹고 그 남자아이들과 섹스하고 그러거든. 우린 그런 아이들을 '날라리'라고 부르지."

"날라리?"

"응. 나 학생 때 날라리였어. 오토바이는 안 탔지만 말이야. 점심시간에 담 넘어서 식당에서 음식 먹고, 수업 시간에 안 들어가고 밖에서 책 읽고 그랬어."

"하하하. 그래? 저기 우리나라 날라리 있다."

앞에 교복을 입은 여학생들이 한 무리 모여 있다가 우리를 보고 다가왔다.

"나마스떼."

아이들이 나에게 밝게 인사한다.

"나마스떼."

"당신 일본 사람이야?"

소녀들 중 한 명이 내게 말을 건넨다.

"아니. 난 한국 사람이야."

자기들끼리 속닥거리며 앞질러 가는 우리를 계속 따라왔다. 소녀들은 나와 사진을 찍자고 하더니 자신들의 사진을 이메일로 보내

달라면서 내 수첩에 주소를 적어 주었다. 용건이 다 끝났음에도 소녀들은 내 곁을 떠나지 않았다.

"음료수 사 마시게 돈 좀 줘."

순간, 나도 민망해졌고 퓨마 청년의 얼굴에도 무거운 표정이 스쳤다. 지금껏 나를 따라왔던 목적이 이거였구나 싶었고 순수하게 보이던 소녀들의 웃음이 장사치처럼 느껴졌다.

"난 너에게 돈을 줄 수 없어. 돈 없으면 음료수 마시지 마. 학생들이 구걸하는 것은 나빠."

난 단호하게 소녀들을 향해 말하고 돌아섰다. 내 뒤에 대고 자기들끼리 네팔어로 이야기하는 게 내 욕을 하는 건 아닐까 생각되어 기분이 더 나빠졌다. 그것도 잠깐, 그녀들은 계단을 올라오고 있는 서양인들에게 몰려갔다.

퓨마 청년과 나 사이에 잠깐의 정적이 흘렀다.

'그는 지금 무슨 생각을 하고 있는 걸까? 자신의 조국의 이런 현실이 내게 부끄러울까? 아니면 돈을 주지 않은 나를 치사하다고 생각하고 있는 걸까? 그저 나만 민망한 걸까?'

이 어색한 분위기를 깨기 위해 내가 거짓말을 하기 시작했다.

"나 어렸을 때, 한국도 너희 나라처럼 가난했어. 우리 집은 미군부대 근처에 살았는데, 내 친구들이 미군들이 지나갈 때마다 초콜릿 줘, 사탕 줘, 하면서 구걸했지. 그런데 나는 그러지 않았어."

"왜?"

난 순간 조금 당황했다. 그냥 아무 말 않고 들을 줄 알았는데….

"왜냐하면, 난 초콜릿이랑 사탕을 좋아하지 않았거든."

약간은 과장되고 익살스러운 목소리로 그에게 대답했다. 나의 대답에 그가 웃었다. 나도 기분이 좋아졌다. 나는 다시 말을 이었다.

"누구나 가난은 겪을 수 있지만 자존심을 버리면 안 된다고 생각해. 구걸은 나빠. 일해서 정당한 대가를 받아야지."

"…."

정상에 올라 탑에 도착했다. 탑을 둘러보기 위해서는 신발을 벗어야 한다고 쓰여 있었다. 내 옆에서 신발을 벗는 그의 발을 무심코 보았다. 운동화를 벗은 그의 양말은 헤질 대로 헤져서 맨살이 거의 다 드러나 있었다. 난 그가 민망해할까 얼른 시선을 다른 곳으로 돌리고 불상을 향해 걸어 올라갔다. 이 나라에서 가난은 어디에나 존재하고 있는 건지도 모른다. 전 세계에서도 최하위권의 경제소득을 가진 이 나라는.

"네팔인은 어떻게 절해?"

"그냥 손 모으고 고개 숙여."

"한국은 불상 앞에서 이렇게 절해. 보여 줄게. 원래는 108번을 해야 하지만 난 지금 너무 더우니까 8번만 할 거야."

"후후. 그래. 기다릴게."

난 할머니께서 절하시던 모습을 기억해 처음으로 불상 앞에서 머리를 바닥에 붙이고 손바닥을 위로 올려 절을 했다. 불상은 스투파 벽에 놓여 있었기 때문에 난 햇살이 작열하는 대리석 바닥에 엎드려 절을 한다. 소원을 빌기 위한 것이 아닌 그에게 한국 문화를 보여 주기 위한 행위를 한다. 지나가던 외국인들이 기이한 듯 날 구경하는 시선을 느끼지만 상관하지 않는다. 8번의 절을 마치고 일어서서 그와 탑 둘레를 걸었다. 페와호수와 포카라 시내의 아름다운 전경이 풍경화처럼 내 발아래 펼쳐져 있다. 모든 것을 아름답다는 말로밖에 표현할 수 없는 이 어휘의 결핍증이란.

햇살이 너무 강렬해서 바로 걸어 내려가기가 힘들었다.

"나 목말라. 저기서 음료수 마실까?"

계단 아래의 작은 가게를 가리키며 내가 물었다.

"응."

역시나 짧은 대답.

"넌 뭐 마실래?"

"스프라이트!"

"너 스프라이트 중독자구나. 아까 점심때도 그거 마셨잖아."

"응. 난 스프라이트 좋아해."

그가 웃으며 의자에 앉는다.

"난 물 마실 거야. 목마를 때 탄산음료는 더 목마르게 만들어. 그리고 건강에도 안 좋고."

매점에서 물과 스프라이트를 들고 와 그의 앞에 앉았다. 햇살은 뜨겁지만 발아래 펼쳐진 풍경은 내가 찐빵이 되더라도 이 자리를 고수하고 싶은 욕구를 만들어 냈다. 넓게 펼쳐진 초록빛 호수와 그 주변을 둘러싼 장난감 같은 건물들. 그 풍경을 바라보며 마시는 물은 더욱 시원하게 내 목젖을 적셔 주었다. 그때 한 할아버지가 구걸을 하러 내게 왔다. 이번에는 20루피를 꺼내서 내밀었다. 그는 일할 수 없는 처지니까.

퓨마 청년이 주머니에서 하얀색 기기를 꺼내며 말했다.

"이거 삼성 거야."

삼성 MP3였다. 그와 더불어 그가 먼저 내게 말을 걸었다. 그 하얀 기기를 통해 그는 한국을 느끼고 나는 이곳이 네팔임을 느끼는 것 같았다. 나는 내 핸드폰으로 음악을 듣고 그는 그의 MP3로 음악을 들었다. 햇빛이 너무 뜨겁지만 발아래 풍경과 음악이 주는 행복감을 이길 정도는 아니었다.

"너 한국 음악 들어 볼래?"

내가 귀에서 이어폰을 빼며 그에게 물었다.

"응. 좋아."

이어폰을 그의 귀에 꽂아 주었다. 귓불에 작은 점과 귀고리용 구멍이 있었다.

"너 귀 뚫었어?"

"응. 우리의 종교 때문이야. 남자아이들은 모두 귀를 뚫고 귀고리를 해."

"힌두구나! 네 카스트는 뭐야?"

"쳇트라야."

"무사 계급이네. 네 이미지랑 어울린다."

"무슨 뜻이야?"

"원래 군인들이 말이 적잖아."

"하하하."

그가 웃었다.

"아닌가? 헤헤."

한참을 말없이 음악을 듣고 있는 그를 바라보며 담배를 피운다. 눈이 마주치자 그가 싱긋 웃는다.

'정말 매력적인 웃음이야. 남자들에게서 한 번도 본 적 없는 그런 웃음이야. 남자? 도대체 내가 무슨 생각을 하고 있는 거야?'

음악을 듣고 있는 그를 바라보며 밀려오는 묘한 감정의 정체를 나는 알 수 없었다. 그러나 그 감정의 정체가 무엇인지 몰라도 그와 함께 이 더위와 풍경 속에서 음악을 공유하고 있는 건 나쁘지 않았다. 아니, 오히려 좋았다.

그와 나는 한국과 네팔에 대한 이야기를 나누며 뜨거운 그 자리를 뜰 생각을 하지 않고 있다. 신기하다. 다른 나라 사람과 이렇게 편하게 얘기한 적이 없는데 마치 그는 오래된 친구 같은 느낌이다. 그동안 여행을 하면서 여러 사람을 만났었다. 하지만, 그들을 친구라고 생각해 본 적은 없었다. 그저 같은 여행자 정도…. 그들과 얘기를 나누면서도 난 경계심을 늦추지 않았었다. 하지만 지금은 다르다. 왜일까? 햇살에 찡그리며 웃는 그의 눈과 살짝 들어간 보조개가 귀엽다고 느끼며 그의 웃음과 보조개를 더 보기 위해 대화의 소재를 고른다. 한국에서 그와 같은 검은 피부의 노동자들은 괜히 측은하다는 생각 외에는 다른 인간적인 감정으로 본 적이 없었다. 하지만 나는 지금 그를 나와 같은 감정을 지닌, 오랫동안 알아 온 것 같은 한 사람으로 바라보고 있다.

한참을 앉아서 얘기를 나누던 우리는 뜨거운 태양을 등 뒤에 짊어지고, 오토바이가 있는 곳으로 걸어 내려왔다.

"가다가 내가 사진 찍고 싶은 곳에서 세워 줄 수 있어?"

내가 오토바이 뒤에 올라타면서 물었다.

"물론."

오토바이는 다시 돌길을 달려 내려간다. 덜컹덜컹. 타이어에 펑크가 나지는 않을까? 그의 검은 목 뒤로 맺혀 있는 땀방울이 내 시야에 들어오고, 바람결에 그의 땀 냄새가 코를 통해 나의 감각 신경에 전달된다. 향수 냄새가 아닌 그의 땀 냄새에 다시 묘한 기분이 들어 난 고개를 휘저으며 주위의 풍경으로 눈길을 돌렸다.

"여기 잠깐 세워 줄래?"

말없이 그가 오토바이를 비탈길 가장자리에 세웠다.

계단식 밭 위 초록 대지 위에서 소와 농부가 자신의 할 일을 그림처럼 행하고 있었다. 내가 좋아하는 그림이다. 인간과 자연이 함께 어우러진 그림…. 찰칵, 찰칵. 셔터를 누른다.

한 걸음, 한 걸음, 그림 속을 걸으며 사진을 찍다 보니 어느새 오토바이와 내가 한참 떨어져 있었다. 발길을 돌려 오토바이가 있는 곳으로 걸어갔다. 그가 없었다. 둘러보니 몇 미터 떨어진 곳에 있는 수돗가에서 세수를 하고 있었다. 30도가 넘을 듯한 무더위 햇빛 속에서 그는 긴 팔에 긴 청바지를 입고 운동화까지 신고 있었다. 게다가 헬멧까지 쓰고 오토바이를 몰았으니 무척 더웠을 것이다. 내 앞으로 돌아온 그의 얼굴과 머리카락에 물방울이 맺혀 있었다. 순간, 그런 그의 얼굴을 만지고 싶다는 욕망이 내 손끝을 스쳤다.

'미쳤어. 미쳤어. 왜 이러는 거야?'

나도 모르게 고개를 설레설레 저었다.

"이제 갈까?"

그가 물었다.

"응."

내 감정을 들킨 듯 난 모기만 한 소리로 그의 얼굴도 보지 못한 채 대답했다.

"또 어디 가고 싶어?"

"글쎄, 아무 데로나…. 네가 가이드니까 데려다줘."

그가 먼저 오토바이에 올라 시동을 걸고 난 그의 뒤에 올라탔다. 그리고 우리는 다시 풍경 속으로 빠져들었다. 불어오는 바람에 내 머리카락이 휘날린다. 마치 지금의 내 머릿속 혼동과 닮은 그런 모습이다. 아, 이대로 계속 달리고 싶다. 체 게바라가 그의 모터사이클로 안데스를 넘은 것처럼. 처음 만난 이 남자와 이 오토바이로 히말라야를 넘어 낯선 땅으로 도망치고 싶다. 산간 도로의 풍경화 속을 달리는 나의 감정은 이미 넘지 말아야 할 선을 넘고 있었다. 만난 지 5시간밖에 되지 않은 검은 피부의 한 남자를 향해서.

그의 오토바이가 멈춰 선 곳은 티베트인들이 사는 마을이었다. 널찍한 마당 주위로 카펫을 만드는 작업실과 카펫 상점이 둘려 있었다.

한 남자가 오토바이에서 내리는 우리를 맞았다.

"나마스떼."

"나마스떼."

"어디서 왔어?"

"남한."

"오! 안녕하세요?"

상업적인 냄새가 물씬 풍기는 그 사내는 내게 한국말로 인사를 건넸다.

순간, 나의 모든 감정 상황이 급제동을 걸었다.

그래, 그는 가이드였지. 나는 그에게 일당을 제공하는 손님이지. 그는 나를 통해 더 많은 소득을 창출해야겠지. 그에게 나는 그런 존재지. 가슴 속에 나도 모르게 서늘한 바람이 불었다.

그 티베트 사내는 나를 데리고 다니며 여기를 보라, 저기를 보라, 안내를 하고 결국 예상대로 카펫 상점에 데리고 들어갔다. 난 상점 안을 제대로 둘러보지도 않고 밖으로 나와 작업실에서 실을 잣고 카펫을 엮는 여인들을 몇 컷 찍고 약간의 팁을 주었다. 지반은 오토바이에 기대어 귀에 이어폰을 꽂은 채 음악을 듣고 있었다.

난 상점 밖에 전시된 티베트 사태 참상의 사진을 몇 분 들여다보다가 나를 안내해 준 남자에게 상냥하게 인사를 건넨 후 오토바이가 세워진 곳으로 돌아갔다.

그는 아무 말 없이 오토바이에 올라 시동을 걸었고, 나 역시 아무 말 없이 뒷좌석에 올라탔다. 그렇게 한참을 달렸다. 달리는 내 시야에 들어온 주위 풍경은 그다지 신선하거나 아름답지 않았다.

"어디 갈까?"

레이크사이드 근처에 와서야 그가 내게 물었다. 난 아무 말도 하고 싶지 않았다. 내 감정에 이렇게 상처가 났고 나 혼자 공상에 빠져 있던 것이 너무 부끄러웠다. 이 모든 상황이 왜 내게 일어났는지 멍할 뿐이었다.

"좀 피곤해. 보트나 타고 숙소로 갈래."

"보트는 조금 더 있다가 타야 멋있어. 아직 시간이 일러."

짧게 말하더니 그의 오토바이가 달리기 시작했다. 10분 정도 지났을까? 사람들이 북적대는 시내가 나타났다. 레이크사이드와는 전혀 다른 분위기로, 현지인들의 장소인 것 같았다. 수많은 상점과 물건을 파는 수레들이 어수선하게 모여 있었다.

"여긴 시장이야."

"웅."

"…"

"…"

"뭐 살 거 없어?"

"없어."

그의 오토바이는 계속 시장 구석구석을 훑으며 달려갔다. 화려하게 걸려 있는 사리들과 스카프들에 눈길이 가지만 사고 싶지 않았다. 다른 때 같았으면 수없이 세워 달라고 해서 사진 찍고, 물건들을 구경했을 테지만 지금은 그러고 싶지 않았다. 내가 좋아하는 재래시장에 왔지만, 내 기분은 풀릴 기미가 없었다. 그가 앞에서 뭐라고 하면서 손가락질을 했다. 신경 쓰이지 않았다.

그의 손가락질이 여러 차례 더 있은 후에 나는 그가 손가락으로 한국 브랜드 상점을 가리키고 있다는 걸 알았다.

"저기 LG!"

잠시 후 그가 또 어딘가를 가리켰다.

"저기 삼성!"

그는 계속 달리며 한국 브랜드 상점을 찾아냈다.

'그가 상한 내 기분을 눈치챈 것일까? 그래서 내 기분을 풀어 주려고 이렇게 한국 브랜드 상점들을 찾아 보여 주는 것일까?'

이유야 어쨌든, 많은 한국 브랜드 상점을 보면서 기분이 조금 풀어졌다. 한참을 침묵 속에 있던 내가 그에게 소리쳐 말했다.

"한국보다 한국 브랜드 상점이 더 많다."

"한국 브랜드 물건은 비싸지만, 좋아. 네팔인들은 모두 한국 물건을 좋아해."

그도 내게 소리쳐 대답했다. 한참을 달렸다. 정말 많은 한국 브랜드 상점이 있었다. 하지만 그가 같은 장소를 계속 돌면서 한국 브랜드 상점을 보여 주고 있었다는 것을 길눈이 어두운 나는 한참 후에야 눈치를 챘다. 순간, 피식 웃음이 나왔다.

나의 기분은 이제 많이 풀어져서 그에게 낯선 물건들의 용도를 묻기도 했다.

"이제 보트 타러 갈까?"

그가 앞에서 소리쳤다.

"응."

나는 얼굴에 감긴 머리카락을 귀 뒤로 넘기며 소리쳐 대답했다.

보트 선착장은 틸리쵸 여행사 바로 앞쪽에 있다. 오토바이를 여행사 옆에 세워 두고 보트를 대여했다. 기우뚱거리는 보트에 오르며 남자와 단둘이 보트를 타는 건 처음이라는 걸 기억해 낸다. 어릴 적에 상상해 본 데이트 코스 중에 호수에서 보트 타기가 있었지만, 아쉽게도 그런 기회가 오지 않은 채 이 나이를 먹어 버렸다. 그런데 지금 나는 낯선 나라의 낯선 호수에서 낯선 남자와 단둘이 보트를 타게 된 것이다. 자그마한 나무 보트에 그와 마주 앉는다. 그가 노를 젓는다. 배에는 두 개의 노가 있지만, 그는 하나의 노로 만 배를 움직인다. 오른쪽 몇 번, 왼쪽 몇 번… 방향을 번갈아 가며 너무나 수월하게 배를 호수로 밀어내어 간다. 나는 누군가 보고 있을 이 호수의 장면 속에 내 모습이 담겨 있는 것에 감사한다. 내가 다른 이들이 보트 위에서 호수 수면을 유유히 떠 가는 모습을 보고 그림이라 느꼈던 것처럼, 다른 누군가도 지금의 내 모습을 보고 그림의 한 부분이라 생각할 것이다. 난 그렇게 명화 속의 한 부분이 된 것이다. 바람은 나의 머리카락을 쓸어 주며 내 볼에 입을 맞춘다. 황홀함을 느끼며 카메라 셔터를 누른다.

"난 5년 전에 저쪽(선착장)에서 맞은편까지 수영해서 건넜어. 우리는 여기서 자주 놀았지. 수영하고 낚시도 하고 말이야."

그가 말문을 열었다.

"정말? 굉장히 먼 거리인데…. 아마 50m 이상은 될 것 같아. 너 힘 세구나."

내가 엄지손가락을 치켜들며 웃음 섞인 칭찬을 보냈다.

"하하. 그때는 날씬해서 가능했는데, 지금은 살이 쪄서 그렇게 못 해."

"너 뚱뚱하지 않아."

내 감정은 페와호수의 아름다움과 그의 작은 배려들로 다시 제자리로 돌아와 있었다. 제자리? 내 자리가 어디였지? 내 감정의 원래 자리는 8시간 전만 해도 여행자로서의 설레는 마음뿐이었다. 그러면서도 한국에 두고 온 남편과 아들을 조금 염려하는. 하지만 지금 나는 내 감정의 제자리를 그에 대한 묘한 설렘을 느끼는 상태로 간주하고 있다. 어떻게 이런 일이 일어날 수 있을까? 하긴 나는 나의 감정 변화를 관찰해 본 적이 없다. 그럴 만한 시간적 여유가 없었다. 언제 화가 나고 언제 즐겁고 언제 슬픈지, 그 사이클은 어떻게 되는지 생각해 본 적이 없다. 분명한 건, 나는 티베탄 마을에서는 화가 났었고 지금은 행복하다는 단어로 표현할 수 있는 상태라는 거다. 만약 이게 제자리가 맞는다면.

멀리 호숫가에서 한 무리의 아이들이 수영을 하고 장난을 치며 놀고 있었다. 자유로워 보였다. 행복해 보였다. 하루 종일 학교와 학원의 칙칙한 형광등 밑에서 살고 있는 우리의 아이들에 비하면 자연의 선물들을 만끽하며 살고 있는 이 아이들은 정말 축복받은 거다. 이들의 가난이 부럽다.

"너 결혼했어?"

그가 물었다.

"어? …응."

예상치 못한 그의 질문에 조금 놀랐다.

"너는?"

내가 되묻는다.

"나는 결혼 안 했어."

나는 호수 멀리로 시선을 돌린다. 침묵 속에 배는 점점 호수의 중앙을 향해 미끄러져 들어갔다. 호수 수면을 바라보다 내가 소리쳤다.

"야! 저거 뭐야? 뱀이야!"

"뭐? 어떤 거?"

"저기!"

분명 배 옆에 무언가 기다란 것이 슥 지나갔다.

"하하하. 그건 호스잖아."

자세히 보니 정말 그렇다. 시커멓고 긴 고무호스다.

'호스가 왜 호수 한가운데 가로질러 있는 거야? 깜짝 놀라게스
리…'

항상 이런 식인 내가 너무 우습다.

"하하하. 나 바보 같지?"

"하하하."

그와 나는 한참 웃는다.

"너 그거 알아? 한국에서는 뱀으로 술을 만들어 마셔."

웃음을 어느 정도 진정시킨 내가 문득 생각이 나서 그에게 말을
건넨다.

"정말?"

"어. 너 아까 박물관에서 병 속에 뱀 들어 있는 거 봤지? 한국에
서는 그렇게 술에다가 뱀을 넣고 몇 년 동안 두었다가 마시는데,
그건 약이야. 그리고 굉장히 비싸."

"으익."

그가 얼굴을 찡그리며 역겹다는 표정을 짓는다.

"우리 부모 세대들은 뱀을 그냥 구워서도 먹었어. 개구리도 그렇게 먹었대."

"난 못 먹을 것 같은데."

"나도 못 먹어. 그리고 너 한국 사람들이 개고기 먹는 거 알지?"

"응. 너도 먹어?"

"아니. 하지만 내 친구들 중에는 먹는 사람 많아. 그렇다고 이상하다고 생각해선 안 돼. 모든 문화의 차이는 인정해야 해. 넌 손으로 밥을 먹잖아. 그냥 다른 것뿐이지. 여러 가지 역사적인 상황 때문에 말이야."

"알아. 나도 그렇게 생각해."

그와 이야기를 나누는 와중에도 난 주변의 풍경 하나하나를 놓치지 않기 위해 시선을 빠르게 움직인다. 그런 내 시야에 봉긋한 산 하나가 들어온다.

"저기 보이는 산 이름이 뭐야?"

손가락으로 그곳을 가리키며 그에게 묻는다.

"사랑곳."

"아, 저기가 사랑곳이었구나. 이름처럼 예쁘게 생겼네. 저곳은 한국어 이름과도 참 잘 어울리는 모습이야."

"한국어로 무슨 뜻인데?"

"들어 봐. 한국어로 사랑은 'love'야. 장소는 'place'지. 그러니까 'love place'라는 뜻이지. 네팔어로는 무슨 뜻이야?"

"그냥 지명인데, 지명이라서 신경 안 써 봤어."

우리가 도봉산이 왜 도봉산인지 생각하지 않고 사는 것처럼 그들도 주변에 늘 있는 것들에 대한 호기심은 없을 것이다. 그리고 그곳이 얼마나 아름다운지도 잘 모르고 살아가겠지. 내게는 이토록 하나하나가 신기하고 아름답게 느껴지는 장면들이 말이다. 일상이란 그런 것이다. 주변에 있는 아름다운 것들을 느끼지 못하게 하는 것.

"트레킹 다녀온 후 같이 가 볼래?"

그가 물었다. 난 조금 놀라다가 생각을 가다듬었다.

"글쎄. 아마 시간이 안 될 것 같아. 난 트레킹 후에 하루 정도만 이곳에 머무를 거야. 카트만두를 거쳐서 인도로 가야 해. 원래는 인도만 여행하려 했는데 여름이라 인도의 라자스탄이라는 곳에서 낙타 사파리를 할 수 없게 되었어. 그래서 이곳에 들러 트레킹을 하게 된 거지. 시간이 많지 않아서 힘들 것 같아. 그런데 여기 포카라가 이렇게 아름다울 줄 몰랐어. 특히 이 호수 너무 아름다워."

"조금 아름답지."

"아니야. 많이 아름다워."

"그래. 후후."

그러는 사이, 배는 호수 중앙쯤에 위치한 섬에 세워진 힌두 사원에 다다랐다.

"여긴 힌두 사원이야. 들어가 볼래?"

"아니. 난 그냥 사진만 여기서 찍을게. 너 힘들잖아."

"아니야. 난 괜찮아. 들어가자."

그가 사원 계단 옆에 배를 댔다.

계단 옆 벤치에는 연인인 듯 보이는 현지인 커플 한 쌍이 나란히 앉아 호수를 바라보고 있었다. 그가 배를 묶는 동안 난 그들을 바라본다. 그들은 별다른 대화도 없이 같은 곳을 바라보고 있었지만 난 그들이 서로 사랑하고 있음을 느낄 수 있었다. 이들의 사랑은 어떤 형태일까? 이들은 자신이 배우자를 선택하지 않고 부모가 짝을 정해 준다고 들었다. 내가 읽은 책에 의하면 이들은 결혼 전에 겨우 두 번 정도만 얼굴을 볼 뿐이라고 했다. 그런 것에 익숙한 이들이라면 사랑하는 방법이나 알까? 난 이곳에 와서 손을 잡고 걷는 연인들을 보지 못했다. 그들이 유일하게 하는 스킨십은 자전거나 오토바이 위에서 여자가 남자의 허리를 잡고 달리는 것뿐인 것 같았다. 스킨십이 적다고 사랑의 감정이 덜한 것이라 말할 수 있을까? 더 애절하지 않을까? 수많은 러브호텔과 함께 나날이 성장하고 있는 우리네 인스턴트 사랑 이야기에 비하면 더 그렇지 않을까?

하지만 그에게 어떻게 사랑하냐고 묻지 못한다. 그의 대답에 내 감
정이 어떻게 변할지 예측할 수 없었기에.

사원의 이름은 '달 바라히'라고 그가 알려 준다. 사원 안에 석조
로 만든 새 모양의 바라히 신상과 사람들의 기도하는 모습이 보인
다. '신둘'이라는 가루를 신상에다가 한껏 뿌려 놓았다. 분홍, 노랑,
빨강의 가루와 석조 신상의 만남은 오묘한 조화를 만들어 내고 있
었다. 포스트모더니즘 작품 같다고나 할까. 한참 카메라 셔터를 누
르다 그를 찾는다. 멀찍이 떨어져 서성이고 있다. 그도 힌두다. 그
도 가족과 이런 종교 행사를 자주 갖겠지? 그런 생각이 든다. 신기
하다. 그동안 여행을 하면서 다양한 인종을 만났고 그들의 문화를
체험했지만, 그런 것이 이렇게 가깝게 와닿기는 처음이다. 이 모든
신기함이 저기 서성이는 한 남자 때문이라는 걸 깨닫는다. 그리고
그의 종교의식을 상상해 본다.

'그도 이들처럼 이마에 붉은 점을 찍고 기도를 할까? 아! 내가 도
대체 왜 이러지? 생각을 잘라야 해. 이건 정말 아니야.'

생각의 고리, 감정의 고리를 끊기 위해 내가 그를 부른다.

"이제 돌아가자."

"다 봤어?"

"응."

"사진 찍어 줄까?"

"아니."

짧은 대답을 남기고 계단을 내려와 배에 오른다. 그가 한 개의 노로 배를 돌린다. 배가 물살을 가르며 나아간다.

"내가 노를 저어도 될까? 나는 배 운전을 못 하지만 네가 잘하니까 괜찮겠지."

그가 내게 노 한 개를 건네주고, 나는 그와 마주 보고 함께 노를 젓는다. 생각보다 쉽다. 배는 조금 더 속도를 내는 것 같다.

"아마 15년쯤 전일 거야. 한국에 있는 대성리라는 곳에 있는 강에서 친구들과 배를 빌렸어. 우리는 4명이었는데 모두 노를 젓지 못했지. 처음에는 배가 움직였는데 강 중간에 이르렀을 때 배가 앞으로도 뒤로도 나가지 않고 그 자리에서 빙빙 돌기만 했어. 우리는 너무 무서웠지. 그래서 '살려 주세요!'라고 땅 위에 있는 사람들을 향해 외쳤지. 하지만 아무도 우리의 소리를 듣지 못했어. 얼마 후, 지나가던 배에 타고 있던 남자들이 우리를 도와주어서 우리는 다시 땅으로 돌아올 수 있었어."

"하하. 무서웠겠네."

"응. 하지만 즐겁고 행복했지. 시간이 너무 빨리 지나가. 그때는 친구들과의 시간이 너무나 행복했는데…. 나이가 들수록 외로워."

나는 호수 수면을 바라본다. 그는 나를 바라본다. 그런 그의 시선을 느낀다. 그는 지금 무슨 생각으로 나를 바라보고 있을까?

카메라를 꺼내 찰칵, 슬리퍼를 신은 내 발을 찍는다. 구두 속에서 매일을 박혀 사는 나의 불쌍한 발. 내 발도 나처럼 자유를 만끽하고 있을 것이다. 카메라 앵글 속에 들어온 내 발에게 묻는다.

'넌 지금 행복하니?'

카메라를 들어 올려 화면 속의 그를 본다. 그가 웃는다. 검은색 얼굴. 낡은 하늘색 퓨마 티셔츠의 그가 웃는다. 찰칵, 셔터를 누른다. 나는 과연 이 사진을 버리지 않을 수 있을까?

해가 기울기 시작하고 바람의 세기가 강해졌다. 잠시 후, 호수의 수면에 반짝이는 황금 가루가 일렁이며 떠다니기 시작한다. 태양이 그 부스러기를 페와호수에 떨어뜨리고 하루의 일과를 마감하려나 보다.

"와! 저기 봐! 너무 아름다워. 너무 아름다워서 날 미치게 해."

"그래, 아름답지? 나도 그렇게 생각해."

"넌 행운아야. 이런 특별한 곳에 살고 있으니 말이야."

"…"

그는 대답이 없고, 나는 고개를 들어 하늘을 본다.

세상에! 믿을 수 없다. 내 눈앞에 펼쳐진 그림은 현실이 아닌 듯하다. 하얀 설산이 푸른 하늘을 배경으로 날 향해 우뚝 솟아나 있다. 그의 곁을 장식한 꽃송이 같은 구름들…. 날카롭고 세모난 바위산이 눈으로 덮여 있다. 여름인 이곳에 눈산이 보인다. 난 숨이 멎을 것 같다. 드디어 마차푸차레가 내 눈앞에 모습을 드러낸 것이다. 이 호수에 떠 있는 지금의 내 행복한 모습을 보기 위해 그가 나타난 것이다.

"오 마이 갓."

"왜?"

"저기를 봐!"

그는 흥분한 나를 그저 미소로 바라보고 있다. 계속 카메라 셔터를 눌러 대지만 내 디카의 화면 속에는 마차푸차레가 나타나 주질 않는다. 내 눈에만 담긴다. 카메라를 내려놓고 내 눈에 마차푸차레를 담는다.

몽환적인 풍경들에 한동안 정신이 빠져 있던 내 뺨에 차가운 것이 느껴진다. 툭, 툭. 빗방울이 떨어진다.

"비 오네."

비 올 날씨가 아니었던 것 같은데 갑자기 떨어지는 빗방울에 의아해하며 내가 말한다.

"응. 빨리 돌아가야 해. 더 많이 쏟아질 거야."

벌써 그는 노를 빠르게 저어 선착장을 향하고 있다. 빗방울 떨어지는 속도가 금세 빨라진다. 나도 그를 도와 열심히 노를 젓는다. 선착장에 배를 대는 순간부터 비는 줄기로 쏟아지기 시작한다. 우리는 언덕으로 뛰어 올라가 뱃사공들의 쉼터로 몸을 피한다. 한 무리의 뱃사공들이 카드 게임에 빠져 있다가 뛰어드는 우리를 한 번 돌아보더니 다시 카드 게임에 열중한다. 쉼터는 지붕과 기둥 4개만 있는 방갈로 형태의 장소로, 의자가 있는 것도 아니라 이들은 시멘트 바닥에 주저앉아 카드 게임을 하고 있다. 비를 피하긴 했지만 마땅히 앉을 곳도 없어서 우리 역시도 선 채로 쏟아지는 비를 감상한다. 비는 걷잡을 수 없을 만큼 세차게 쏟아진다. 바람이 세차게 불고 천둥 번개가 그 상황을 고조시킨다. 잔잔하던 호수는 폭풍 속에 휘말리고 나뭇잎들이 가지에서 춤을 추며 어디론가 떠나간다. 그들의 뜻이 아님에도 바람을 따라 어디로 가는지도 모른 채 떠나가는 것이다. 호수의 상황은 조금 전까지와는 다르게 무섭기까지 하다. 호수 한쪽에서는 이런 상황에 아랑곳하지 않고 어린 뱃사공들이 천연 샤워기로 목욕을 즐기고 있다. 팬티 하나만을 걸친 채 머리와 몸에 비누칠을 하고 쏟아지는 빗줄기로 샤워를 하고는 호수 욕조 안으로 다이빙을 한다. 용감하다고 해야 할지 무식하다고 해야 할지…. 웃음이 나온다.

쿡쿡. 그가 내 어깨를 찌른다. 그를 보자, 손가락으로 호수 건너편을 가리킨다. 사람이 한 명 서 있다. 이 빗속에 홀로 고립되어 있는 것이다. 선착장에는 두 명의 어린 뱃사공이 이 빗속, 넘실대는 파도 위에 배를 띄우고 있다. 아마도 맞은편의 사람을 구하기 위해

서인 것 같다. 카드 게임을 하던 사람들도 게임을 멈추고 그들의 상황을 주시하기 시작한다. 어린 뱃사공 구조대는 열심히 노를 젓지만 결국 목표 지점의 절반도 다다르지 못하고 다시 돌아온다. 배가 뒤집힐 것 같다. 폭풍우 치는 호수에서 노를 젓는 모습이 위험스럽기도 하지만, 한편으로는 웃기기도 해서 뱃사공들과 우리는 그 광경을 보며 계속 웃는다. 결국 소년 뱃사공 구조대는 고립된 이를 구하지 못하고 쉼터로 돌아와 천연 샤워장의 소년들과 합류한다. 뱃사공들은 다시 카드 게임을 하고 그와 나는 바람을 따라 들이치는 비를 피해 이리저리 몸을 움직이며 서성인다. 그가 주머니에서 무언가를 꺼낸다.

"네팔 노래 들어 볼래?"

그가 보여 주었던 삼성 MP3에 이어폰이 연결되어 있다.

"그럴까?"

내가 이어폰을 귀에 꽂는다. 알아들을 수 없는 가사의 강한 비트의 음악이 내 귓속을 때린다. 내가 좋아하지 않는 강한 비트와 뜻을 알 수 없는 가사의 음악은 그 빗속의 낭만적인 분위기에 찬물을 끼얹는다. 곡이 끝나고 이어폰을 귀에서 빼내 그에게 건넨다.

"비트가 굉장히 강하네. 그리고 노래가 굉장히 길다. 몇 분짜리야?"

그가 MP3의 화면을 보여 준다. 5분 20초.

"네팔 노래는 굉장히 길구나. 한국 노래는 짧아. 보여 줄까?"

나는 가요의 길이가 그 지루한 네팔 노래의 절반쯤 될 거라 생각했다. 내 핸드폰을 꺼내 저장된 가요의 재생 시간을 그에게 보여 준다. 이런, 5분 30초다.

'이게 뭐야? 욱! 망신!'

이것이 바로 아인슈타인의 상대성 원리에 해당하는 거겠지. 재미없고 하기 싫은 일은 길게, 즐겁고 좋아하는 일은 짧게 느껴지는 것 말이다. 민망함을 웃음으로 대체하며 얼굴을 비가 오는 호수로 돌린다.

그가 MP3를 만지작거리더니 다시 내 귀에 이어폰을 꽂는다.

"네팔 국가야. 들어 봐!"

순간 쿡 웃음이 나려 하지만, 그의 진지한 얼굴과 호의에 나 역시 진지한 표정으로 답한다.

"고마워."

국가는 네팔이라는 단어를 10번 정도 들리게 하더니 짧게 끝난다. 다행이다. 우리나라 애국가처럼 길었다면 예의고 뭐고 간에 이어폰을 빼서 집어 던졌을지도 모른다. 이 소설 같은 분위기 속에서 남의 나라 국가를 긴 시간 들어야 한다면 누구라도 그렇게 할 것이다. 하지만 난 예의 바른 사람이다.

"너는 조국을 많이 사랑하는구나. 대단해. MP3에 국가 저장하고 다니는 사람은 처음 봐."

그가 웃는다. 귀엽다. 사랑스럽다. 비에 젖은 검은 머리카락, 긴 속눈썹, 길쭉하고 높은 코. 모든 것이 검다. 단지 손바닥과 치아만 하얗다. 만약 이 남자를 서울의 지하철 안에서 보았다면 난 어떤 느낌으로 그를 바라보았을까? 분명 지금의 이 감정은 아니었을 것이다. 먼 나라에 와서 고생하는 가난한 나라의 노동자에 대한 측은함? 아니면 잘못 대했다가는 해코지당할지도 모른다는 근거 없는 두려움? 그런 종류의 것들이 아니었을까? 하지만 난 지금 그를 남자로 보고 있다. 설레고 좋아하고 있다. 부정하고 싶지만 어쩔 수가 없다. 자신들의 의지와는 상관없이 어디론가 떠나가는 저 나뭇잎들처럼 내 의지와는 상관없이 난 그를 좋아하고 있다.

그와 나는 같은 방향을 바라보고 있다.

'그는 지금 무슨 생각을 하고 있을까? 혹시 나와 같은 생각을 하고 있을까? 혹시 나에 대해 호감을 갖고 있지는 않을까? 설마… 그럴 리는 없겠지.'

아! 이건 말도 안 돼. 아득하고 어지럽다. 왜 내가 처음 만난 이 남자에게 이토록 빠지는 것일까? 이런 경험은 가져 본 적이 없다. 많은 여행을 다녔고 많은 가이드를 상대해 봤지만, 이런 경험은 없었다. 이곳이기 때문인 걸까? 포카라이기 때문인가?

내가 혼돈의 호수를 헤엄치는 동안 비가 조금 잦아든다. 내 감정의 고리를 다시 한번 끊기 위해 그에게 말한다.

"옷이 젖더라도 뛰어서 여행사까지 갈까?"

"괜찮겠어?"

"물론."

그와 나는 빗속으로 뛰어든다. 바닥은 온통 물바다로 진흙과 소똥들이 물살에 쓸려 파도를 친다. 소똥, 개똥, 진흙 그리고 쓰레기…. 온갖 오물을 밟고 달린다. 금세 물에 빠진 생쥐 꼴이 된 우리는 여행사로 뛰어든다.

"수건 좀 줘."

여행사에 들어서자마자 그가 매니저에게 부탁한다. 한참을 여기저기를 뒤지던 매니저는 시커먼 무언가를 내게 내민다. 그가 가져다준 수건은 걸레에 가까워서 도저히 몸을 닦을 수가 없다. 예의상 팔에 있는 물기만 털어 내고 수건을 그에게 돌려준다.

"보트를 탔는데 갑자기 쏟아지는 비 때문에 발이 묶여 버렸지 뭐야. 어쩔 수 없이 뱃사공들과 함께 그곳에 있어야만 했어."

물어보지도 않은 매니저에게 내가 먼저 말을 꺼낸다. 혹시 매니저가 내 마음을 눈치채기라도 할까 봐.

사무실 안은 정전으로 어두워져 있다. 빗줄기는 아직 굵지만, 이곳에 계속 머무를 수는 없다. 어째야 하나 문밖을 바라보며 고민하고 있는데, 한 남자가 뒷문으로 들어온다. 그 남자의 손에는 꽃

무늬 우산 한 개가 들려 있다. 이 상황을 종료시켜야 한다.

'이제 나는 저 우산을 빌려 쓰고 내 호텔로 가면 된다. 그러면 하루 동안 나를 어지럽게 했던 이 청년과의 관계는 끝나는 것이다.'

"우산을 빌려줄 수 있을까?"

내가 그 남자의 손에 들린 우산을 바라보며 매니저에게 묻는다.

"물론이지. 택시를 불러 줄까?"

"아니. 내 숙소는 여기서 200m 정도밖에 떨어지지 않았어. 우산은 내일 아침에 돌려줄게."

"미안해. 우산이 하나밖에 없어. 이렇게 해. 그가 널 호텔까지 데려다주고 우산을 받아오면 될 거야."

매니저가 퓨마 청년을 가리키며 말한다. 그는 사무실 뒤쪽 소파에서 신문을 읽고 있다. 그들의 부족함이 나에게는 청년과의 만남을 아름답게 끝맺을 수 있게 하는 계기를 마련해 준 것이다.

"그렇게 하지. 고마워."

나의 퓨마 청년이 먼저 사무실을 나서며 우산을 펼쳐 든다. 그를 따라 문밖으로 나서는데, 매니저가 나를 부른다.

"잠깐, 내일 트레킹에 저 친구를 가이드로 붙여도 될까?"

'안 돼. 말도 안 돼. 그래서는 절대 안 돼.'

"난 상관없어. 너 알아서 해."

머릿속의 이성적인 생각과는 상관없는 엉뚱한 대답이 내 입에서 튀어나온다. 말이란 내 입을 나오고 나면 주워 담을 수가 없다.

매니저와의 짧은 인사를 마치고 그가 받쳐 들고 있는 우산 속으로 뛰어든다. 우산을 두드리는 빗줄기 소리만이 나란히 걷고 있는 우리 사이의 여백을 채우고 있다. 우리는 서로 몸이 붙지 않으려 몸의 절반 이상을 우산 밖에 내놓고 비를 맞으며 걷는다. 하지만 비에 젖은 몸에서 풍기는 그의 땀 냄새는 내 코를 피해 가지 못했고, 오묘하게도 나는 그 냄새에 정신이 아득해짐을 느낀다. 빨리 이 혼돈에서 벗어나고 싶은 생각이 간절하다.

마침 앞쪽의 가게 처마에 우산이 매달려 있는 것이 보인다.

"저기 우산을 팔고 있네. 난 저기서 우산을 사서 쓰고 가면 돼. 바래다줘서 고마워."

난 우산 밖으로 뛰어나와 가게 안으로 들어간다. 우산을 고르고 값을 치르면서도 내 머릿속은 온통 우산 속의 그 오묘한 느낌에 대한 생각뿐이다.

'오늘 행복했었다고 말하고 올걸⋯. 내게 이런 감정이 있다는 걸 알려 줘서 고마웠다고⋯. 미쳤어. 그는 그냥 가이드일 뿐이야. 제발 잊지 마. 제발⋯.'

가게 밖으로 나와 우산을 펼쳐 드는데 그가 앞에 서 있다. 난 헉, 하고 숨이 막힌다.

"왜 아직 안 갔어?"

새 우산을 펼쳐 들고 그의 앞에 서며 묻는다.

"오늘 밤에 뭐 할 거야?"

대답 대신 그가 내게 다시 묻는다.

'안 돼. 안 돼. 정말 안 돼.'

"내일 트레킹하려면 푹 쉬어 둬야지. 호텔로 가서 샤워하고 저녁 먹고 일찍 잘 거야."

'잘했어. 정말 잘했어.'

"…"

"그럼… 데려다줘서 고마웠어."

난 돌아서서 숙소로 향한다. 그리고 돌아보지 않는다. 가슴은 자꾸만 뒤를 돌아보라고 내게 말하지만 아직은 가슴보다 머리가 내게는 더 큰가 보다. 다행이다.

샤워를 마치고 방을 나선다. 비는 그쳐 있었지만 바람은 아직 서늘하다. 전기가 들어오지 않는지 상점마다 켜진 희미한 촛불이 주인과 함께 손님을 기다리고 있다. 그 희미함에 이 거리가 더 낭만적으로 느껴진다. 네온사인이 없는 상가, 화려한 조명 대신 희미한 촛불이 물건을 비추고 있는 곳. 부족한 게 매력적인 거라는 생각을 처음 해 본다. 늘 더 채우려고만 했는데.

계획대로 이탈리아 식당 '콘체르토'로 들어선다. 내 하루는 머리에서 준비한 계획과 지시에 따라 이루어진다. 아침에 눈을 뜨면 머리가 오늘의 계획을 시간별로 알려 준다. 난 그 시간과 일과를 정확하게 맞추기 위해 항상 동분서주 바쁘다. 그리고 항상 조급하다. 계획에 한 치라도 오차가 생기면 난 미칠 것처럼 화가 나고, 그렇게 오차를 생기게 만든 이들을 증오한다. 나는 그렇게 사는 것이 행복이라 느끼고 살고 있었다.

콘체르토는 등나무 가구와 목재로 한껏 멋을 낸 노천 식당이다. 조금 이른 시간인지 몇 명의 서양인만이 테이블을 메우고 있다. 식당 가운데를 차지하고 있는 화덕 옆에 자리를 잡는다. 메뉴를 고르고 주문을 한 후, 담배를 피워 물고 카메라를 꺼내 식당 모습을 한 컷 찍는다. 그리고 오늘 찍은 사진들을 열어 본다. 버튼을 클릭하며 몇 장을 앞으로 넘기자, 배에서 노를 젓고 있는 검은 피부의 그의 모습이 화면 속에 나타난다. 다시 가슴이 두근거리고 머리가 지끈거린다. 삭제 버튼을 누르려던 내 검지손가락은 망설이다가 다른 사진을 보기 위한 버튼으로 자리를 옮긴다. 그리고 곧, 카메라 속의 다른 사진들이 내 눈에 들어오지 않는 걸 느끼게 된다. 그의 사진은 단 한 장이지만, 오늘 내가 찍은 풍경 사진 근처에는 그가 서 있었고, 내 얼굴이 찍혀 있는 사진 앞에는 그가 서 있었기에. 이 모든 사진 속에 결국 그가 있었다는 걸 부인할 수 없고, 이 자리에 앉아 카메라를 뒤적이는 내 머릿속에 그가 있다는 걸 부인할 수가 없다.

'이건, 이건 정말 계획에 없던 일이야. 난 지금 혼자서 또는 다른 여행자들과 첫 번째 정박지의 첫 밤을 즐거움으로 채우고 있어야 해. 그런데 지금 난 홀로 혼돈 속에 잠겨 있는 거야. 이건, 이건…'

언제인지도 모르게 내 손에는 여행사의 명함이 쥐어져 있다. 머리는 날 계속 만류하지만 가슴은 제어가 안 된다. 결국 난 의자에서 일어나 프런트로 향한다.

"저… 이곳으로 전화 좀 걸어 줄래?"

단정한 외모의 웨이터가 전화를 걸어 네팔어로 몇 마디 나누더니 수화기를 내게 건넨다.

"여보세요? 난 아까 거기 갔던 한국 여자야. 내일 트레킹 때문에 궁금한 것이 있어서 그러는데, 혹시 오늘 나를 가이드했던 사람과 통화할 수 있을까?"

몇 마디의 영어가 들리더니 다른 음성이 수화기 너머로 들려온다.

"헬로우."

"…"

'그냥 끊어 버릴까? 내가 지금 뭐 하고 있는 거야?'

"헬로우?"

"나 은이라고 해. 기억해? 네가 오늘 내 가이드를 해 주었어."

"알아."

'젠장. 뭐라고 하지? 정말 그가 사무실에 있을 줄은 몰랐어. 아무 준비도 없이 도대체 왜 전화를 한 거야?'

"음… 만약 저녁 식사 전이라면 함께 저녁 먹을까 해서 전화했어. 오늘 가이드 해 준 것이 고마워서. 아! 물론 네가 괜찮다면 말이지."

"좋아. 어디야?"

"아, 참. 네 일이 아직 안 끝난 건 아냐?"

"아냐. 거의 끝났어. 어디야?"

"콘체르토라고, 이탈리아 식당인데. 알아?"

"응. 20분 후쯤 도착할 거야."

"알겠어."

딸깍. 수화기를 내려놓고 자리로 돌아와 털썩 주저앉는다. 엎질러진 물이라는 생각이 든다.

잠시 후, 주문했던 피자가 나온다. 망설여진다.

'그가 올 때까지 기다릴까? 괜히 기다린 게 티가 나면 더 창피하지. 가이드에 대한 가벼운 감사의 식사 대접 정도로 보여야 해.'

난 포크와 나이프를 들고 먼저 음식을 먹는다. 입은 음식을 씹고 있지만 눈은 계속 입구를 주시하면서 말이다.

'하, 왜 이리 가슴이 쿵쾅거리는 걸까? 입술이 바짝바짝 마르는 것 같아. 이런 두근거림을 언제 느껴 보았더라? 희미하게 기억이 난다. 고등학교 1학년 때였던 것 같아. 짝사랑하던 옆 학교 남학생을 친구의 친구들 인맥을 동원해서 만나게 된 날, 난 그 약속 장소로 가는 도중에 심장 마비로 죽지 않을까 걱정하며 심하게 두근거리는 가슴을 몇 번이나 손으로 쓸어내렸지. 맞아! 그때와 비슷한 감정이야.'

한 손에 헬멧을 들고 검은 가죽점퍼를 입고 그가 식당 안으로 들어선다. 그 순간, 나는 나뿐만 아니라 식당 안의 다른 이들도 일제히 그를 쳐다보고 있다는 걸 느낀다. 그가 내 앞에 앉자 그 시선들은 다시 내게로 쏠린다. 그제야 나는 그가 이곳에 유일하게 등장한 네팔인 손님임을 깨닫는다. 말쑥한 식당 안의 여행자 손님들에 비해 그는 너무 초라해 보인다. 내 모습도 너무 말쑥하다. 이곳은 외국인 전용 이탈리아 식당이다. 장소가 옳지 않았다. 그런 시선들을 무시한 것인지 못 느낀 것인지 그가 웃으며 내게 말을 건넨다.

"이탈리아 음식 좋아해?"

"응. 굉장히…."

"난 별로던데…."

"음식 주문해."

나는 웨이터를 부르고 다시 세팅해 줄 것과 메뉴판을 그에게 줄 것을 요청한다. 내 요청을 듣는 웨이터가 나를 보는 시선이 그가 오기 전과 다른 것이 느껴진다.

'나도 안다. 나도 여행지에서 외국인과 현지인 커플이 함께 앉아 있을 때, 저런 시선으로 바라보았으니까 말이다. 잘사는 나라가 아닌 못사는 나라들에서 말이다. 난 돈 좀 있는 머리 빈 여자가 된 거고, 그는 돈에 몸을 파는 남자가 된 거다. 젠장, 정말 이건 아니었어.'

"피쉬 앤 칩스 먹을래."

나의 이런 생각들과는 거리가 멀게 그는 해맑다. 나는 웨이터에게 음식을 주문하고 나이프로 피자를 잘라 입에 넣는다.

"오늘 가이드 해 준 게 고맙고 내일부터 산속에 들어가면 맛있는 거 못 먹을까 봐 같이 식사하자고 했어."

애써 태연함과 거리감을 유지하며 그에게 말한다.

"걱정 마. 그곳에도 롯지와 식당에서 다양한 요리를 해 줘. 조금 비싸긴 하지만 말이야."

이런저런 얘기를 나누며 그의 음식을 기다리지만 좀처럼 나오지 않는다. 더 늦게 주문한 옆 테이블의 음식은 모두 나왔는데 말이다. 그에게 미안하다. 그를 그런 상황 속에 있게 만든 것이.

"음식이 많이 늦네."

그가 다 비워진 내 접시를 보고 말을 꺼낸다.

"네가 생선을 주문해서 그래. 아마 요리사가 페와호수에 물고기 잡으러 갔을 거야."

내가 농담을 하자 그가 웃는다. 아! 미칠 것 같다. 저 웃음은 어디에서 나오는 걸까? 그의 웃음이 내 정신을 다시 혼미하게 만든다.

잠시 후, 그의 요리가 나온다.

"이것 좀 더 먹어."

그가 생선 조각 하나를 내 접시에 담는다.

"아니야. 난 너무 배불러. 피자 한 개를 다 먹었잖아. 그리고 난 피쉬 앤 칩스 안 좋아해. 왜냐하면 항상 내 생선에만 가시가 있었고, 그게 몇 번 목에 걸린 후로는 두렵기까지 하거든."

내가 웃으며 생선을 다시 그의 접시에 옮긴다.

"후후. 우습다. 난 아무렇지도 않던데…"

생선을 나이프로 자르며 그가 웃는다.

'제발 웃지 마. 제발…. 네 웃음에 내 마음이 울어.'

식사가 끝나자 그가 자리를 옮기자고 했다. 그 역시 다른 이들의 시선을 신경 썼던 것일까? 식당 앞에 세워 둔 그의 오토바이에 시동이 걸리고 정전으로 어두운 길 속으로 우린 빨려 들어간다. 비에 젖었던 탓인지 그의 몸에선 더욱 짙은 땀 냄새가 난다.

'다른 때 같았으면 난 고개를 돌리거나 코를 막았을 테지. 하지만 그 냄새마저도 역겹지가 않아. 도대체 사랑이란 어떤 뇌의 기능에 의해 만들어지는 걸까? 맙소사! 사랑이라고? 너 정말 미친 거냐? 하지만, 하지만… 지금 내 증상은 분명 사랑에 빠진 것이 분명한걸.'

아무리 참고 참으려 해도 감출 수 없는 것이 두 가지 있다고 했다. 재채기와 사랑. 난 지금 내 모든 이성적 제어 수단을 잃었다. 사랑에 빠진 것이다. 나는 그를 사랑하고 있다. 한 사람을 향한 이 강렬한 감정을 사랑이라 표현하지 않는다면 어떤 단어로 표현할 수 있겠는가! 이제까지 사랑이라는 단어를 사용할 만큼 감정이 무르익는 건 오랜 시간을 필요로 했다. 하지만 그 무르익은 감정도 지금처럼 열병 같지는 않았다. 지금 내 감정은 아침에 멀쩡하던 사람이 저녁때 독감으로 드러누워 링거액에 의존하고 있는 형국이다. 내 앞에서 운전하고 있는 그는 지금 내 안의 이 격정을 전혀 모를 것이다. 그렇다면 그는 무슨 생각을 하고 있을까?

오토바이는 'Bar Amsterdam(암스테르담 바)' 앞에 멈춰선다. 나를 데리고 안으로 들어선 그는 테이블을 마다하고 구석에 있는 아주 낮은 소파가 놓인 자리에 털썩 주저앉는다. 다리를 의자 밑으로 내리기도 올리기도 애매한 독특한 사이즈의 소파다.

"나는 이 의자에 이렇게 앉는 걸 좋아해."

그가 벽에 등을 대고 의자와 나란히 몸을 맞춘 후 다리를 쭉 펴고 앉는다.

"너도 해 봐."

"난 됐어. 그냥 이게 편해."

그는 'Sunrise(일출)' 칵테일을, 난 산 미구엘 맥주를 주문한다. 정전이 된 바 안에는 테이블마다 초가 불을 밝혀 로맨틱한 분위기를 고조시키고 있다. 촛불과 맥주컵, 맥주병…. 너무 잘 어울린다. 카메라를 꺼내 찰칵, 셔터를 누른다. 약간 흔들린 상이 그로테스크한 매력을 발산한다. 부족한 전기가 이 바의 로맨틱한 분위기를 만들고, 부족한 빛이 내 사진을 더 아름답게 보이도록 만들어 주고 있다. 왠지 부족한 그가 날 사랑에 빠지게 만들었다. 항상 완벽해지기 위해 노력하는 우리인데, 어쩌면 완벽해지는 만큼 낭만은 더 줄어드는 게 아닌가 생각해 본다.

바 안은 라이브 공연으로 더욱 분위기가 고조된다.

"한국에서는 아기들이 맥주로 목욕을 한다면서?"

칵테일 한 모금을 들이켜고 잔을 내려놓으며 그가 내게 묻는다.

"미안, 뭐라고?"

그의 질문을 내가 잘못 들은 거라 생각했다.

"어떤 한국 아기들은 맥주로 목욕을 한다고!"

음악 소리보다 더 크게 그가 말한다.

"뭐라고? 무슨 말이야. 말도 안 돼."

난 그의 질문이 너무 황당해서 깔깔거리고 웃으며 대답한다.

"그런 얘기를 들은 적이 있어."

그가 머쓱해하며 말을 받는다.

"하하하. 난 전혀 알지 못하는 사실이야. 아무도 그렇게 하지 않아. 너무 웃긴다. 아기가 맥주로 샤워를 하다니…. 그럼 그 아기는 알코올 중독자가 될걸…. 하긴 또 모르지. 몇몇 사람은 그렇게 자신의 아기를 맥주로 샤워시키는지 말이야. 그게 뭐 피부에 좋다고 생각해서…."

난 웃음을 멈추지 못한다. 처음엔 그가 농담하는 거라 생각했지만 지금 그의 표정에서 농담이 아님을 읽었기 때문이다. 순간, 한국에 대한 여러 가지 루머가 전 세계에 떠돌고 있을 수도 있겠다는 생각을 한다. 우리가 다른 나라의 이질적인 문화를 그렇게 생각하는 것처럼 말이다.

"너 그거 알아?"

내 웃음이 조금 잦아졌을 때 그가 다시 말을 잇는다.

"아까 네가 산 우산, 한국산이야."

"그래? 어디 볼까?"

떼어내지 않은 내 새 우산의 텍에는 정말 'Made in Korea'가 찍혀 있다.

"정말 그러네. 웃긴다. 우리나라에서 파는 우산은 거의 중국산이거든. 그런데 여기서는 한국산을 팔다니. 한국산을 한국에서 사려면 아마 8달러 이상 줘야 할 텐데, 난 여기서 겨우 3달러 정도에 샀어. 어떻게 이럴 수가 있지?"

"그러게 말이야."

"친구들에게 네팔에서 선물 사 왔다고 이 우산을 줘야겠어. 특별히 Made in Korea로 사 왔다고 말이야. 하하."

"하하하. 그러면 더 좋아하겠다."

무언가 얘기를 하려고 그의 이름을 기억 속에서 찾는다. 그런데 그곳에 그의 이름이 없다.

"그런데 네 이름이 뭐라고 했지? 미안해. 또 잊어버렸어."

맥주를 한 모금 마시고 묻는다.

"너 정말 잊어버린 거야?"

"미안해. 난 머리가 정말 나빠. 그리고 넌 외국인이잖아. 외국인 이름은 더 기억하기 힘들다고."

"내 이름은 '지원'이야."

"정말? 지원은 한국 이름인데…. 내 친구들 중에도 지원이 두 명이나 있어."

"남자 이름 아니면 여자 이름?"

"둘 다 여자야. 아마 내 생각에는 여자가 더 많을 것 같은데. 이젠 정말 잊어버리지 않을 것 같아."

"과연 그럴까?"

"아마도…. 헤헤."

잠시 침묵 속에 우리의 술잔이 비워진다. 어색해지는 분위기를 돌리기 위해 내가 다시 말을 꺼낸다.

"내일 트레킹이 너무 기대돼. 난 이제껏 1,000m 이상의 산을 오른 적이 없어. 그런데 3,200m까지 오르게 된다니…. 게다가 정말 히말라야 설봉들을 가까이서 볼 수 있다는 건 믿기질 않아."

"다 볼 수 있어."

"그런데 너 그거 알아? 아마 너희 매니저가 나 이상한 여자라고 생각했을 거야."

"왜?"

"트레킹 계약하면서 내가 가이드가 나 만지거나 성폭행하면 보상하겠다는 각서를 써 달라고 했거든."

"정말?"

"그래. 사인과 스탬프도 받았는걸."

"하하하. 너 정말 대단하다."

"사실 가이드북에 간혹 네팔 가이드나 포터가 여자 여행객을 성추행한다는 글이 있었어. 그래서 두려웠지."

"내가 간다고 해도 두려워?"

'이건 무슨 뜻이야? 얘가 왜 이러니? 그냥 별 뜻 없이 묻는 거겠지?'

"당연하지. 네가 그러지 말라는 법은 없잖아?"

"하하하. 알았어. 돈 터치, 돈 키스. 잊지 않을게."

그와 얘기를 주고받는 동안 자꾸 하품이 나오고 눈물이 쏟아진다. 겨우 9시 30분인데.

'도저히 못 참겠다. 시차 때문이겠지?'

"아무래도 가서 자야겠어. 너무 피곤해. 미안해. 이곳에 온 지얼마 되지도 않았는데 말이야."

내가 찢어질 듯 벌어지는 입을 손으로 가리며 말한다.

"난 걱정하지 마! 네가 좋다면, 나도 좋아"

'자식, 왜 자꾸 내 마음에 드는 행동만 하는 거야. 얜 아무래도선수인 것 같아.'

"내가 호텔까지 데려다줄게."

"아니야. 난 걸어가도 돼."

"걷기엔 여기서 좀 멀어. 가자."

오토바이는 우리를 태우고 쌀쌀해진 밤, 바람 속의 레이크사이드를 달린다. 그의 허리를 잡고 싶다는 생각을 하다가 이내 고개를 젓는다.

"고마워. 내일 봐!"

오토바이에서 역시나 어설픈 자세로 내리며 그에게 인사를 한다.

"천만에! 내일 봐!"

나는 총총걸음으로 계단을 뛰어오른다. 돌아보지 말자. 절대.

그의 오토바이가 마당에 서 있다는 걸 알지만 난 돌아보지 않고 내 방으로 들어선다. 문을 잠그며 생각한다.

'다행이야. 정말.'

안나푸르나의 새벽

다음 날 아침, 큰 배낭을 둘러메고 여행사로 향한다.

새소리와 페와호수의 풍경과 함께 서양식 심플 조식을 마친 뒤였기에 기분은 더욱 상쾌하다. 귀에 꽂은 음악에 맞춰 콧노래를 흥얼거리며 거리를 걷는다.

'야! 너무 티 내는 거 아냐?'

나 스스로에게 조금 부끄럽다.

'하지만 상관없어. 사랑에 빠진 사람은 이래도 되는 거야. 왜냐하면 넌 지금 이곳에선 누군가의 아내도, 누군가의 엄마도 아니잖아. 그냥 너잖아. 그냥 이 상황을 즐겨 보는 거야. 네 감정에 한번 도취되어 보는 거라고. 그것까지 나쁘다고 할 순 없지.'

난 어느새 자기 합리화까지 하는 뻔뻔한 여자가 되어 있다.

호숫가의 바람은 상쾌하고 온갖 새소리는 내 귓속에 머무는 재즈의 선율과 하모니를 이룬다. 그렇다! 난 사랑에 빠졌다.

'그와 함께 차 안에서 이 음악들을 들어야지.'

일부러 5분 늦게 도착하기 위해 걸음을 조절한다. 드디어 여행사가 보인다.

"나마스떼!"

문을 열고 들어서며 하이톤의 목소리로 인사한다.

아직 그의 모습은 보이지 않는다. 매니저와 할아버지의 외모를 가진 나이를 가늠할 수 없는 한 남자가 나를 맞는다. 난 맡겨 두었던 등산 장구를 착용하고 소파에 앉아 그를 기다린다.

"자, 이제 출발해도 될까?"

'어? 아직 그가 안 왔는데?'

난 매니저의 말에 천천히 소파에서 일어나 데스크 쪽으로 걸어간다.

"이 사람이 당신의 트레킹 가이드야. 그는 정직하고 친절해. 그리고 널 만지거나 키스하지 않을 거야. 전혀 걱정하지 않아도 된다고. 하하하."

능글거리는 웃음과 함께 낯선 남자를 내게 소개한다. 그 이후의 말들은 기억나지 않는다. 정확한 사실은 지원이 내 트레킹 가이드가 아니라는 것이다. 다시 말해, 난 그를 볼 수 없다는 것이다. 최소한 4일 동안은 말이다. 어쩌면 그 후에도 다시 못 볼지 모른다. 머리가 텅 비는 느낌이다.

'헤어짐의 인사도 못 했는데…. 그래, 허락되지 않은 거야. 그저 하루, 멋진 여행의 경험을 해 본 거지. 그걸로 충분하잖아. 정말 잘됐어. 그와 같이 산속에서 4일을 보냈다면 나는 내 삶에서 돌이킬 수 없는 후회를 하게 되었을지도 몰라.'

내가 택시에 올랐을 때 지원이 사무실 앞에 나타났다. 어제와 똑같은 퓨마 티셔츠를 입고 있었다. 그는 사무실 앞에 서서 매니저와 함께 택시에 탄 나를 바라보았다. 곧 택시는 출발했고, 난 누구를 향해서인지는 몰라도 손을 흔들었다.

'안녕.'

버스를 타고 가는 내내 내 머릿속은 그의 생각으로 가득하고 역시 혼란스럽다. 이런 것 정말 싫다. 난 겨우 그와 한 번 만났을 뿐인데, 이렇게 그에 대한 생각으로만 꽉 찬 내 머리를 부숴 버리고 싶다. 미친 것이다. 미친 게 분명하다. 창밖의 풍경은 회색빛이고, 내 귓속을 메우는 음악은 소음이 되어 있었다.

트레킹은 'Nayapul(나야풀)'이라는 마을에서 시작되었다. 납작한 돌을 깔아 만들어 놓은 골목길 양옆으로 소박한 식당과 상점들이 줄을 서 있고, 어미 닭과 병아리가 오순도순 먹이를 먹는 동화 속 풍경 같은 마을이었다.

포카라와 불과 2시간 정도 떨어져 있는 곳임에도 이곳 사람들의 생김새는 달랐다. 이곳은 구룽 또는 따갈리라고 하는 몽골리안이 대부분으로, 나와 많이 닮은 모습이다. 지역 사무소에서 내 입산 허가서에 스탬프를 얻고 나의 트레킹은 시작된다. 한 걸음, 한 걸음, 천천히 자연의 품 안으로 걸어 들어간다. 처음 보는 신기한 모양의 나무들과 풀꽃들, 좁은 숲길과 산새들. 간혹 만나는 트레커들, 원주민들과 '나마스떼' 인사를 나누기도 한다. 모든 조건이 완벽하다. 내가 네팔로 들어오기 전 상상했던 것과 똑같은 아름다움과 여정이 이어진다.

그런데 왜 나는 행복하지 않은 걸까? 처음 내가 네팔에 들어서며 기대했던 모든 것이 지금 내 앞에 펼쳐져 나를 맞고 있는데 왜 난 행복하지 않은 것일까? 내 육신의 눈은 이곳을 보고 있지만, 내 영혼의 눈은 어제에 머물러 있다. 온통 퓨마 청년과의 순간순간, 그와 함께 갔던 장소들을 바라보고 있다.

친절하고 정보가 많은 트레킹 가이드 시따는 내게 많은 이야기를 들려준다. 물론 내 귀에 제대로 들어오지 않지만. 그는 나의 남편과 동갑인 마흔 살이지만, 외모는 우리 아빠보다도 늙어 보인다. 그의 카스트 계급은 브라만이고, 아이가 없이 아내와 함께 포카라에 살고 있다고 한다. 감사하게도 난 그의 이해하기 어려운 영어 발음 덕분에 나를 감싸고 있는 우울함을 가끔 떨쳐낼 수 있었다.

"밥 먹어야지?"

점심때쯤 한 롯지 식당에서 그가 내게 식사를 권한다.

"미안해. 밥 먹고 싶지 않아."

먹는 것에 목숨 거는 내가 밥맛을 잃었다.

"안 돼. 계속 걸어야 하기 때문에 뭔가 먹어야 해. 밥 먹기 싫으면 에굴을 먹어."

"에굴?"

"웅. 에굴!"

난 에굴이라는 게 이 지역 별식 같은 것이라 생각한다.

"좋아. 그렇게 하지. 스프라이트도 부탁해."

'훗, 스프라이트라고?'

잠시 후, 음식을 주문하고 돌아온 그의 정신없는 설명이 이어진다. '꼭꼭' 무슨 동물 소리를 흉내 내면서 정수리 위에 손바닥을 세우며 열심히 에굴을 설명하지만 난 도통 이해할 수가 없다. 내 영어 실력도 짧은 데다가 그의 발음은 정말 알아듣기 어렵다. 그와 의사소통이 힘들 때마다 지원이 더 생각난다. 그와는 너무나 대화가 잘 통했다. 계속되는 그의 설명을 들으며 머릿속으로는 지원을 생각하고 있자니, 말 많은 가이드에게 짜증까지 나려고 한다.

'제발 그만 말해. 난 당신 말을 알아들을 수 없다고! 차라리 혼자 그의 생각이나 할 수 있게 해 달라고.'

그때, 기다리던 에굴이 나온다. 난 접시에 가지런히 담겨 나온 3개의 에굴을 보고 의자에서 굴러떨어질 만큼 배를 잡고 웃는다. 내 앞에 놓인 특별식은 삶은 계란 3개다.

"당신, 'egg'를 말했던 거야?"

미친 듯이 웃는 나를 멍하게 바라보고 있는 가이드를 향해 묻는다. 그가 의아한 듯 고개를 끄덕인다.

"자! 따라 해 봐! 이건 에굴이 아니고, 에그라고 해야지."

그도 웃는다.

"미안해. 난 발음이 안 좋아."

"아니야. 당신 영어 잘해. 그리고 많은 정보를 설명해 주잖아. 발음 연습만 조금 더 하면 정말 훌륭한 가이드가 될 거야."

"고마워. 당신은 정말 친절해. 유럽인이나 미국인들은 내 발음에 대해서 무시할 뿐 당신처럼 지적해 주지 않았어. 그리고 그들은 말이 너무 빨라서 대화하기가 힘들어."

"맞아. 나 역시 영어를 못하기 때문에 당신과 같아. 특히 미국인들과는 정말 대화하기 힘들어."

나는 계란을 까먹으며 그와 사소한 것들과 두 나라의 문화에 대한 이야기들을 나눈다. 물론 그의 발음 문제로 인해 그의 말을 이해하는 데 시간이 많이 걸리긴 하지만.

트레킹 첫날은 나야풀에서 'Tikhedhunga(티케둥가)'라는 곳까지 7시간가량을 걸었다. 내가 걷는 길은 마을을 지날 때는 바닥이 평평한 돌이 놓인 형태로, 오르막길은 그 돌로 만들어진 긴 계단이었고 또 간혹 흙이 보이는 땅을 밟을 수도 있게 아기자기하고 좁다란 형태였기에 지루하지 않았다. 지나치는 마을마다 다른 풍경과 정이 넘치는 사람들이 기다리고 있었다. 그 사람들은 자신들과 비슷한 외모의 내게 따뜻한 관심을 보여 주었다. 집들은 진흙으로 된 2층 형태의 건물들이 많았는데, 닭이나 염소 등을 길가에 풀어 키우고 있었다. 차가 다닐 수 없는 산길이라 당나귀들이 물건들을 실어 나르고 있었다. 커다란 대나무 망태에 끈을 달아 머리에 걸치고 풀을 한 짐 짊어지고 가는 여인네들, 머리에 색동천을 감싸고 날 보며 웃는 당나귀 몰이꾼들. 마치 타임머신을 타고 100년 전쯤의 과거로 돌아간 듯한 풍경이었다. 모든 것이 완벽했다. 단 하나, 한 남자에 대한 그리움이 내 가슴을 꽉 채우고 있다는 것만 빼면.

티케둥가에 근접할 즈음 비가 쏟아졌다. 가이드와 나는 비를 피하기 위해 커다란 나무 아래로 들어가 앉았다. 시계를 보았다. 어제 그와 시장을 돌던 시간이었다. 내리는 비를 바라보다 나도 모르게 눈물이 흘렀다. 소리 없이 흐르던 눈물은 어느새 작은 흐느낌이 되어 있었다. 나는 세운 무릎 위에 얼굴을 묻고 흐느꼈다.

"왜 그래?"

옆에서 담배를 피우다 내 흐느낌을 느낀 가이드가 놀라며 내게 물었다.

"당신은 운명을 믿어?"

대답 대신 난 눈물을 훔치며 그에게 물었다.

"모르겠어. 사람 이름이야?"

그는 안타깝게도 'Destiny'라는 단어를 알고 있지 않았다. 난 상관하지 않고 말을 이었다.

"아니. 하지만 운명이 날 울게 만들었어. 운명적인 사랑에 빠졌거든. 난 결혼해서 아이도 있어. 그런데 내 남편이 아닌 다른 사람에게 사랑을 느끼게 된 거야. 그런데 그는 한국인이 아니야. 그리고 난 곧 이곳을 떠나야 하기 때문에 그를 다시 만날 수도 없을 거야. 그가 너무나 보고 싶어. 미칠 만큼 보고 싶어. 어제 단 한 번 만난 그 남자가 이 아름다운 풍경을 느끼지도 못하게 내 가슴을 아프게 해."

난 그가 내 말을 듣는지 아닌지도 상관 않고 혼잣말처럼 영어로 이야기를 이어 나갔다.

"혹시, 그가 네팔인이야?"

담배를 비벼 끄며 그가 내게 물었다.

"응. 당신도 아는 사람이야."

"누군데?"

놀라는 표정으로 그가 다시 물었다.

"지원이야."

"지원? 난 그런 사람 모르는데…"

'이런. 자기 사무실에서 같이 일하는 직원 이름도 몰라?'

"아까 봤잖아. 우리가 택시 타고 출발할 때 사무실에 나타난 하늘색 티셔츠 입은 남자 말이야."

"아아! 지번! 그의 이름은 지원이 아니라 지번이야. 지번은 네팔어로 삶이라는 뜻이야."

"맞아. 그도 그렇게 말했어."

그의 이름이 지원이 아니라 지번이었다는 말에 내 눈물이 멈췄다. 왜 항상 난 틀린 걸까? 아마 어젯밤 바에서 음악 소리 때문에 잘못 들었던 것 같다. 하지만 그의 이름이 지원이든 지번이든 그건 그리 중요한 게 아니었다. 그의 이름을 사랑한 것도 아니었으니.

"그는 행운아군."

눈물을 멈추고 담배를 피워 무는 나를 향해 가이드가 웃으며 말했다.

"그가 행운아일지는 몰라도 난 지금 불행해."

빗속에 흩어지는 담배 연기를 바라보며 혼잣말처럼 대답했다.

비가 그친 후 40분가량을 걸어, 우리는 티케둥가에 도착한다.

돌계단으로 이루어진 마을 길을 몇 개의 롯지가 메우고 있다. 찬드라 게스트하우스 마당 안으로 들어서자 난간에 줄지어 널려 있는 옷가지들이 내가 산속에 들어와 있음을, 그리고 내가 여행자임을 다시 느끼게 해 준다.

나무판자로 만들어진 방에 가방을 풀고 방을 둘러본다. 각국의 언어로 이루어진 낙서가 엉성한 나무 벽을 가득 메우고 있다. 가끔 한글도 보인다. 거의 누구누구와 함께 왔다는 내용들이다. 해발 1,500m로, 기온은 가을 정도로 떨어져 있다. 찬물로 샤워를 하고 나니 정신이 번쩍 든다.

'그래, 정신 차리자. 넌 여행자야. 시시한 감상 따위에 빠지려고 이곳에 힘들게 온 게 아니잖아. 넌 어른이잖아. 잊자. 잊어. 노력해서 안 되는 일은 없는 거야. 이 신나는 경험을 즐기자. 그러다 보면 잊을 거야.'

나는 저녁 식사 접시를 싹싹 비웠다.

산속의 해는 빨리 떨어졌고, 밤이 되자 식당에서는 포터들과 여행자들의 작은 파티가 열렸다. '겟 삽 띠리리'라는 반복되는 구절의 네팔 민요를 부르며 산속의 하룻밤을 만끽하고 있었다. 다른 때 같았으면 그곳에 내가 자리하고 있었을 테지만, 오늘은 그곳에 끼고 싶지 않았다. 대신 방에서 글을 쓰며 나만의 파티를 즐기기로 했다. 먼저, 지번에게 편지를 썼다. 그에 대한 모든 것을 잊겠다는 다짐과는 달리 손에 쥔 펜은 그의 이름을 적고 있었다. 피할 수 없다면 즐겨야만 했다. 난 내게 왔던 그 신기한 경험을 기억하며 그를 향해 펜을 들었다. 내 마음을 솔직하게 종이에 써서 봉투에 넣어 두고, 노트를 꺼냈다. 단 8시간 만에 사랑에 빠진 전날의 운명 같은 경험을 노트에 적었다. 적다 보니 제목을 붙이고 싶어졌다. 그를 만난 곳, 페와호수와 마차푸차레가 날 품어 주었던 곳. 고민하지 않고 제목을 적었다.

POKHARA

글을 쓰는 동안 어느새 노랫소리는 멈춰 있고 주위는 너무나 조용하다. 시계를 보니 벌써 새벽 3시다.

'언제 이렇게나 시간이 지났지?'

삐그덕 나무문을 열고 밖으로 나간다. 복도 역할을 하는 베란다에 서서 하늘을 본다. 검은 하늘에 무수히 박혀 있는 별들이 내 눈길을 붙잡는다.

'아! 그래. 이거였어. 난 이걸 보러 여기 왔던 거지.'

처음 낙타 사파리를 계획했던 이유도 바로 이 별들 때문이었다. 끝없는 사막에 누워서 쏟아질 듯 펼쳐진 별들의 파티를 경험하고 싶었기 때문이다. 이곳이 사막은 아니지만, 지금 내 머리 위를 장식하고 있는 이 맑고 영롱한 불빛 잔치는 낙타 사파리를 하지 못하는 아쉬움을 말끔히 씻어 내기에 충분하다. 반짝반짝 작은 별, 아름답게 비치네…. 다이아몬드처럼… 반짝반짝…. 영어 동요를 작은 소리로 불러 본다. 정말 보석 상점에 있는 검은 융단에 작은 다이아몬드를 뿌려 놓은 듯 하늘은 우아한 자태로 이 밤, 파티의 주인공이 된다. 한참을 서서 별들을 감상하다 더 이상 추위를 참 아 내지 못하고 방으로 돌아온다.

'내일 또 강행군을 하려면 자야 할 텐데….'

내 의지와는 상관없이 잠이 오질 않는다. 다시 노트와 볼펜을 집어 들고 글을 써 내려간다.

얼마나 지났을까? 내가 한 마을에 서 있다. 내 앞에 한 무리의 사람들이 나타났다. 아니, 사람이 아니라 귀신이다. 그들은 목이 없었고, 몸 전체가 거꾸로 서 있기도 했다. 난 너무 무서워서 소리를 쳤다.

"왜 이러세요? 무서워요. 그러지 마요. 난 나쁜 사람이 아니에요. 원하는 걸 들어줄 테니 그렇게 하지 말아요."

그들이 귀신이라고 확신한 내가 소리쳤다.

잠시 후, 말 없는 그들은 모두 온전한 사람의 형상을 하고 내 앞에 서 있었다. 그들의 모습은 이곳 주민들의 생김새와 같았다.

"내게 원하는 게 뭐예요?"

내가 물었다. 그들은 말없이 손에 사탕을 들고 있었다.

"사탕을 원해요?"

나의 질문에 그들은 모두 뒤로 돌아 사라졌다.

눈을 떴을 때 난 내 방 안에 누워 있었다. 그런데 잠시 후, 한 무리의 소년들이 소를 몰고 내 방으로 들어왔다. 그 소년들 역시 말이 없었다. 난 그들에게 물었다. 이번에는 전혀 무섭지 않았다.

"너희도 사탕을 원하니?"

나의 질문에 소년들은 소를 몰고 유유히 사라졌다.

다시 눈을 떴을 때 난 이곳 게스트하우스의 마당에 알몸으로 서 있었다. 난 너무나 부끄러워 시트로 몸을 가리고 내 방을 찾기 위해 돌아다녔지만, 내 방을 찾을 수가 없었다. 그때, 마당에 한 남자가 나타났다. 그의 얼굴은 상처로 약간 일그러져 있었다.

"너 나랑 섹스하자."

그가 대뜸 내게 말했다.

"싫어. 난 내 방을 찾아야 해."

잠시 후, 그의 부하인 듯 보이는, 얼굴에 심한 상처가 있는 한 남자가 나타나 내게 욕을 해 대면서 첫 번째 남자와의 섹스를 강요했다. 난 그들이 조직폭력배라고 생각했다. 그리고 화가 나서 소리쳤다.

"너희는 너희 구역에서 살아. 우리는 우리 구역에서 살 테니까. 우리는 너희의 세계에 침범하지 않는데 너희는 왜 우리 구역에 와서 우릴 괴롭히는 거야?"

어떻게 내가 그런 용기를 발휘했는지는 모르겠다. 그렇게 소리치는 나는 그 두 남자와 정면으로 마주하고 있었다. 그런데 잠시 후, 난 대여섯 명의 남녀와 그들을 마주하고 줄을 서 있었다. 내 위치는 뒤에서 두 번째 자리로 바뀌어 있었고, 나를 포함해 두 줄로 선 사람들은 선 자세로 앞사람과 섹스를 하고 있었다. 나 역시 내 앞의 누군가에게 몸을 비비고 있었고, 내 뒤의 사람도 내게 같은 자세를 취하고 있었다. 그런 내 모습에 부끄러움과 두려움을 느낀 순간, 난 눈을 떴다. 다행히 게스트하우스의 내 방이었다. 그런데 그 순간, 누군가 누워 있는 나의 오른쪽 옆에서 내 볼과 목을 혀로 핥고 있는 게 느껴졌다. 숨이 막힐 만큼 무서웠다. 그리고 그 짧은 찰나에 이 작자가 어떻게 내 방에 들어왔을까 생각해 봤다.

'내가 별 보고 들어오면서 문을 잠그지 않은 걸까?'

두려움은 극에 달했고 차마 소리조차 지를 수가 없었다. 찰나에 손톱으로 그의 얼굴을 꼬집어 그가 아파할 때 도망가야겠다는 생각이 들었다. 난 왼손을 뻗어 그의 얼굴을 손톱으로 꽉 움켜쥐었다. 어둠 속에서 얼굴 근육의 뭉큰한 느낌이 내 손가락 끝에 전해졌다. 동시에 고개를 오른쪽을 돌려 그를 보았다. 세상에! 내 옆에는 아무도 없었다. 정말 말도 안 되는 상황이었다. 방문은 굳게 잠겨 있었고 내 방에는 나 외에는 아무도 없었다.

'그렇다면, 아직도 내 손끝에 머무는 이 느낌은 도대체 뭐야?'

귀신이었다. 난 귀신을 경험한 것이다. 그런데 더 이상한 것은 무섭지가 않았다. 이런 경험을 했다면 무서워서 덜덜 떨어야 할 텐데 오히려 내 옆의 누군가를 느꼈을 때보다 무섭지가 않았다. 다시 시계를 보았다. 겨우 5시…. 한참 별 구경을 하다 방으로 돌아왔으니 난 4시 이후에나 잠이 들었을 것이다. 불과 1시간 정도 잠들었는데 귀신을 경험한 것이다. 담배를 피워 물며 생각에 잠겼다.

'왜 그들이 내게 나타났을까?'

난 내 나름의 추론에 도달했다. 내게 사탕을 요구한 무리는 아마 근처 마을의 주민들이었으리라. 이곳까지 오는 동안 매끈한 돌로 단정하게 닦여 있는 산비탈 길을 걸어왔다. 누군가는 그 길을 만들었을 것이고 이 빈곤한 나라에서 그 일을 다 장비에 맡겼을 리는 만무하다. 결국 근처 마을 주민들이 노역을 했겠지. 그들은 노역 중에 비탈에서 굴러떨어져 죽은 사람들이거나 노역으로 인해 병을 얻어 죽은 이들일 것이다. 그리고 내게 섹스를 요구했던 무리는 등반가들일 것이다. 이곳 히말라야의 고봉들을 정복하기 위해 산을 오르다 사고사한 젊은 남자들 말이다. 여자 혼자 이곳에서 잠을 자고 있으니 내게 섹스를 요구한 것이다. 생각이 그렇게 미치자 그들이 안쓰럽고 마음이 아팠다. 그리고 날이 밝아 다시 산을 오를 때 약속대로 사탕을 사서 주리라 마음먹는다. 그리고 오늘 밤 섹스를 요구하는 귀신들이 나타나면 순순히 허락해 주리라 결심한다.

'남자 귀신들은 일그러진 무서운 얼굴이 아닌 좀 멀쩡한 모습으로 오면 안 되나?'

날이 밝자 세수를 하러 마당으로 내려갔다. 두 명의 포터가 마당에 서서 담배를 피우며 지나가는 나를 보고 휘파람을 불며 저희끼리 낄낄거렸다. 어딜 가나 네팔 남자들에게 받는 이 시선이 기분 좋다. 한국 여자들이 예쁘긴 한가 보다.

"나마스떼."

그들 중 한 명이 내게 인사를 건넸다.

"나마스떼."

수도꼭지를 틀어 세수를 하려던 내가 멈추고 그들에게 돌아서며 물었다.

"혹시 여기에서 귀신을 만났다는 사람 있었어?"

"귀신?"

"응."

"아니, 없었어. 왜?"

아니라고 대답할까 하다가 내 체험담을 간단하게 얘기했다. 섹스 이야기는 빼고. 얼마 지나지 않아, 그곳에서 나는 꽤 유명한 사람이 되었다. 아마 가이드와 포터들 사이에 한국에서 온 미친 여자 한 명이 이곳에 있다는 식의 소문이 삽시간에 돈 모양이었다. 지나가는 네팔인마다 나를 보고 저희끼리 속닥거리며 낄낄거렸다. 상관없다. 평생 볼 것도 아닌데.

아침을 먹고 있을 때, 가이드 시따가 식탁으로 걸어와 마주 앉았다. 그도 소문을 들었는지 걱정스러운 눈빛으로 간밤에 잘 잤냐고, 아무 일은 없었냐고 물었다.

"사람들이 내 이야기를 하고 다니지?"

"응 조금…."

"나보고 미친 여자래?"

"아니야… 그건…. 그런데 귀신을 본 게 사실이야?"

"사실이라 그러면 믿을 거야?"

"음… 가끔 몸이 피곤하면 그런 현상을 겪을 수 있어. 넌 어제 밥도 제대로 먹지 않고 하루 종일 걸었잖아."

"나 어제 저녁밥 많이 먹었어. 그리고 거짓말이 아니라고. 당신이 믿든 아니든 상관은 없지만 당신들이 날 이상한 여자 취급하는 건 기분 나빠. 봐! 저기서도 날 바라보고 낄낄거리고 있잖아."

"아니야. 그렇지 않아. 모두 당신이 걱정되어서 그런 거야."

"알겠어. 고마워. 그리고 난 사탕을 사야 하니까 당신이 좀 도와줘."

"왜? 사탕 먹고 싶어?"

"아니. 간밤에 그들과 약속했어. 사탕을 주겠다고."

아마 시따도 이 순간은 정말 내가 미쳤다고 생각했을지도 모른다. 하긴 그에게 처음부터 난 미친 여자였는지도 모르겠다. 혼자 트레킹을 온 것도 범상치 않은 데다가 비 오는 날, 나무 아래에서 훌쩍거리며 처음 본 네팔인을 사랑하고 있다고 토로한 것부터 심상치 않다고 생각했을 것이다.

'젠장, 무슨 상관이야!'

식사를 마치고 그의 안내로 앞에 있는 구멍가게에 사탕을 사러 갔지만, 그곳에 사탕은 없었다. 난 사탕 대신 초콜릿 바를 몇 개 사서 가방에 넣고 길을 나섰다. 비탈길 돌계단이 시작되는 곳에서부터 초콜릿 바를 부러뜨려 조금씩 뿌렸다.

"그 꿈에 나타난 사람들이 어떻게 생겼었어?"

그 계단을 앞서 오르던 시따가 갑자기 돌아서며 내게 말했다.

"이곳 주민들 같았어. 소년들은 소를 몰고 있었고. 왜? 더 듣고 싶은 거야?"

"음… 아무래도 당신 말이 맞는 것 같아."

"왜?"

"저쪽에 마을이 있었는데, 2년 전에 비가 많이 와서 마을 하나가 다 쓸려 내려가고 지금은 저기 보이는 집 몇 채만이 남아 있는 거야. 그때 마을 사람들이 많이 죽었어. 그래서 우리가 가는 길로 조금 더 가다 보면 위령비를 볼 수 있어."

시타는 내 앞에 펼쳐진 계곡과 몇 채의 집을 손가락으로 가리키며 설명해 주었다.

"정말이야?"

나도 깜짝 놀랄 얘기였다.

"얼마나 죽었는데?"

"아마 20명 정도?"

"세상에!"

"아마 당신의 마음이 착해서 당신 꿈에 나타났나 봐! 자신들의 소원을 들어줄 거라 생각했나 봐."

"사탕? 하하. 그런데 정말 신기해. 이곳은 내게 별 희한한 경험을 다 하게 해 주네."

추론이 맞았다는 사실에 기분 좋아진 나는 웃으며 길을 걸었다. 위령비에 놓기 위해 더 이상 초콜릿 바를 길에 뿌리지 않았다. 계단을 50m쯤 올라갔을까? 돌로 단을 만들어 세워 놓은 위령비가 나타났고 나는 그 앞에 나머지 초콜릿 바를 모두 놓고 간단한 묵념을 올린 뒤 다시 발걸음을 옮겼다.

'부탁인데, 이거 먹고 함부로 사람들한테 나타나지 말아 줘.'

둘째 날은 8시간가량을 걸었다. 중간에 점심을 먹은 마을은 'Ulleri(울레리)'라는 곳으로, 해발 2,010m 지점에 위치해 있었다. 마을 이름이 웃겨서 난 계속 '울레리 꼴레리'라고 읊조리며 점심을 먹었다. 점심 식사 후 우리는 'Ghorepani(고래빠니)'라는 마을을 향해 걷고 또 걸었다. 고래빠니로 가는 길은 거대한 고사리와 나무들이 빽빽이 들어차 하늘을 가리고 있어서 열대 우림 같은 느낌이 들었다. 오후가 되자 다시 큰 비를 만났다. 아마도 비슷한 시간에 비는 내리고 이 비구름은 포카라로 흘러가 나와 지번이 경험했던 그 비를 만들어 내는 것 같았다. 그 비를 피하며 또 지번에 대한 그리움에 가슴이 아팠다.

트레킹은 힘들었지만, 견딜 만했다. 암벽 등반이나 급경사 길도 없었고 우거진 숲, 마을의 돌길과 돌담, 이름 모를 꽃들과 계곡 아래로 펼쳐진 겹쳐진 산들의 모습들이 내 마음을 보듬어 주었기 때문이다. 해발 2,750m에 위치한 고래빠니 마을에 들어서며 지번으로 인해 아팠던 내 마음이 차차 안정을 찾아 가는 걸 느낄 수 있었다. 글쓰기를 통해 내 아픔이 종이로 옮겨졌기 때문인지도 모른다.

저녁 식사 후, 어둠이 산속의 숙소를 가득 채우자 지난밤의 귀신 체험이 다시 떠올라 잠을 청하기가 조금 무서웠다.

"만약 내가 자다가 지난 밤과 같은 경험으로 무서워서 홀로 있기가 어려워지면 당신을 찾을 수도 있어. 그러면 날 여기 게스트하우스의 여자들과 함께 잘 수 있도록 부탁해 줘."

내가 시따에게 요청했고 그는 알겠다고 걱정 말라고 날 안심시켰다. 나의 염려와는 달리 그날 밤은 아무 꿈도 꾸지 않았고 그 누구도 나타나지 않아 편안하게 잠을 잘 수 있었다. 아마 요구 사항이 관철되어서 그들이 모두 안정을 찾은 모양이었다. 정말 다행이다.

새벽 4시, 개운해진 몸으로 나는 침대에서 일어났다. 그리고 몸이 떨려 오는 추위를 피하기 위해 몸이 둔할 만큼 옷을 껴입고 시따를 따라 어두운 새벽길을 나섰다. 태어나 처음 새벽 산행을 하는 것이었다. 시작하는 기분은 상쾌하고 묘한 성취감도 들었다. 그런데 10분을 채 못 가 내 몸에 이상이 생겼다. 갑자기 머리가 어지럽고 구역질이 계속 나는 것이었다.

"괜찮아?"

비틀거리다 주저앉아 구역질을 하는 나를 보며 시따가 걱정스럽게 물었다. 사실 괜찮지는 않았다. 하지만 내가 여기까지 온 이유가 바로 500m 위에 있는데 여기서 멈출 수는 없었다.

"괜찮아. 내 가방을 좀 받아 줘."

난 내 배낭을 그에게 맡기고, 점퍼를 벗고 다시 걸었다. 상황은 점점 나빠졌다. 난 10m 이상을 전진하지 못하고 앉았다 구역질하기를 반복했다.

"안 되겠어. 돌아가자. 네 몸 상태가 너무 위험해."

시따가 돌아가기를 권유했다.

"안 돼. 난 꼭 설산들과 일출을 볼 거야. 난 할 수 있다고."

뒤에 오던 트레커들이 모두 나를 앞지르고 난 어지러움으로 스틱을 놓치기까지 했다. 정신이 혼미해지는 상황까지 왔다. 길이 제대로 보이지를 않았다. 시따가 비틀거리는 나를 부축했다. 난 그의 팔을 뿌리쳤다.

"난, 난 할 수 있어. 난 뭐든지 할 수 있어."

난 나 자신에게 소리를 쳤다. 시따가 내 고집을 꺾으려 계속 나를 설득했다.

"다음에 또 오면 되잖아. 만약 이러다 네가 심장마비라도 일으키면 너랑 나 둘 다 끝이야. 제발 내 말 들어. 돌아가자."

"싫어. 싫어. 싫다고. 난 할 수 있어. 난 꼭 설산과 일출을 볼 거라고. 젠장, 나를 내버려 둬."

난 소리를 지르며 울었다. 기억이 순간적으로 상실된 것 같은 상태로 앞이라고 판단되는 곳으로 비틀거리며 걸었다. 그렇게 몇 걸음을 가다가 넘어져 울고 토하기를 얼마나 반복했을까? 내 앞으로 평지가 나타났다. 해발 3,210m 'Poon Hill(푼힐)' 정상에 도착한 것이었다. 난 정상의 평지를 휘젓고 다니며 펑펑 울었다.

"내가 해냈어. 내가 해냈다고. 난 뭐든지 할 수 있다고 했지? 내가 해낸 거라고."

그곳에 있던 사람들은 산발의 머리로 울며 소리치고 다니는 미친 동양인 여자를 의아한 눈빛으로 바라보았다.

너무나 아름다웠다. 동이 터 오는 하늘을 배경으로 내 주위를 둘러싸고 있는 하얀 옷을 입고 있는 수많은 하얀 설산. 그 어떤 말로도 표현할 수 없었다. 그 어떤 말로도.

"정말 넌 대단한 여자야. 축하해."

시따도 머리를 절레절레 흔들며 나의 성공을 축하해 주었다. 그리고 내 주위를 병풍처럼 둘러싸고 있는 크고 작은 산들의 이름을 하나하나 알려 주었다. 하지만 내 귀에는 들어오지 않았다.

'이름 따위는 중요하지 않아. 이건 모두 신이 만든 작품이야. 이름이란 건 인간들이 만든 거야. 신의 작품에 인간들이 만든 이름을 붙인다는 것 자체가 우스운 거지.'

하지만 내 눈에 들어온 우아한 자태의 한 봉우리는 그 이름을 부르지 않을 수 없었다. 'Dhaulagiri(다울라기리)' 난 단번에 그 봉우리의 이름을 알 수 있었다. 지번과 함께 산악박물관에서 사진으로 보고 내가 반했던 그 모습이었다. 지번이 나의 수첩에 써 준 그 이름의 산이 내 앞에서 날 향해 여신처럼 당당하고 고결하게 웃고 있었다.

'지번! 네 말이 맞았어. 사진과는 비교도 안 돼. 너무 아름다워. 저 살굿빛 살결을 좀 봐. 너와 함께 이곳에 서 있었다면… 그랬다면… 만약 그랬었다면….'

결국 난 주저앉아 다시 울음을 터뜨리고 말았다.

"당신 무슨 슬픈 일 있어? 아니면 아직도 아파서 그러는 거야? 다른 사람들은 모두 행복해하는데 당신만 슬퍼하고 울고 있어."

가이드가 걱정스레 내게 물었다.

"한국 사람들은 슬플 때만 우는 게 아니야. 너무 행복해도 눈물이 나오거든. 난 지금 너무 행복하고 감사해서 우는 거야."

난 가이드를 안심시켰다. 그는 이해하기 어렵다는 듯 어깨를 으쓱했다.

'정말 행복해서만 우는 거니? 정말 그런 거야?'

나에게 질문을 다시 던져 본다.

드디어 해가 떠올랐다. 눈부신 광채를 산 뒤에서부터 조금씩 보여 주며 올라오더니, 이내 그 육중하고 장엄한 본체를 내 앞에 드러내어 세상이 다시 시작되었음을 알려 주었다.

난 산발한 채로 몇 장의 사진과 동영상 촬영을 하고 시따에게 내려가자고 했다.

"벌써 내려가게? 다 본 거야?"

시따가 서둘러 내려가려는 내게 물었다.

"응. 아름다운 것일수록 오래 보면 감흥이 떨어져. 더 오래 아름답게 기억하기 위해서는 더 보고 싶을 때 돌아서야 해."

난 시따를 앞서 하산했다. 그런데 이상한 것을 깨달았다. 그토록 어지럽고 토할 것 같던 내 몸이 아무렇지도 않고 오히려 가벼워진 것을 느낀 것이다. 불과 20분 전만 해도 난 죽을 것 같았다. 고산증이 아닐까 생각했었다. 그런데 지금은 아무렇지도 않은 것이다.

"고산증이 이렇게 빨리 사라져?"

시따에게 물었다.

"글쎄…. 고도는 아까와 똑같은데…."

시따도 의아하다고 했다. 그제야 난 알게 되었다. 신이 내게 더 큰 선물을 주시기 위해 잠깐의 시험을 한 거라는 걸 말이다. 만약 수월하게 푼힐에 올랐다면 그 아름다움과 감격이 방금과 같을 수 있었을까? 절대 아니었을 것이다. 난 더 큰 성취감과 앞으로 내 미래에 대한 자신감을 푼힐 정상에 섰을 때 갖게 되었다. 신은 단지 아름다운 풍경을 내게 주시는 데서 그친 것이 아니라 그보다 더 많은 것을 주고 싶어 하셨던 것이다. 날 너무나 사랑하시기에. 어느새 나는 유신론자로 변해 있었다.

'감사합니다. 정말 감사합니다. 그럼 지번은 제게 왜 주신 거예요?'

산을 내려오며 내가 신에게 물었다. 신은 대답 대신 다울라기리
에 실구름을 걸어 주었다.

'언젠가는 그 답을 찾을 수 있겠지….'

난 불안하지 않았다. 콧노래를 흥얼거리며 아침 식사를 하기 위
해 숙소로 돌아왔다.

원래 셋째 날의 일정은 간두룩으로 가는 것이었다. 식사를 마친
후, 난 시따에게 일정을 바꿔 줄 것을 요청했다. 포카라로 조금이
라도 일찍 돌아가고 싶어서였다.

"이 근처에 'Tatopani(따또빠니)'라는 온천 마을이 있다고 들었어.
난 오늘 그곳으로 가서 온천을 하고 내일 아침 일찍 포카라로 가고
싶어."

"상관은 없지만, 따또빠니는 교통편이 나빠서 포카라까지 가는
데 시간이 많이 걸릴 텐데."

잠시 망설여졌다.

"그럼 간드룩으로 가면 내일 몇 시쯤 포카라에 도착할 수 있어?"

"간드룩에서 다시 나야풀로 가야 하니까… 아마 내일 저녁 7시
쯤 도착할 수 있을 거야."

"그럼 따또빠니에서 바로 포카라로 가면?"

"아침에 출발하면 2시경이면 도착할 수 있을 거야."

"그럼 따또빠니로 가자."

그렇게 우리는 루트를 바꾸고 하산 여정을 시작했다.

따또빠니에 가기 위해 우리는 반군 'Maoist(마오이스트)'들이 가끔 출현한다는 거친 돌밭 길을 걸었고, 깊은 계곡을 가로질러 걸쳐 있는 80m 길이의 철사로 만든 구름다리도 건넜다. 이곳에 오기 전에는 상상도 할 수 없는 일이었다. 난 고소공포증이 있기 때문이다. 다리 앞에서 한참 망설이긴 했지만, 나는 푼힐에서의 성공을 기억하며 목적지, 즉 건너편 땅을 바라보며 천 길 낭떠러지 계곡 위를 조심스럽게 걸어 나갔다. 모든 두려움은 내 안에 있다는 것을 깨닫게 된 것이다.

따또빠니는 깊은 산속의 계곡 마을이다. 따뜻한 물이라는 뜻의 지명을 가진 따또빠니는 하늘보다는 산이 더 많이 보인다. 깊디깊은 산속이라 해도 빨리 진다. 이곳 온천이 좋다는 것을 한눈에 알 수 있다. 마을 여인들의 얼굴이 하나같이 하얗고 피부가 좋기 때문이다. 숙소에서 휴식을 취하고 노천 온천을 즐긴다. 아무런 부대시설 없이 공터에 노천탕 하나만 있는 천연 온천인데 높은 산을 주변에 두르고 있어 내겐 그 어떤 고급 리조트 온천보다 훌륭한 곳이다.

저녁에는 시따와 게스트하우스 주인과 함께 트레킹을 성공적으로 마친 기념으로 조촐한 파티를 했다. 게스트하우스 식당의 요리는 모두 맛있었다. 난 사장과 요리사에게 몇 번이나 감사의 말을 전했다. 예상치 못했던 곳에서 맛 좋은 음식과 휴식을 즐기니 기분이 너무 좋았다. 지번에게 빨리 돌아가고픈 마음이 편안하게 쉬는 행운까지 선물해 주었던 것이다.

재회

이튿날 아침, 아침 식사를 마치고 게스트하우스 사람들과 작별하고 우리는 포카라로 향했다. 깊은 계곡의 구름다리를 건너고 마오이스트 출현 지역을 지나 40분가량 걸어서 도착한 한 마을에서 택시를 대절했다. 조금이라도 더 빨리 포카라로 가고 싶었다. 마치 지번이 포카라에서 날 기다리기라도 하는 양 말이다. 나의 바람과는 달리 택시는 비포장 돌길을 시속 30㎞의 속도로 덜컹덜컹 달리더니 1시간도 채 못 되어 도로 위에서 퍼지고 말았다. 택시 기사가 내려서 공구로 여기저기를 두드린 지 20분 만에 택시는 겨우 출발했다. 그러나 30분도 채 못 달려서 택시 기사는 한 마을의 택시 승강장 앞에 우리를 내려 주며 차를 정비 센터로 보내야 하니 다른 택시에 타라며 내리라고 했다. 다행히 그가 다른 택시를 섭외해 주어 우리는 그 택시를 타고 다시 4시간가량 뿌연 먼지 속을 달려 포카라에 들어섰다. 드디어 택시가 여행사 앞에 멈춰 섰다.

'침착하자. 침착해.'

태연스러운 표정을 과장되게 만들며 사무실 안으로 들어선다.

매니저에게 인사를 받고 사무실 안을 둘러본다. 그가 없다. 순간 힘이 쭉 빠진다. 하긴 그가 날 기다리기로 한 것도 아닌데 왜 혼자 망상에 빠져 있었을까? 나 스스로 어처구니가 없어 헛웃음이 나온다.

"트레킹은 어땠어?"

"너무 좋았어. 가이드 시따가 많은 정보도 주었고 키스하거나 만지지도 않았어."

웃으며 말을 받는다.

"즐거웠다니 나도 기뻐. 그럼 이제 홀리 롯지로 다시 가는 거야?"

"그래야지."

이제 맡겨 둔 내 짐을 찾아 이곳을 나가면 된다. 난 내일 밤 여기를 떠나야 하니까. 하지만 내 발걸음은 그곳에서 머뭇거린다. 괜히 매니저와 이런저런 잡담을 주고받으며 서성거린다. 혹시 그가 나타나지 않을까 기대하던 마음을 돌려 여행사 밖으로 발걸음을 내디딘다.

'그래, 이건 운명이다. 그와 더이상 만날 수 없다는.'

홀리 롯지 여주인이 나를 반갑게 맞는다. 트레킹은 어땠냐고 트레킹하는 동안 몸이 아프지는 않았냐고 마치 오랫동안 알고 지낸

이웃처럼 나를 맞아 준다. 그녀의 호의에 응대를 하고 새로운 방을 배정받아 짐을 푼다. 샤워 꼭지를 돌리며 울음을 꿀꺽 삼킨다.

'이건 너무 허무해. 그를 빨리 보기 위해 3,000루피나 썼는데⋯. 이건 너무 가혹하다. 그래, 운명이라 받아들이고 더 이상 연연하지 말고 나가서 카트만두행 버스표나 끊자.'

샤워를 마치고 방을 나선다. 우울감이 봇물처럼 쏟아지지만 참아 보기로 한다. 늦은 점심을 먹고 터덜터덜 페와호수 주변을 걷는다. 나도 모르는 사이, 나는 그의 사무실 앞을 지나고 있다. 내 두 발이 나란히 멈춘다. 사무실 앞에 그가 서 있다.

'그냥 지나치면 그가 나를 먼저 아는 척할까?'

그와의 거리가 가까워질수록 마음이 초조하다. 그는 아직 나를 보지 못했다. 그와 내가 오버랩되려던 찰나.

"하이."

그의 목소리가 나를 멈춘다. 내 심장이 바닥으로 쿵 떨어진다. 나는 소리를 따라 얼굴을 그에게 돌린다.

"하이."

"잘 지냈어?"

"응. 너는?"

"나 역시⋯. 트레킹은 어땠어?"

"응. 너무 즐거웠어. 생전 처음 경험하는 놀라운 일들이 많았어."

나는 태연한 척 애쓰며 웃으며 그의 질문에 답한다.

"가이드도 잘해 주었고?"

"응. 물론이야. 많은 정보를 주었고, 키스하지도 만지지도 않았어. 후후."

"하하. 우리 매니저에겐 정말 다행이군."

"그렇지."

"…"

"…"

"언제 떠나?"

잠깐의 침묵이 흐른 뒤 그가 묻는다.

"아마 3, 4일 후? 아마."

"3, 4일 후에?"

"응."

'왜 내가 이렇게 얘기한 거지? 나는 내일 떠나기로 하고 버스표를 사러 가던 길이었잖아.'

그를 만난 후, 내 입의 지배자는 머리가 아닌 가슴으로 바뀌어 있었다.

"이제 가 봐야겠다."

내가 어색한 분위기에 종지부를 찍었다.

"그래…. See you!"

나는 발걸음을 옮긴다. 그의 말을 입속에 넣고 따라 해 본다.

씨유. 다시 만나. 우리가 다시 만날 수 있을까? 이제 목적지도 없어졌는데 나는 어디로 가야 하나?

페와호숫가의 벤치에 앉는다. 담배를 피워 물고 호수 위를 떠다니는 배를 바라본다. 담뱃재가 내 가슴처럼 타들어 간다. 노트를 꺼내 글을 적는다.

4일 만에 그를 만났다. 왜 이럴까? 오직 그의 모습만이 내 눈에 들어왔다. 하지만 먼저 다가갈 수 없었다. 트레킹이 재미있었냐고 묻는 그에게 너무 좋았다고 과장되게 말했다. 네가 없어 힘들었다고, 많이 울었다고 말하지 못했다. 왜 트레킹 가이드가 바뀐 거냐고 묻지도 못했다. 언제 여길 떠나냐고 그가 물었다. 3, 4일 후라고 말했지만, 난 모르겠다.

"See you."

그가 마지막에 내게 말했다. 정말 다시 또 만날 수 있을까? 그와 나 사이엔 너무나 먼 거리가 있는데…. 이토록 가슴이 두근거리고 가슴 한 곳에 구멍이 뻥 뚫린 것 같은 내 감정을 그는 알고 있을까? 그에게 썼던 편지도 전해 주지 못했다. 너무 보고 싶었다고, 네 생각을 하루 종일 했고, 너에 대해 가이드에게 수없이 물었다고 말하지 못했다. 그 어느 것도 말하지 못했다. 그 어떤 것도 확실한 것이 없기에. 내 안의 두려움은 트레킹을 통해 없애고 왔는데, 그에 대한 그리움은 버리지 못하고 왔나 보다. 아름답다. 지금 이 순간의 호수! 그와 배 위에서 느꼈던 바람이 다시 불고, 그와 보았던 물결이 호수 위를 장식한다. 그와 맡았던 공기의 내음, 그리고 태양도 그 위치에 그대로 있다. 단지 변한 것이 있다면, 지금 나는 홀로 호숫가에 앉아 있다는 것과 그에 대한 내 안의 그리움이 더욱 커졌다는 것뿐이다. 단지 그것만 변한 것이다.

나는 한숨을 쉬며 펜을 내려놓는다. 어느새 호수에 어둠이 스며들기 시작한다. 페와호수에 해가 진다. 천천히, 아주 천천히…. 찰칵, 찰칵. 카메라 셔터를 누른다. 같은 곳에서 바라보아도 항상 석양의 모습은 다르다. 그 다름이 항상 아름답다. 내가 좋아하는 하늘, 구름, 호수가 내 감정을 더 북돋운다. 노을 지는 호수를 보며 끝이 없는 슬픔 속에 빠져든다. 나는 왜 여기에 있는 걸까? 왜 여기서 아픔을 느끼고 있는 걸까? 오른손 엄지와 검지손가락으로 땅으로 내려오고 있는 해를 잡아 본다. 내 눈에 잡힌 해가 들어온다. 하지만, 잡고 있는 것으로 보이는 것일 뿐 해는 절대 내가 잡을 수 없는 것이다. 이것이 진실이다. 그를 잠시 다시 만난다 해도 가질 수는 없는 것이다. 그것이 진실이다. 하지만 왜 나는 진실에 자꾸 고개를 젓는 것일까? 해는 완전히 산 뒤로 숨어 버렸고 내 곁에 남은 건 어두워진 거리 풍경뿐이다.

눈을 떴다. 지난밤은 이곳에 온 이후로 가장 긴 잠을 잤다. 아마 트레킹 후의 피로 때문이겠지. 하루 8~9시간의 강행군을 하고도 잠은 고작 3시간 정도씩만 잤으니, 내 체력은 바닥을 보이고 있었다. 몸을 일으켰다. 오랜만에 무리하게 근육을 사용한 탓에 내 다리는 거의 마비 상태다. 버스 티켓을 샀더라도 오늘 떠나기는 힘들었을 것 같다.

과일로 아침을 때운 후 호텔 베란다의 테이블에 앉아 친구들에게 편지를 쓴다.

잘 지내니? 난 잘 지내.

눈물이 울컥 솟는다. 왜 신은 내게 이런 시련을 주시는 걸까? 테이블에 엎드려 한참을 엉엉 소리 내어 울어 본다. 참고 있던 설움이 눈물로 쏟아져 내린다. 그래. 이렇게 다 쏟아내서 그를 잊을 수만 있다면 밤새도록이라도 울겠다는 생각이 든다. 한참을 울고 나니 가슴이 뻥 뚫린 듯 시원하다. 코를 킁 풀고 노트에 글을 쓴다. 새소리가 내 기분을 조금 더 진정시켜 준다. 나를 치유하는 것. 눈물, 자연, 글쓰기.

호수의 일몰 시각에 맞추어 길을 나선다. 머릿속에는 두 가지 생각이 계속 교차한다. 포카라를 떠나기 전에 지번을 한 번만 더 만나자. 아니다. 그와 어떤 인연도 더 이상 만들지 말고 내일 카트만두로 떠나자.

그의 사무실 앞을 지나쳐 서점에 들어간다. 포카라 시내 지도를 사고 엽서 몇 장을 고른다. 모두 다울라기리 사진이다. 다시 걷는다. 생각은 계속 교차한다. 버스 파크 근처에 다다를 즈음 결정을 내린다. 발길을 돌려 그의 사무실로 향한다. 하지만 이건 옳지 않다. 사무실을 지나쳐서 숙소로 직진한다. 숙소에 거의 다 도착할 무렵, 다시 그의 사무실 쪽으로 몸을 돌린다.

여행사에는 처음 보는 남자가 데스크에 앉아 있다. 입구에서 잠깐 머뭇거리다가 용기를 내어 안으로 들어선다.

"실례지만, 뭐 하나만 물어봐도 될까?"

그가 건네는 인사를 제대로 받지도 않고, 내 용무를 말한다. 내 마음이 또 바뀔지도 모르기에.

"뭘 도와줄까?"

"내가 지번이라는 가이드한테 물어볼 게 있어서 그러는데 그의 전화번호 좀 알려 줄래?"

그는 다짜고짜 가이드 전화번호를 묻는 나를 잠깐 의아한 눈빛으로 바라보더니 자신의 핸드폰을 검색해서 내가 내민 수첩에 10자리 숫자를 적는다.

"잠깐. 내가 여기서 지번에게 전화를 걸어 줄게."

내 수첩에 숫자를 적고 나서 그가 불필요한 호의를 베푼다. 얼떨결에 고맙다고 해 놓고 막상 그가 수화기를 들고 전화를 거는 모습을 보며 이 남자 앞에서 무슨 말을 하겠나 하는 생각에 거절하지 못한 것을 후회한다.

몇 마디의 네팔어로 통화를 하더니 내게 수화기를 건넨다.

"헬로우."

그의 목소리다.

"헬로우. 나 은이라고 해. 기억해?"

"응. 알아."

내 목소리를 안다는 건지, 내 이름을 안다는 건지, 나를 안다는 건지. 그의 'I know'의 의미를 모르겠다.

"음… 내가 쇼핑을 좀 하려고 그러는데…."

"그러면 거기 있어. 내가 2분 후면 도착할 거야."

내 말이 끝나기도 전에 그의 답변이 되돌아온다.

"어, 어…. 그럼 그래."

'아! 이게 아닌데…. 어휴, 창피하게 여기서 무슨 얘기를 한담. 일이 왜 이리 꼬이는 거야? 그냥 전화번호만 받아서 갈걸. 에이씨!'

수화기를 내려놓자 데스크의 남자가 내게 자리를 권한다. 나는 고맙다고 인사하고 의자에 앉는다. 잠깐의 침묵이 흐르고, 망설이던 그가 내게 말을 건넨다.

"너 트레킹만 다녀왔지?"

"응."

"난 네게 치트완(Chitwan) 사파리를 권하고 싶어."

그가 브로슈어 하나를 꺼내더니 내게 건넨다.

'오 마이 갓. 이거 정말 아니거든.'

하지만 웃으며 브로슈어를 받는다.

"최고의 리조트에서 야생 동물도 보고 즐거운 시간을 보낼 수 있어. 지번과 같이 착한 가이드가 동행할 수 있어."

'이런 여우 같은 놈.'

하지만 내 귀에 '지번', '동행'이라는 단어가 남겨진다.

'가격이나 물어볼까? 안 그래도 이곳에 오기 전에 보고 관심이 가긴 했는데….'

"얼마인데?"

"95달러."

"너무 비싸. 난 벌써 트레킹에 많은 돈을 썼어."

"하지만 정말 특별한 추억이 될 거야. 모든 일정이 다 포함된 가격이라니까."

심히 망설여진다. 만약 지번과 함께 그곳에 간다면….

'야! 미쳤어? 너 지금 뭐 하는 거야?'

머릿속에서 나의 다른 자아가 소리친다. 하지만 난 그 소리를 무시한다.

"만약 가이드가 붙는다면 난 지번을 원해."

내가 뱉은 말에 내가 놀란다.

"지번?"

남자가 나를 응시한다. 난 그의 시선을 무시한다.

"응. 그리고 가격이 너무 비싸. 난 돈이 별로 없어. 가격을 깎아 줘."

너무나 뻔뻔하게 상황을 밀어붙이고 있다. 예상치 않게 벌어진 그 상황을 말이다.

"좋아. 그럼 90달러까지 해 줄게."

"그럼 난 못 해."

그때, 지번이 문을 열고 들어왔다.

'아… 지금 내 모습 정말 추하다. 이건 정말 아닌데….'

그제서야 후회가 파도처럼 밀려와 눈을 질끈 감는다. 그는 옆자리에 앉아 이 상황을 관람한다. 빨리 이 상황을 끝내고 싶어서 그가 내밀고 있는 계약서에 내 이름을 적고 사인을 한다. 남자가 옆에 앉아 우리를 지켜보고 있던 지번에게 네팔어로 뭔가를 얘기하자, 지번이 고개를 끄덕인다.

"좋아. 지번이 네 가이드가 되어 주기로 했어."

난 너무 창피해서 지번의 얼굴을 보지도 못한다. 그가 만약 내게 마음이 조금이라도 있었다면 이 순간, 산산이 깨졌을 것이 분명하다. 사실, 난 지금 그를 놓고 흥정을 하고 있는 거나 마찬가지니까. 내가 가장 싫어하는 짓을 내가 하고 있다. 나 스스로에게도, 그에게도 너무 미안하다.

'그냥 떠났어야 했어.'

내 요구를 모두 수락하는 조건으로 계약서가 쓰였고, 지번의 모든 경비는 내가 부담하기로 했다. 사무실 밖으로 나와 그의 오토바이에 오른다. 그와 나는 아무런 말 없이 거리로 나선다. 그는 화가 난 걸까? 아무 생각이 없는 걸까? 세 번째 만남이 이렇게 이뤄질 줄은 몰랐다. 이런 'See you'를 기대한 건 아니었는데.

한참을 달리던 그가 묻는다.

"어디로 갈까?"

"일단 화장품 가게로 가 줘."

사실 갈 곳도 없다. 그렇지만 어딘가로 가야 했기에 그에게 말한다. 다시 생각을 바꾼다.

"아니, 백화점으로 가 줘. 여기 백화점 있어?"

"응."

그의 오토바이가 달린다. 복잡한 재래시장을 한 바퀴 돌더니, 백화점이 문을 닫았단다. 이곳은 우리가 처음 만난 날 그가 날 태우고 한국 브랜드 상점들을 보여 주었던 곳이다.

"오늘은 토요일이잖아. 그런데 문을 닫았다고? 그럼 언제 장사해?"

"…"

'놀림으로 들렸나?'

순간, 미안해진다.

"그럼 일단 화장품 가게로 가 줘."

다시 이곳저곳으로 오토바이를 몰던 그가 작은 화장품 가게 앞에 오토바이를 세운다. 신발과 화장품을 함께 팔고 있는 곳이다. 상점 인테리어는 허술하기 짝이 없고, 물건도 몇 가지 없다. 매니큐어 리무버를 고르고 보라색 매니큐어 하나를 고른다. 옆을 돌아보니 땀에 젖은 그의 셔츠가 보이고, 땀 냄새가 내 코에 전해진다.

"남자 향수 있어?"

가게 주인은 영어를 못해서 그가 통역을 해 준다. 자신의 가게임에도 남자 향수인지, 여자 향수인지, 샤워 코롱인지 물건을 잘 모른다. 내가 진열대에서 향수를 고른다. 스프레이를 눌러 그에게 향기를 선택하라고 한다. 그는 한 번도 향수를 쓴 적이 없어 모르겠다고 한다. 잠시 후, 가게 주인이 먼지 속에서 꺼내 주는 토끼가 그려진 'Play Boy' 향수를 보더니 냄새도 맡아 보지 않고 그걸로 하겠단다.

"향수는 브랜드를 보고 고르는 게 아니야. 향기로 선택해야지. 난 이게 좋은데…."

맨 처음 꺼냈던 것으로 내 마음대로 선택한다. 주인에게 포장해 달라고 하니, 한참 구석을 뒤지더니 사이즈가 맞지도 않는 상자 하나와 검정 비닐봉지를 꺼내 준다.

값을 치르고 그에게 남자 옷가게로 가자고 한다. 대답 없이 그가 오토바이를 운전하고 매연 속에 한 가게에 들어선다. 유명 캐주얼 브랜드의 옷들이 모여 있는 가게다. 값은 싸지만 품질은 현저히 떨어진다. 대부분이 짝퉁일 거라 생각하며 남성복 코너에서 이런저런 옷을 뒤적이며 몇 장의 셔츠를 그의 얼굴에 대어 본다. 검은 얼굴로 인해 어떤 옷을 대도 마음에 차지 않아 한참을 고른 끝에 에스쁘리 셔츠 하나를 고른 후, 첫 만남에서 보았던 그의 헤어진 양말이 떠올라 양말도 한 켤레 집는다.

"이제 어디 가?"

"내 호텔로 가 줘."

다시 달린다. 내가 저지르고 있는 일처럼 이 오토바이도 달린다.

레이크사이드에 도착해서 한 식료품 가게 앞에서 세워 달라 한다. 오토바이에서 내려 가게에서 생수 한 병을 사서 나오며 내 손에 들려 있던 쇼핑했던 비닐봉지를 그에게 내민다.

"이건 네 거야. 너는 내일 이걸 입고 나랑 치트완에 갈 거야."

"이걸 왜 내게 주는 거지?"

"난 내 친구가 조금 더 멋있게 보였으면 좋겠어."

"…"

말없이 그가 봉지를 받는다.

"난 여기서 걸어서 갈게."

"타. 데려다줄게."

"아니야, 괜찮아."

"타!"

결국 다시 그의 뒤에 앉는다. 오토바이가 멈춘 곳은 내 숙소 앞이 아닌 2층 대형 저택이다.

"여긴 어디야?"

"우리 사장 집이야."

'왜 나를 여기에 데리고 온 거지?'

"들어가자."

엉거주춤 그를 따라 대문으로 들어선다. 꽃과 망고 나무, 잔디가 깔린 마당을 지나 안으로 들어가니 대리석으로 꾸며진 집은 굉장히 넓고 값비싸 보이는 물건들로 가득하다. 이곳이 네팔이 맞나 싶을 정도로 말이다. 다른 나라를 여행하며 찍은 사진들로 벽면이 꾸며져 있다. 난 그 사진 속의 남자를 가리키며 지번에게 묻는다.

"이 사람은 누구야?"

"그가 사장이야."

할머니, 소녀 둘, 중년의 여성… 거실에서 그들이 소파에 비스듬히 앉아 우리를 맞는다. 지번은 그들에게 네팔어로 이야기하며 나를 본다. 아마 나를 그들에게 소개하는 것 같다. 그들은 나를 신기해하며 내 주변을 떠나지 않고 웃으며 지번과 얘기를 계속한다. 그는 집안 이곳저곳을 구경시켜 주며 내게 설명도 해준다. 침실, 거실, 아이들 방, 부엌 그리고 석상이 놓여 있는 신당을 구경하며 사진을 찍는다.

"사장 엄마가 네게 저녁을 여기서 먹으래. 심플한 달밧뿐이지만 말이야. 8시쯤 먹을 건데 괜찮겠어?"

"단네밧."

고맙다는 네팔어로 난 사장의 모친을 향해 손을 모아 감사를 표한다. 그녀 역시 내게 손을 모아 응대한다.

　옥상으로 자리를 옮겨 주변을 바라본다. 마차푸차레가 희미한 어둠과 구름 속에서 뾰족한 봉우리만 보인다. 그래도 멋있다. 그 맞은편으로는 페와호수가 보인다.

　"저기가 네가 묵고 있는 호텔이야. 저기 2층에 문이 보이지? 네 방이야."

　그의 손가락이 가리키는 곳을 보니 정말 내가 묵고 있는 홀리 롯지가 보인다. 하지만 그가 가리키는 방은 내가 트레킹을 떠나기 전에 묵었던 방이다. 우리가 처음 만났던 날, 그는 내가 방으로 들어가는 걸 보았지.

　'그는 내가 그 방에 머문다고 생각해서 이곳에서 내 모습을 찾았을까? 내가 그의 사무실 주위를 맴돌았던 것처럼?'

　"지금은 그 방에 묵고 있지 않아. 트레킹에서 돌아오니 다른 투숙객이 있어서 방을 옮겨야 했어. 맨 왼쪽에 있는 방인데, 이곳에서는 보이지 않네."

　나는 어둠이 깊어져 가는 하늘과 호수, 점점 더 어둠 속에 숨는 마차푸차레를 바라보며 그 속에 영원히 머물고 싶다는 생각을 한다.

　아무것도 보이지 않게 된 후, 그의 사장 가족들과 달밧을 먹었다. 나는 그들처럼, 또는 내가 아주 어렸을 때 그랬던 것처럼 손으로 밥을 먹었다. 숟가락이라는 도구에 익숙해진 나는 손으로 먹는 것이 불편했다. 그와 나는 다른 게 너무 많다는 생각이 들었다.

치트완에서의 꿈

그와 버스를 타고 치트완으로 향하고 있다. 서로 아무 말이 없다. 나는 창밖을 보고 그는 MP3를 만지작거린다. 그와 나란히 앉아 있는 좁은 의자가 이토록 나를 두근거리게 할 줄은 몰랐다. 그가 나를 쿡쿡 찌른다.

"응?"

그는 자신의 핸드폰을 만지작거리더니 벨 소리를 들려준다. 몇 년 전 유행했던 한국 드라마 OST다. 아마 〈풀하우스〉였을 거다. 비와 송혜교가 주연이었던. 웃음이 나온다.

"다운로드받은 거야."

"언제 받았어?"

"3일 전에…."

내가 트레킹을 하고 있을 때다. 그도 내 생각을 했던 걸까? 나를 다시 만나면 들려주려고 받은 걸까? 가슴이 콩닥거리며 실없이 웃음이 나와 입술을 지긋이 깨물고 창밖을 본다. 그가 이어폰 한 쪽을 내게 내민다. 귀에 꽂고 음악 속에서 창밖을 본다. 귀에 익은 선

율들이 내 귀를 타고 뇌로 전달된다. 행복이 벅차오른다. 지금 이 순간, 난 너무나 오랜만에 진정 행복하다. 버스는 천길 낭지 위를 달리고 있고, 중간중간 추락한 버스의 잔해들이 보이지만 두렵지 않다. 그와 함께 있기에.

"저기 봐."

지번이 계곡 사이에 걸쳐 있는 긴 구름다리를 가리킨다.

"나도 저런 다리를 건넜어. 트레킹에서 3번이나 건넜는걸. 이곳에 오기 전에는 상상도 못 했던 일이야. 난 고소공포증이 있거든. 그런데 트레킹에서는 해냈어. 이젠 두렵지 않아."

나의 무용담을 들려주며 우리가 진짜 연인이었으면 좋겠다는 생각을 한다. 그가 웃는다. 나를 미치게 만드는 소년 같은 웃음. 우리는 아슬아슬한 길 위를 낡은 버스를 타고 웃으며 달리고 있다. 이 길은 내 모습인지도 모르겠다. 자칫하면 추락할 수도 있는 아주 위험천만한 길 위에서 나는 그저 행복하다.

치트완국립공원은 아프리카처럼 사파리 투어를 통해 야생 동물들을 직접 만나 볼 수 있는 자연공원이었다. 가장 인기 있는 동물은 코뿔소인데, 투어에서 코뿔소를 보는지 못 보는지에 따라 투어의 성패가 갈린다고 볼 수 있다. 야생 코뿔소를 직접 만난다는 사실에 나도 흥분되었다. 그 외에 악어와 사슴, 다양한 종류의 새를 많이 만날 수 있다고 리조트의 매니저는 혀짧은 소리로 "Many, Many"를 여러 번 사용했다. 그는 아기 코끼리를 닮은 외모를 지닌 40대 정도의 남자로, 친절하게 상세한 설명을 해 주었다. 우리는 그를 따라 탐험을 시작한다.

네팔에서 스물다섯 해를 살아온 지번이지만, 이곳의 투어는 처음이라 했다. 그는 코끼리 농장에서 어린아이처럼 신기해하며 사진을 찍는다. 그가 즐거워하는 모습을 보니 처음의 의도는 좋지 않았더라도 이곳에 오길 잘했다는 생각이 든다. 누군가에게 좋은 경험을 선물해 주는 건 좋은 일이다. 혀 짧은 매니저로부터 코끼리의 일상생활에 대한 설명을 들을 때, 지번이 계속 내게서 두 걸음쯤 떨어져 걷고 있다는 것을 안다. 그는 가이드로 이곳에 나를 따라온 건데, 현재는 정체성이 모호해진 거다. 한참을 걸어가자 넓은 초원 지대가 나타난다. 허리까지 올라오는 수풀 속을 헤치며 걸으니 정말 내가 탐험가가 된 것 같다. 이리저리 풀들을 헤치고 걷다가 문득, 이곳에 뱀이 나타나지 않을까 걱정이 된다.

"여기 뱀은 살지 않아?"

"뱀은 밤에만 다녀. 낮에는 움직이지 않아."

매니저 대신 지번이 내 말을 받는다.

"아니야. 한국 뱀은 낮에도 이동해."

"걱정하지 마. 여긴 네팔이야. 네팔 뱀은 밤에만 다녀."

"알았어."

'사실일까?'

그의 말을 믿고 마음을 놓고 다시 발을 뗀다.

수풀을 헤집고 다시 1분쯤 걸었을까? 앞쪽에 뭔가 작은 것이 풀 사이에서 움직이고 있다.

"뱀이다."

매니저가 내게 보여 주려고 몸을 옆으로 비켜선다. 아주 가늘고 작은 뱀이다.

"걱정하지 마. 독이 없는 뱀이니까."

지번이 나서며 날 안심시킨다. 순간, 나의 웃음보가 또 터진다.

"지번, 너는 네팔 뱀은 낮에는 다니지 않는다면서? 그럼 저건 한국 뱀이야?"

우리 셋 모두 깔깔거리고 웃는다. 그의 웃음에 나는 더 행복해진다. 끝없이 펼쳐진 초원과 그 사이를 미끄러지듯 흐르는 강. 아름답다. 이유가 어찌 되었던 간에 이곳에 오길 잘했다는 생각이 든다.

그날 오후, 우리는 코뿔소를 만나지 못했다. 지번은 많이 실망했지만, 난 상관없었다.

우리 세 사람은 일몰을 감상하기 위해 강가 노천 바의 벤치에 앉아 강을 바라보며 스프라이트와 레몬주스를 마셨다. 서서히 해가 지며 강물 위를 오렌지빛으로 물들였다. 언젠가 누군가 내게 생의 마지막 순간에 무얼 하고 싶냐고 물었었다. 난 대답했다. 아프리카 사바나 초원의 일몰을 보며 눈을 감고 싶다고. 지금, 이곳의 의자에 누워서 같은 생각을 한다. 지금 내가 죽는다 해도 여한은 없겠다고. 가장 행복한 순간에 가장 아름다운 풍경 속에서 숨을 거둘 수 있으니 말이다.

저녁 식사는 그와 수백 마리의 모기들과 함께한다. 로스트 치킨이 나왔는데, 그는 포크와 나이프 사용이 힘들어 보인다. 내가 먼저 포크와 나이프를 내려놓고 손으로 먹는다.

"이게 더 편해."

나의 행동에 그가 씩 웃더니, 슬그머니 포크와 나이프를 놓고 현란한 손놀림으로 식사를 한다. 나는 서툴게 손으로 밥을 먹는다.

"엄지손가락으로 음식을 입으로 밀어 넣고, 나머지 손가락이 음식을 담아 두는 거야."

"응. 그러네."

내가 웃으며 그를 따라 한다. 정말 상상하지 못했던 일이다. 어린 시절 중동으로 파견 근무를 다녀오셨던 아빠가 아랍인은 손으로 음식을 먹고, 변을 본 후 그 손으로 뒤를 닦는 미개인들이라 얘기해 주셨다. 정말 그런 사람들이 세상에 살고 있을까? 난 믿을 수 없었다. 나는 지금 어린 시절 내가 미개인이라 생각했던 관습을 가진 한 남자와 함께 손으로 밥을 먹고 있다. 게다가 그에게 내 온 마음을 빼앗겨 버렸다. 이 사실을 아빠가 아신다면 뭐라고 하실까? 아마 내 이름은 호적에서 완전 삭제될 것이다. 하지만 이 남자가 좋다. 그리고 손으로 밥을 먹는 내 모습이 좋다.

저녁 식사 후, 강가 노천 바를 다시 찾아가기로 한다. 나의 가이드인 그도 동행한다. 호텔을 나서 어두운 시골길을 걷는다. 예전에는 마을에도 야생 동물들이 출몰했다고 낮에 가이드가 말했다. 지금은 전기 방어책을 설치해서 동물들의 공격을 받을 일은 없다고 했지만, 어둠 속의 길을 걷자니 조금 겁이 난다.

'갑자기 코뿔소가 우리를 향해 뛰어오면 어쩌지?'

내 옆에서 나란히 걷는 그를 본다. 달빛이 어둠의 장막을 조금은 옅게 해 주기에 내 옆을 걷는 그의 얼굴을 바라볼 수 있다.

밤의 노천카페는 새로운 인테리어를 해놓고 우리를 기다리고 있었다. 천장에는 메인 조명으로 보름달을 선택하였고, 쏟아질 듯 찬란한 별들을 박아 데코레이션을 마무리해 놓았다. 벽 장식은 푸른 빛이 도는 검은색 어둠을 커튼으로, 그리고 음악은 잔잔히 흐르는 물소리와 새소리로 선택해 놓았다. 반딧불이로 완벽하게 마무리하는 섬세함도 잊지 않았다. 그곳에서 인간의 손에 의해 꾸며진 것은 삐걱거리는 나무 의자와 탁자 그리고 양초 한 자루뿐이었다. 우리는 칼스버그 맥주를 두 병 주문하고 강을 바라보며 나란히 앉았다. 서툰 영어로 그와 이런저런 대화를 나누었다. 가끔씩 푸드덕 날아가는 새의 날갯짓 소리에 깜짝 놀라기도 했다.

"난 자연을 사랑해. 인간이 만든 그 어떤 것도 신이 만든 것들에 비교할 것이 없어. 이제껏 살아오면서 이보다 훌륭하고 고급스러운 바를 경험한 적이 없어. 지금 이곳 정말 아름다워."

"그래, 아름다워."

그가 맞장구를 친다.

"너무 아름답지. 믿을 수 없어. 내가 이런 곳에 있다니."

"그래, 너처럼 아름답지."

"농담하지 마! 후후. 그래도 기분 좋은걸."

"농담 아니야."

"…"

심장 박동 수가 빨라지고, 머릿속이 복잡해진다.

'가이드가 고객에게 아름답다고 자주 말해 주는 건 예의야. 나 역시 한국에서 일할 때 마음에 없는 칭찬들로 먹고사는걸.'

"악!"

혼자 생각을 하고 있다가, 갑작스러운 그의 손길에 깜짝 놀라 소리를 지른다.

"왜 그리 놀라? 네게 이어폰을 끼워 주려던 것뿐이야."

"으… 응. 고마워."

그와 나는 이어폰을 나눠 끼고 맥주를 마시며 하늘의 별과 달을 감상한다. 귀에 익은 곡들… 낯선 곡들…. 음악으로 인해 분위기는 한층 더 로맨틱함에 빠져든다. 그가 한참 곡을 고른 후, 조지 마이클의 〈Last Christmas〉가 내 귓속으로 빨려 들어온다. 이건 내가 그를 처음 만난 날, 암스테르담 바에서 흘러나왔던 곡이다. 내가 무척 좋아하는 곳이라고 그에게 말했었다. 우연의 일치인지, 아니면 그가 그날의 내 말을 기억하고 이 곡을 선택한 건지 알 수는 없다. 하지만 내 감정은 별빛이 찬란한 하늘까지 솟구쳐 올라가고, 내 입은 탄성을 담고 이제까지 이 정도 벌어진 적이 있을까 싶을 만큼 활짝 웃고 있다.

'나 이렇게 행복해도 되는 걸까?'

36살이라는 나이에 갑자기 빠진 짝사랑에 이토록 행복할 수 있다니. 정말 믿기지 않는 일이다.

"만약 지금 내 곁에 사자가 앉아 있다 해도 난 그 사자와 사랑에 빠지고 말았을 거야. 지금 분위기가 너무 로맨틱해서 말이지."

"나 사자야."

"후후."

"하하."

함께 웃는다. 일렁이는 촛불의 흐린 조명 속에서 그의 웃음은 나를 취하게 한다. 난 맥주에 취한 것이 아니라 그에게 취했고, 이 분위기에 취했다. 어지럽다. 혼잣말로 술주정처럼 계속 되뇐다.

"이건 꿈이야. 믿을 수 없어."

"…"

"너무 아름다워. 그 이상의 표현을 할 수가 없어."

"내겐 네가 꿈이야."

"뭐?"

그의 영어를 이해하지 못한 내가 다시 묻는다.

"You are the dream to me!"

난 말을 잊지 못했다. 내가 그의 꿈이라니…. 무슨 의미일까? 왜 그가 말하는 모든 영어의 표현은 낭만적인 걸까? 그의 달콤한 목소리가 담긴 그 표현은 계속 내 귓가를 맴돈다.

'You are the dream to me…. You are the dream to me.'

'설령 그가 바람둥이에 사기꾼이라 해도 난 상관하지 않겠다. 이런 감정은 그 누구와도 나눌 수 없는 나만의 것이니까. 그리고 처음 알았다. 상대방의 감정에 상관없이 그에 대한 내 사랑만으로도 이토록 행복할 수 있다는 것을 말이다. 사랑에도 항상 주고받기에 익숙했던 나였는데, 도대체 그는 어떤 마력을 가졌기에 나의 모든 가치관을 무너뜨린 것일까?'

밤 11시. 다음 날의 이른 일정을 위해 우린 숙소로 돌아가기로 한다. 약간의 취기가 내 몸을 노곤하게 하고 긴장감도 완화시킨다. 하지만 마음을 다잡는다. 그에게 쉽게 보이지 않기 위해 발음도 또 박또박하게 최대한 예의를 다해 그와 대화를 나누며 숙소로 걸어 간다. 식료품점에 들러 물을 사서 나오는데 그가 옆을 가리킨다.

"네팔 영화 포스터야. 한국에서 네팔 영화나 인도 영화 본 적 있 어?"

"없어. 한국에서는 주로 할리우드 영화랑 한국 영화를 많이 상영 해. 간혹 다른 나라 영화도 하지만, 인도 영화나 네팔 영화는 상영 한 적이 없는 것 같아."

"네팔 영화 보러 갈래?"

"정말? 언제?"

"포카라로 돌아가서. 또 네팔에서 뭐 하고 싶어?"

"댄스 클럽도 가고 싶어."

"그럼, 영화 보고 그다음 날에는 댄스 클럽 가자."

"정말?"

나는 어린아이처럼 그의 약속에 활짝 웃으며 기뻐한다.

'나 이렇게 행복해도 되는 걸까?'

다음 날 아침 6시 30분부터 우리의 일정이 시작되었다. 아침 식사 역시 손으로 먹은 나는 지번과 함께 매니저를 따라 코뿔소와 악어를 찾아 탐험을 시작한다. 하지만 나의 마음은 편치 않다. 어 젯밤의 부드러움과 친절은 어디 가고 지번은 내게서 멀리 떨어져 서 걷고 있다. 아침 식사 때부터 지금까지 아무 말도 하지 않는다. 어젯밤의 일은 꿈이었던 걸까? 무시하려 해도 그의 그런 달라진 모습에 자꾸 신경이 쓰인다.

'내가 뭘 잘못했나?'

내 행동을 되짚어 보다가 그만두기로 한다.

'나 혼자만의 착각이었겠지.'

통나무 카누를 타고 강을 따라 내려간다. 샛강 정도의 너비를 가진 이 강의 이름은 랍띠 강이다. 강의 길이는 무려 385㎞나 된다 고 한다. 강에는 백로를 비롯한 갖가지 종류의 새들이 물 위와 그 옆의 나무들을 장식하고 있다. 유독 눈에 띄는 새가 있다. 이름이 긴꼬리새라는데 테일이 긴 웨딩드레스를 입은 아름답고 우아한 신 부의 모습을 연상시킨다. 카누를 타고 10분쯤 내려간 지점에서는 악어와 인사를 하게 되는 행운을 얻는다. 꽤 큰 녀석인데 내가 불 러 대도 꿈쩍도 하지 않는다. 강 주변은 거의 초원 지대이고 간혹 이 지역 주민들이 사는 담장 없는 집들이 드문드문 보인다. 카누가 땅에 몸을 붙이고 우리를 내려놓는다. 카누에서 내려 걸어 올라가던 내가 풀더미에 걸려 넘어진다. 나를 일으켜 세워 주는 건 지번이 아니라 매니저다.

'나쁜 놈.'

우리 세 사람은 코끼리 사육장을 향해 숲속을 걷는다. 여러 모양의 꽃들과 나무, 작은 새들이 보인다. 매니저가 이런저런 설명을 해 주지만, 머릿속의 복잡한 생각들로 내 귀에 들어오지 못한다. 숲을 빠져나와 넓은 초원이 우리 앞에 펼쳐진다. 한 그루의 잎새 없는 나무가 홀로 서 있다. 다른 나무들이 갖가지 모양의 잎들로 자신의 화려함을 자랑하는 데 반해 그 나무는 아무것도 가진 것이 없다. 하지만 그 모습에 내 마음이 끌린다.

"외로운 나무군."

내가 카메라 셔터를 누르며 말한다.

나의 말에 앞서가던 두 남자가 동시에 나를 바라본다.

"왜 그렇게 생각해?"

매니저가 내게 묻는다.

"마치 나를 보는 것 같아."

혼잣말처럼 그에게 답한다.

다시 걷는다. 조금 전 보았던 나무와는 정반대의 모습을 가진 나무를 발견한다.

"저기 봐! 황금 나무야."

내가 소리친다. 수많은 초록빛 나무들 사이로 황금색으로 반짝이는 나무 한 그루.

"맞아. 그건 황금나무라고 불려."

매니저가 말한다. 우리는 그 나무 가까이로 걸어간다. 그 나무가 금빛으로 보이는 건 나무의 꽃 때문이었다. 나뭇잎은 옅은 연두색이고 잎사귀보다 더 많은 수로 장식하고 있는 다섯 갈래의 잎을 가진 꽃은 황금색을 띠고 있다. 꽃 자체는 마치 추수 후의 벼잎처럼 거칠고 메말랐지만, 그것들이 모여 햇빛에 반사되니 화려한 아름다움을 발산하고 있는 것이다. 때론 하나보다 여럿이 모여 더 큰 아름다움을 만들어 낸다는 것을 혼자 있길 좋아하는 내게 그 나무는 말해 주는 것 같다.

카메라 셔터를 누르고 있을 때 지번이 내게 다가온다. 그의 손에는 황금꽃이 들려 있고, 무표정하게 그는 그 꽃을 내게 건네준다.

"고마워."

그가 씩 웃는다.

"예뻐?"

내가 꽃을 귀에 꽂고 묻는다.

"응."

"한국에서 이러고 다니면 사람들이 이름 붙여 줘. 미친년이라고."

미친년의 의미를 모르는 그가 의아한 표정을 짓는다.

"미친년은 크레이지 우먼이라는 뜻이야."

그가 웃는다. 나도 웃는다.

"이 꽃, 거칠지만 예쁘다."

머리에서 뺀 꽃을 빙그르르 돌리며 내가 말한다.

"마치 너처럼…"

'마치 나처럼? 내가 거칠다는 뜻인가?'

그래, 맞을지도 모르겠다. 난 내 여림을 들키지 않기 위해 항상 사람들에게 차갑고 딱딱하게 대한다. 이곳에 와서도 그랬다. 존칭을 붙이지만 내 눈은 항상 아래로 깔려 있었고, 턱을 위로 치켜올려져 있었다.

'난 순한 사람이 아니야. 그러니까 날 함부로 대하지 마!'

그런 표정으로 말이다. 물론 그에게도 마찬가지였을 것이다. 더욱이 그에게 내 감정을 들키지 않기 위해서 더욱 그랬을지도 모르겠다.

오후에는 코끼리 트레킹을 했다. 한 마리의 코끼리와 코끼리 몰이꾼이 우리를 태우러 왔다. 코끼리를 타고 숲속으로 야생 동물을 만나러 가는 투어였다. 코끼리 등에 놓인 커다란 사각 나무 바구니에 우리 둘을 포함한 5명의 사람이 타고 3시간가량 숲속을 돌아

보고 오는 코스였는데, 아무리 덩치 큰 코끼리라 해도 300㎏이 넘는 무게를 싣고 그 시간을 걸어야 한다는 건…. 코끼리가 너무 불쌍했다. 게다가 코끼리 몰이꾼은 나무 막대로 쉼 없이 코끼리의 머리를 때리며 길을 재촉하거나 방향을 지시했다.

"때리지 마!"

하지만 몰이꾼은 영어를 못 알아들었다.

"때리지 말라고 전해."

지번에게 통역을 요청했다. 지번이 네팔어로 몰이꾼에게 전달하자 그가 날 돌아보며 검은 얼굴에 하얀 이를 드러내고 웃었다. 16살이나 되었을까? 딱딱한 그의 맨발은 그가 얼마나 오래 이 일을 했는지 보여 주고 있었다.

'당연히 학교도 안 다녔겠지.'

코끼리 못지않게 그에 대해서도 안쓰러운 마음이 들었다.

"갓다. 갓다."

"고마네. 고마네."

몰이꾼이 코끼리를 몰면서 하는 말이 우리말과 비슷해서 너무 재미있다. 나도 따라 해 보았다.

"갔다. 갔다. 고만해. 고만해."

함께 탄 사람들이 몰이꾼을 흉내 내는 나를 보고 모두 웃었다. 지번도 웃었다. 웃는 그의 얼굴 위로 땀이 줄줄 흐르고 있었다. 나는 모자에 선글라스까지 중무장을 했지만 그는 아니었다. 나는 가방에서 손수건을 꺼내 그의 땀을 닦아 주었다. 그는 웃던 얼굴을 굳히며 내게 말했다.

"내 걱정은 하지 마."

"하지만 넌 지금 너무 더워서 땀을 많이 흘리고 있잖아."

"내 걱정은 하지 말라니까."

너무나 싸늘한 그의 목소리에 내 가슴이 상처를 받았다. 우리 뒤에 앉는 두 남자의 시선이 느껴졌다. 생각해 보니 이들뿐만 아니라 마을의 모든 이가 우리가 걸어갈 때마다 쳐다보았다. 아니다. 그 전부터 포카라에서 우리가 갔던 장소들마다 우리를 향해 쏟아지던 시선들이 분명히 있었다. 난 그를 만난 첫날 이탈리아 식당에서의 시선만을 기억할 뿐, 그 후에는 그와 함께라는 행복에 그 시선들을 느끼지 못했던 것이다. 바보같이. 순간, 그의 입장을 배려하지 못한 나 자신이 너무 부끄러웠다. 내 생각만 한 것이다. 그 와중에도 코끼리 몰이꾼은 "갓다. 갓다. 고마네. 고마네."를 외치며 열심히 코끼리를 몰고 갔다. 갑자기 몰이꾼이 자세를 낮추며 우릴 보며 조용히 하라는 손짓을 했다.

앞쪽에 코뿔소가 출현한 것이다. 정말 신기했다. 동물원에서만 보았던 코뿔소가 이 숲속에서 새끼와 함께 나뭇잎을 먹고 있었다. 특히 엉덩이가 독특했다. 마치 갑옷처럼 생긴 단단한 모양을 하고 있었다. 몇 걸음 더 가서 또 코뿔소를 만났다. 야생 사슴도 유유히 풀을 먹는 모습을 보여 주었다. 나는 그들을 더 많이 카메라에 담기 위해 안간힘을 썼다. 그로 인해 상처 입었던 조금 전의 상황을 잊을 수 있었다. 우리는 근처 강에서 악어 몇 마리를 만나고 다시 오던 길로 되돌아왔다. 코끼리는 배가 많이 고픈지 숲의 나뭇잎들을 코로 감아 계속 먹으려 했지만, 그러면 속도가 느려지기 때문에 몰이꾼은 계속 코끼리를 때렸다. 코끼리가 너무 불쌍해서 소리를 쳤다.

"스탑! 스탑!"

지번에게 통역을 요청하기 싫어서 내가 소리를 치며 손으로는 코끼리 때리지 말라고 표현했다. 그러자 그는 내게 윙크를 하더니 노래를 부르며 신나게 코끼리를 몰았다. 그 모습이 웃기기도 하고 어이없기도 했다. 하지만 그런 그의 모습에서, 그가 이 일을 얼마나 신나게 즐기고 있는지 느낄 수가 있었다. 이 힘들고 더러운 일을 말이다. 그는 2시간이 넘는 시간 동안 계속 웃고 있었고, 노래를 부르고 있었다. 나는 그에게 소리쳤다.

"너는 너의 일을 즐기는구나."

하지만 그는 내 영어를 알아듣지 못했다. 보디랭귀지로도 표현하기 어려워 어찌 표현할까 고민하고 있는데 지번이 그에게 통역을 해 주었다.

"예스, 예스. 엔조이, 엔조이."

그러더니 코끼리 머리 위에 서서 나를 돌아보며 내게 뭐라 뭐라 했다. 난 알아들을 수가 없었다.

"너에게 코끼리를 몰아 보라고 하는데?"

지번이 통역을 해 주었다.

"안 돼. 난 무서워."

"노 프로블럼, 노 프로블럼."

코끼리 몰이꾼이 외쳤다.

"걱정 마. 내가 뒤에서 널 잡고 있을 테니까. 시도해 봐."

망설이는 내게 지번이 말했다. 날 잡고 있겠다는 그의 말에 용기를 내어 몰이꾼과 자리를 바꿔 코끼리 머리 위에 앉았다. 몰이꾼이 나무 몽둥이를 내게 건넸지만 난 다시 그에게 돌려주며 말했다.

"몽둥이는 필요 없어. 난 사랑으로 코끼리를 몰 수 있다고."

지번이 내 말을 통역했고 그는 알았다고 고개를 힘차게 끄덕이며 즐거워했다.

나는 한국어로 코끼리와 대화를 시도했다.

"많이 힘들지? 하지만 우리를 빨리 데려다 놓아야 네가 더 편해져. 옳지. 잘하는구나. 나의 삶만큼이나 너의 삶도 피곤하구나. 우리는 많이 닮았어. 하지만 항상 끝은 있는 법이지. 오늘 네 일과의 끝을 향해 빨리 가자꾸나. 안 돼, 안 돼. 다른 곳으로 가면 더 힘들어져. 배가 고프구나? 우리의 목적지에 가면 너와 나는 시원한 물과 음식을 먹을 수 있어."

신기하게도 나와 코끼리는 대화가 잘 통해서 코끼리 몰이는 의외로 쉬웠다. 한국말로 이어지는 내 대화에 코끼리에 타고 있던 모든 사람이 웃었다. 그들이 행복해졌다면, 그리고 코끼리가 잠시나마 머리를 맞지 않았다면 내가 느낀 약간의 두려움은 기부라고 생각했다. 호텔에 도착해서 몰이꾼에게 300루피의 돈을 건네며 지번에게 통역을 부탁했다.

"이건 네가 날 가르친 수업료야. 넌 힘든 일도 즐기면서 할 수 있는 방법을 내게 가르쳐 주었어. 넌 분명히 성공할 거야. 고마워."

지번은 열심히 통역을 했다. 생각 외의 큰돈을 받은 몰이꾼은 놀란 표정으로 우리를 내려다보았다. 난 그 검은 소년에게 윙크를 건네고 방으로 돌아왔다.

저녁 식사 후 원래 일정은 민속 댄스를 관람하는 것이었다. 하지만, 공연장이 너무 덥고, 공연 역시 단조로워서 난 들어가자마자 밖으로 나왔다. 일찌감치 밖에 나와 있던 지번도 말없이 날 따라왔다. 난 전날의 그 바에 자리를 잡았다. 그 역시 내 옆에 말없이 앉았다. 난 취하고 싶었다. 많은 복잡한 상황이 일어난 하루였다는 생각이 들었다. 그리고 무엇보다 내일이면 이곳을 떠나야 하고 그 후엔 무엇을 해야 할지가 현실로 다가왔기 때문이다. 언제까지나 네팔에 머물 수는 없었다. 내 원래 여행 목적지는 인도였다. 목적지에 가지도 못하고, 잠깐 들르려 했던 이곳에 머물러 있는 것이다. 바로 내 옆의 이 남자 때문에. 정말 이제는 떠나야 했다. 그렇다면 오늘 밤이 그와의 마지막 밤이 될지도 몰랐다. 맥주를 들이켰다.

"한국에서는 여행 가서 마지막 날에는 기억을 잃을 만큼 술을 많이 마시지. 오늘 우리 여행의 마지막 밤이니까 많이 마시고 취하자."

"얼마나 마시길 원하는데?"

"난 일단 여기 있는 칵테일, 맥주, 위스키를 한 잔씩 다 마실 거야. 난 술을 많이 마시지 못하니까 이것만으로 기억을 잃을걸."

"왜 꼭 기억을 잃어야 하는지는 모르겠지만, 원한다면 그렇게 해. 난 기억이 끊기고 싶지 않아. 후후."

정말로 난 맥주 한 병과, 칵테일 한 잔, 그리고 로컬 위스키 한 잔을 마셨다. 가슴은 쿵쾅거리고 머리는 어지러웠다. 호텔로 돌아오는 길, 어지러운 내 머리 주변으로 반딧불이가 날아다녔다.

'그만해.'

내가 손으로 반딧불이를 밀쳐 냈다.

'환영이었나?'

그렇게 생각한 순간, 나의 몸이 바닥에 부딪혔다.

"괜찮아?"

"괜찮아. 이 망할 놈의 슬리퍼 때문에 넘어진 거야. 취해서 그런 게 아니야. 난 아직 취하지 않았어."

그가 나의 손을 잡았다. 그의 손을 뿌리치려 하지만 마음대로 되지 않았다. 그가 꽉 잡고 있어서인가? 아니면 내가 힘이 없는 건지 아니면 놓기 싫은 건지 알 수가 없었다. 그의 손을 잡고 아픈 무릎을 가끔 쓸어 만지며 호텔로 돌아왔다. 내 방의 키를 꽂아 돌리지만, 열리지 않았다. 몇 번을 시도했지만 안 되었다. 그가 내 뒤로 다가와 나를 양팔로 감싸 안으며 잠긴 문을 열었다. 딸깍…. 문은 열렸지만 내 몸에 감긴 그의 팔은 풀리지 않았다. 정신이 번쩍 들었다. 가슴은 술기운 때문인지 아니면 지금의 이 상황 때문인지 심장이 밖으로 튀어나올 만큼 심하게 요동치고 있었다. 방문이 잠겼고 그와 내가 더 가까워졌음을 느꼈다. 뒤에선 그가 내 머리카락에 입을 맞추는 것이 느껴졌다.

"너 잊었어? 돈 터치, 돈 키스!"

그에게서 몸을 빼지도 못하고 난 떨리는 목소리로 그대로 앞을 보고 말을 뱉었다. 대답 없이 그가 내 몸을 그의 쪽으로 돌렸다. 높은 그의 코끝이 다가오는 걸 느꼈다. 결국 난 눈을 감았다. 난 잠시 그의 입술을 받아들이지 못하고 머뭇거렸지만 몇 초 후 빗장을 열고 그를 받아들였다. 그의 손이 내 옷 위에 올려졌다. 내 몸을 감고 있던 옷들이 그의 손에 의해 하나씩 벗겨지기 시작했다. 내 몸은 빗속의 새끼 고양이처럼 오들오들 떨고 있었다.

"두려워하지 마."

낮은 그의 목소리가 들려왔다.

잠시 후 드러난 그의 알몸은 창문을 통해 스며든 달빛 속에서 더욱 검게 느껴졌다. 나의 몸은 이제 완전히 그의 것이 되었다. 내 육체의 세포 하나하나가 그의 손끝에 반응했다. 나의 몸은 침대에 눕고 난 아득한 꿈속에 빠져들었다. 보라색 꽃으로 가득한 호수에서 난 알몸으로 수영을 했다. 달콤한 향기와 부드러운 감촉이 내 몸을 온통 감싸고 있기에 난 그곳에서의 유영을 멈출 마음이 없었다.

"아…!"

나의 입에서 신음이 새어 나올 때 어디선가 낯익은 낮은 목소리가 들려왔다.

"So nice?"

'아! 이럴 땐 영어로 이렇게 표현하는 거구나.'

호수에 바람이 분다. 바람은 더욱 거세져 난 거친 파도에서 몸을 주체할 수가 없다. 마치 그를 처음 만났을 때 바라보았던 페와호수의 폭풍우 한가운데 내가 있는 느낌이다. 난 이 거친 파도에서 몸을 구할 수가 없다. 누가 나를 구해 줄 수 있을까? 모르겠다. 모르겠다. 내 몸은 점점 힘이 빠져 호수의 바닥으로 가라앉는다. 고통

스럽지 않게 깊이깊이 빠져 들어간다. 끝이 보이지 않는 호수의 바
닥으로.

눈을 떴을 때, 그가 내 옆에서 낮은 숨소리를 내며 자고 있었다.
감은 두 눈 위로 긴 속눈썹이 그늘을 드리우고 있다. 너무나 아름
답다. 이렇게 아름다운 남자의 속눈썹을 난 본 적이 없다. 그 눈썹
에 입을 맞추다가 흠칫 놀란다.

'미쳤어. 지금 네가 무슨 짓을 했는지 알아? 넌 남편이 아닌 다른
남자와 섹스를 한 거라고.'

그제서야 밀려나 있던 이성이 깨어나 말한다. 밤은 가슴의 영역
이지만, 낮은 머리의 영역이기 때문이다.

'넌 머리 빈 여자야. 게다가 국가 망신을 시킨 거라고. 그가 너랑
잔 걸 동네방네 자랑하면서 한국 여자는 모두 그렇다고 떠들고 다
니면 어쩔래? 이제 이 사태를 어쩌지? 미쳤어. 정말 미쳤어.'

머리를 쥐어뜯으며 후회해도 때는 너무 늦은 것이다. 막막한 마
음에 손톱을 뜯으며 앉아 있는데 부스스 그가 눈을 뜨고 일어나,
침대에 걸터앉아 있는 내 다리를 베고 눕는다. 그의 손이 내 머리
를 쓰다듬으려 하자 난 그의 손을 뿌리치고 그의 머리 아래에 있
는 내 다리를 빼낸 후 밖으로 나온다.

리조트의 정원은 갖가지 열대 과실수들로 아름답게 꾸며져 있지

만, 내 머릿속은 혼돈으로 그것을 느끼지 못한다. 새소리마저도 내 신경을 날카롭게 만든다.

'젠장.'

조용한 아침 식사를 한다. 그는 달밧을, 나는 오믈렛과 커피를 먹는다. 그는 손으로, 난 포크와 나이프로 식사를 하고 있다. 아무런 대화가 없다. 포크와 나이프를 내려놓으며 내가 먼저 입을 뗀다.

"지번, 네게 말할 게 있어."

"얘기해."

밥을 먹던 손을 멈추고 그가 내 말을 받는다.

"음…. 내가 어젯밤에 너와 섹스한 걸 후회하지는 않아. 왜냐하면 난 너를 정말 좋아하고 있으니까. 그건 너도 알고 있었을 거야. 넌 바보가 아니니까. 하지만 난 천박하거나 쉬운 여자는 아니야. 정말 너를 사랑해서 그런 거야. 그걸 네가 알았으면 좋겠어. 그리고 내가 이렇게 했다고, 다른 한국 여자들이 모두 그런 건 절대 아니라는 것도 알아야 해. 이건 아주 중요한 문제야. 그리고 다른 사람들에게 우리의 일을 절대 말하면 안 돼. 부탁이야. 약속해 줘."

"약속할게."

"고마워."

그의 약속에 난 다시 포크를 든다.

'그래. 그는 약속을 지킬 거야.'

이렇게 스스로 위로를 하며 입 안의 음식을 씹는다.

방으로 돌아와 짐을 꾸렸다.

툭.

노트에서 무언가가 떨어졌다. 그에게 썼던 편지였다. 하나는 편지 봉투에, 하나는 쪽지 형태로 접혀 있었다. 침대에 앉아 한참을 고민했다. 가슴이 서늘해져 왔다. 이 편지는 그와의 마지막 순간에 전해 주기 위해 트레킹 간 첫날 쓴 것과 포카라에 돌아온 날 쓴 것이었다. 그저 내 마음을 전하고 싶었기에. 하지만, 이제 와서 무슨 소용일까? 그는 내 마음을 모두 알아 버렸는데. 거기다 돌아올 수 없는 강까지 건넜는데. 쓰레기통에 버리려는 찰나에 그가 들어왔다. 순간, 나의 마음이 바뀌었다.

"이거 내가 태어나서 처음 쓴 영문 편지인데, 문법이나 철자 틀린 것이 있는지 고쳐 줄 수 있어?"

그가 말없이 편지를 받아 읽었다. 중간중간 편지를 고치며 두 장의 편지를 다 읽고 내게 돌려주었다.

"고마워."

또박또박 고쳐 준 그의 글자…. 그리고 돌아온 편지…. 말 없는 그… 이건 이제 내가 떠나야 한다는 의미였다.

'그래. 너무 오래 머물렀지. 어차피 우리의 만남에 끝은 정해져 있었는데 그걸 조금 더 늘린다고 무슨 의미가 있겠어. 그저 2박 3일 동안 그와 행복한 추억을 만든 것뿐이야. 그와? 아니지…. 나 혼자….'

상관없었다. 행복도 나 혼자 느끼는 것이고 아픔도 나 혼자 느끼는 거니까.

'떠나자. 떠나면 모든 걸 잊을 수 있을 거야. 새로운 친구들과 즐거운 이야기가 기다리고 있을 거야.'

포카라로 돌아가는 버스 안에서 그와 나는 말이 없었다. 막상 떠난다고 마음을 정하고 이 순간이 그와의 마지막이라 생각하니 눈물이 솟구쳤다. 손수건으로 눈물을 훔치며 차창 밖을 바라보았다. 이곳으로 왔던 길을 그대로 밟아 가는 것임에도 내 눈에는 달라 보였다. 계곡 사이로 흐르는 강물은 흙탕물이고, 바람은 후덥지근했다. 산과 하늘도 눈 부셔 보이지 않았다. 치트완을 향해 갈 때는 세상에 없는 천국 같았는데 지금은 그저 그런 산과 강일 뿐이었다. 산과 계곡의 풍경이 내 눈물 속에서 일그러져 보였다. 이렇게 울고 있는 나를 느꼈는지 아닌지 그는 여전히 그 어떤 변화도 없었다. 그렇게 한참을 달렸다. 그가 내 어깨를 툭툭 쳤다. 난 그에게 눈물을 보이기 창피해 얼른 손수건으로 눈물을 훔치고 그를 보았다. 나와 눈이 마주친 그가 창밖을 가리켰다. 계곡을 연결하는 구름다리가 내 눈에 들어왔다. 치트완으로 향하면서 그에게 내 무용담을 자랑했던 곳이었다. 순간, 울컥 눈물이 쏟아졌다. 난 고개를 창 쪽으로 돌리고, 손수건으로 얼굴을 가린 채 가는 소리로 흐느껴 울기 시작했다. 그가 내 어깨에 손을 올리더니 자신의 어깨로 당겼다. 자신의 어깨를 빌려주더니 내 어깨를 감쌌던 팔을 빼고 다시 MP3를 만지작거렸다. 그가 할 수 있는 애정 표현인 걸까? 나의 이야기를 기억하고 되짚어 주는 것. 아니면 이들 모두의 공통점일까? 바쁜 일상 속에 수많은 사소한 것을 잊어버리고 사는 나에겐 그것이 너무 생소하고 감사했다. 여러 남자를 만났지만 이렇게 나의 사소한 말들을 기억해 주는 남자는 없었다. 그것 때문에 난 이 사람에게 더 빠져들었는지도 모르겠다. 내가 고개를 들며 말을 꺼냈다.

"지번, 미안해. 아무래도 너와의 약속을 지키지 못할 것 같아."

"어떤 것?"

"영화 보고 댄스 클럽 가기로 한 것 말이야."

"왜?"

"난 내일 포카라를 떠날 거야. 이곳에 너무 오래 머물렀어."

"내일 떠난다고?"

"응."

"…."

"…."

다시 나는 창밖을 바라보고 그는 MP3를 만지작거리며 침묵의 시간이 이어졌다.

"포카라 떠나서 어디로 갈 거야?"

한참을 침묵 속에 있던 그가 문득 내게 물었다.

"인도로 가야지."

"카트만두는 안 가?"

"가고 싶었어. 처음에 여행 계획 세울 때는 가려고 했어. 그런데 포카라에서 너무 많은 시간을 보냈어. 그래서 카트만두는 포기야."

"카트만두에 가. 카트만두 좋아."

'얘가 왜 이래? 여행 상품 팔려고 그러는 건가? 만약 그런 거라면, 너 이러면 안 돼. 나 지금 너로 인해 굉장히 마음 아프거든. 그런데 네가 이 상황에서 여행 상품을 내게 권한다면 넌 정말 날 비참하게 만드는 거야.'

"알아. 하지만 난 돈과 시간이 없어. 포카라에서 너무 많이 썼어. 둘 다…."

"네가 카트만두에 간다면 내가 같이 갈게."

난 그의 이런 말이 얼른 이해가 안 갔다. 무슨 의도인지 알 수가 없었다.

"왜?"

"카트만두가 좋으니까…."

내가 그의 영어를 잘 이해하지 못하는 건지 모르지만, 카트만두가 좋다고 무조건 가라고 우기며 자기도 따라가겠다는 건 쉽게 이해되지 않았다.

"가이드로 간다는 거야? 아니면…"

"친구로 가는 거야."

"말도 안 돼. 넌 일을 해야 하잖아."

"난 괜찮아. 걱정하지 마. 한 달에 며칠쯤 휴가 받을 수 있어."

"…."

난 그의 의중을 알 수 없었다. 또 그와 함께 여행한다는 것은 생각해 본 적도 없는 일이었다. 물론 치트완에 간 것도 생각한 일은 아니었지만. 일은 자꾸 내가 의도하지 않는 방향으로 흘러가고 있었다. 이곳 포카라에 와서부터 내 계획대로 된 일은 하나도 없었다. 정말 이런 여행은 처음이다. 나는 그 어떤 대답도 그에게 하지 못한 채 창밖의 풍경만 주시하고 있었다. 재촉하지는 않았지만, 그는 나의 대답을 기다리고 있을 터였다.

"좋아! 언제 갈 건데?"

결국 난 버스가 벼랑 위의 커브 길을 돌 때, 그에게 대답했다. 어차피 인생은 이 벼랑 위를 달리는 버스와도 같은 것이다. 어떤 일이 커브 뒤에 펼쳐질지 미래를 예측할 수 없다. 내게 다가온 운명에 순응하기로 했다. 그리고 난 나의 글을 계속 이어 나가고 싶었다. 그와 내가 주인공인 이 소설을.

"내일은 영화 보고, 댄스 클럽 가야 하니까, 그다음 날 떠나자."

그는 모든 계획이 있었다.

"그럴게."

이제 눈물이 나오지 않았다. 다시 행복이라는 구름이 내 가슴 속에 뭉게뭉게 피어올랐다. 이 남자의 마음은 알 수 없지만, 내 마음은 알고 있기에. 그저 이 사람이 내 옆에 며칠 더 머물게 되었다는 것, 이번에는 내 의사가 아닌 그의 의사에 의해 그리되었다는 것이 내겐 감사할 뿐이었다. 난 잠에 빠져들었다. 잠결에 그가 내 머리를 자신의 어깨에 기대어 주는 걸 느꼈다. 난 그의 어깨에 기대어 편안한 안식의 시간을 가질 수 있었다. 한참 후 소년들이 우리 옆에서 악기 연주를 하면서 구걸을 할 때, 그가 돈을 주고 그들을 다른 자리로 보내며 조용히 하라는 제스처를 취하는 모습을 실눈으로 보았다. 난 조금 더 행복해졌고, 그의 체취를 맡으며 내 정신의 안식을 취했다. 마치 작은 강아지처럼.

포카라,
그 두 번째 이야기

　　　　　　다음 날 오전, 나는 그의 사무실에서 그를 기다
리고 있다. 영화 보자고 11시까지 자신의 사무실로 오라더니 15분
이 지나도록 모습을 보이지 않는다. 한국이었다면 벌써 집에 갔을
것이다. 여행사의 진짜 사장이 모습을 나타냈다. 지번이 사는 집의
거실에서 보았던 그 사진 속의 주인공이다. 남산만큼 불룩한 배와
거만해 보이는 얼굴을 가진 사람이다. 나와 농담을 주고받던 직원
들은 긴장하는 기색이 역력해 보인다. 잠시 후, 지번이 미안하다는
말도 없이 나타난다.

　"내 오토바이가 수리 중이야. 조금만 기다려."

　"으응."

어제 번 돈을 정산하는지 돈을 들고 대화를 나누는 매니저와 사
장 사이에 앉아 있기가 불편해서 밖으로 나왔다. 사무실 앞의 바
닥에 걸터앉아 지나가는 사람들을 구경했다. 지번이 내 곁으로 오
더니 옆 가게에서 의자 하나를 구해 와서 내게 내밀었다. 난 거기

에 앉아 카메라로 지나가는 사람들의 모습을 찍는다. 여행사 전속 택시 기사도 찍고, 기름을 빌리러 온 트럭 운전사도 찍는다. 트럭에 경유를 붓는 직원의 모습도 찍는다. 모두 나를 향해 웃는다. 이들과 함께 있다는 게 행복하다. 나는 누군가에게 이렇게 이유 없는 웃음을 선물한 적이 있었나 기억을 더듬어 본다. 또 한국에서 나를 향해 이렇게 이유 없이 웃어 주는 사람들이 얼마나 있었을까 생각해 본다. 기억이 없다. 있었을지도 모르지만, 나 역시 치열한 현실 속에 그 웃음들을 무시하고 살았던 것이다. 지번이 옆에서 침을 찍 뱉는다.

"너희는 왜 항상 침을 뱉어? 이곳은 인도처럼 공기가 나쁜 것도 아닌데 말이야."

"이건 이곳 남자들의 문화적 습관이야."

"침 뱉으면 기분 좋아?"

"하하, 글쎄."

입 안에 침을 모아 퉤 뱉는다. 입 안이 조금 가벼워진 느낌은 든다. 그런 나의 모습을 보고 그가 웃는다.

'너 그거 아니? 네 모든 행동을 따라 하고 싶어.'

나도 그를 보며 웃는다.

30분 정도의 시간이 흐른 후 한 직원이 그의 오토바이를 끌고 와 우리 앞에 세웠다. 오토바이를 가져다주고 공손히 옆에 서 있는 직원의 모습에서 나는 지번과 그가 같은 레벨의 직원이 아님을 느낄 수 있었다. 기억을 더듬어 보니, 사장 집에서 그는 사장의 가족들을 너무나 편하게 대하고 있었다. 난 그저 그가 사장의 집에서 기거하는 직원 중 하나일 거라고 생각했는데 그게 아니었던 것 같다. 또 치트완으로의 투어에 가이드로 그를 지목했을 때 데스크에 있던 직원의 놀랐던 표정도 함께 기억났다. 사무실에서 직원들이 그를 대하는 태도가 사장을 대하는 태도와 비슷하다는 걸 난 그제야 느낀 것이다. 아무래도 그는 가난한 가이드가 아니라 이 여행사 사장과는 동생쯤 되는 관계일지도 모른다는 생각이 들었다. 지금 보니 그는 나이키 운동화에 GAP 청바지를 입고 있다. 이 가난한 나라에서 이런 복장을 하기는 쉽지 않을 것인데. 난 그의 삼성 MP3를 보면서도 왜 그가 가난하다고 생각했을까? 아마 우리나라의 기준으로 보았을 것이다. 이 나라에서 나이키 운동화를 신고 삼성 MP3를 가지고 있다는 것이 우리나라와는 다른 의미라는 것을 알지 못했던 것이다. 아이들의 절반이 학교에 다니지 못하고 일을 하는 이곳에서, 어른들의 절반이 직업이 없는 이곳에서 말이다.

'그렇다면 첫날의 그 낡은 양말은 도대체 뭐야?'

그에 대한 묘한 배신감이 들었다. 그가 가난한 가이드가 아니라는 것에 말이다.

12시가 조금 넘어서야 영화관에 도착할 수 있었다. 영화관에 들어서니 학생 시절 즐겨 다니던 영등포에 있던 연흥 극장이 생각났다. 실내는 어둡고, 퀴퀴한 냄새와 삐걱거리는 의자를 가진 극장이었다. 우리가 본 것은 〈DAUD〉라는 코믹 액션 영화였다.

"'DAUD'는 네팔어로 '도망자'라는 뜻이야."

극장에 들어서며 지번이 내게 알려 주었다. 영화는 과장된 연기와 액션이 주를 이루는 영화였는데 그로 인해 네팔어를 전혀 못 알아듣는 나에게도 재미를 선사해 주었다. 게다가 심각한 장면이 이어지다가 갑자기 장면이 바뀌면서 남녀 주인공이 같은 색의 옷을 맞춰 입고 춤추며 노래하는 장면이 나타나자 난 너무 우스워서 배를 잡고 웃었다. 영화 중간에는 휴식 시간이 10분 정도 있었고, 가끔 영사기가 동작을 멈추기도 해서 관객들의 야유 소리가 극장 안을 가득 채우기도 했다. 그 모든 것이 내겐 불편함보다는 신기함으로 다가왔다.

"왜 그렇게 웃어?"

쉴 새 없이 웃어 대는 나를 보며 그가 의아하다는 듯 물었다.

"모든 장면이 다 웃겨. 그런데 네팔인들은 춤을 추거나 서로 끌어안고 웃지 않는구나. 인도인들은 영화를 보면서 그런다던데?"

"우리도 그래. 오늘은 평일이라 사람이 적어서 안 그러는 거지."

영화의 클라이맥스에서 주인공이 등장하는 장면이 나오자 모두 한결같은 목소리로 "와아!"라며 함성을 지르고 휘파람을 불어 대었다. 나도 그들을 따라 휘파람을 부는 흉내를 내며 양손을 높이 들고 박수를 치며 즐거워했다. 그런 나를 보고 그가 웃었다. 멋쩍어서 손을 내린다. 그가 나의 손을 잡았다. 나도 그의 손을 꼭 잡았다. 이틀 전만 해도 상상할 수 없던 그의 행동에 나는 놀라고 행복했다.

영화관 밖으로 나오니 우리를 지켜보는 시선들이 줄지어 기다리고 있었다.

"이제 네가 창피해지는 시간이네."

내가 웃으며 그의 얼굴을 빤히 보며 말했다.

"뭐?"

"넌 사람 많은 곳에서 나랑 있는 거 창피하잖아."

"…"

말없이 그가 웃는다. 만약, 아주 만약 그가 한국에 나와 같이 가게 된다면, 나는 어떨까? 그와 같이 있는 걸 창피해하지 않을 수 있을까?

"넌 가이드가 아니지?"

한국 식당에서 점심을 먹다가 문득 생각이 나서 그에게 물었다.

"왜?"

"넌 가이드로서의 정보가 하나도 없어. 게다가 아침에 느낀 건데 네 사장과 네가 많이 닮았다는 생각을 했어. 사장이 네 형이지?"

"후후. 그래. 난 가이드가 아니야."

"역시 그랬군. 조금 실망이야."

"왜?"

"난 네가 가난한 가이드일 거라 생각했거든. 그런데 넌 부잣집 아들이었어."

"그게 나빠?"

"응. 조금 덜 로맨틱해."

"하하. 넌 로맨틱을 너무 좋아해."

그렇다. 그가 부잣집 아들이건 가난한 집의 아들이건 변하는 건 없지만, 내 안의 그에 대한 이미지가 변한 것은 사실이었다.

"카트만두에 다녀와서 우리 여기서 뭐 할까?"

젓가락을 식탁에 내려놓으며 그가 내게 물었다.

"뭐? 여기 와서라니?"

"카트만두에서 돌아와서 뭐 할 건지 묻는 거야. 하고 싶은 거 없어?"

"음… 지번! 우리는 카트만두에서 헤어져야 해. 난 인도로 가고 넌 여기로 돌아오는 거야. 그저 네가 원했기에 그곳에 가는 것뿐이야. 만약 그렇지 않았다면, 난 이곳에서 바로 소나울리로 넘어가서 인도로 들어갔을 거야."

"…."

그가 젓가락을 다시 집어 잡채를 휘적거렸다.

"…."

나 역시 아무 말도 하지 못하고 물만 들이켜고 있었다.

"그럼 나 인도에 갈 거야."

한참 후 젓가락을 다시 내려놓으며 그가 내게 말했다.

"무슨 말이야? 넌 인도에 갈 수 없어. 이건 나 혼자만의 여행이야. 게다가 넌 여기서 일해야 해. 그리고 인도는 굉장히 힘든 곳이야. 힘들고 덥기 때문에 너와 나는 싸우게 될 거야. 난 그런 상황을 만들고 싶지 않아. 널 좋은 추억으로 간직하고 싶어. 내 말 이해해?"

"그래도 괜찮아. 난 인도에 따라갈 거야."

"내 말 이해 못 하겠어? 널 사랑하기 때문에 우리는 카트만두에서 헤어져야 해."

그에게 이 말을 하면서 난 한국에 있는 남편을 생각했다. 사랑해서 결혼한 우리지만, 힘든 현실 속에 난 그와의 이 긴 인생의 동행을 후회하고 있었다. 사랑은 현실이 되어서는 안 된다는 걸 난 뼈저리게 느끼고 있던 것이다. 그런데 지번까지 그런 대상으로 만들고 싶지는 않았다. 그는 절대 그렇게 되어서는 안 된다. 그는 내게 세상에 태어나 처음으로 첫눈에 사랑에 빠진다는 느낌을 알게 해준 사람이었다. 그런 그가 내게 거추장스러운 존재가 된다는 건, 이 여행에서 얻은 가장 큰 선물을 잃어버리는 것과 똑같은 것이다.

"지번, 잘 들어. 난 정말 널 사랑해. 이런 내 감정은 태어나서 처음 경험하는 거야. 그런데 인도 여행을 함께하게 된다면, 우린 서로의 단점을 발견하고 그것 때문에 상처받고, 힘들 거야. 그리고 싸우기도 하겠지. 마지막에는 나쁜 기억을 가지고 헤어지고 말 거야. 난 너와 그런 결말을 만들고 싶지 않아. 널 아름답게 포장해 두고 내 기억 속에서 오랫동안 꺼내 보고 싶어."

"우린 싸우지 않을 거고, 결말도 아름다울 거야. 난 너와 함께 인도에 갈 거야."

"그럼 너 회사에는 뭐라고 할 거야? 며칠은 괜찮지만 나는 앞으로 한 달가량을 인도에 머물 거라고."

"회사에서 한 달 동안 휴가를 받을 수 있어. 걱정 마."

"불가능해."

"가능해."

카트만두에 이어 인도까지 따라가겠다고 조르는 이 남자를 어떻게 이해해야 하나? 단지 철없다고 생각하기엔 난 그를 너무 사랑하고 있었다.

"난 힌디어도 잘해. 네가 인도 여행을 할 때 많은 도움을 줄 수 있어."

그는 단단히 벼른 모양이었다. 어찌 보면 지금 순간적으로 뱉은 말이 아닌 것도 같다.

"좋아. 오늘 밤까지 내게 생각할 시간을 줘. 이건 결코 쉽게 결정할 문제가 아니야."

"좋아. 오늘 밤까지 시간을 줄게."

식당을 나와 그의 집을 방문했다. 가정부 소녀 사비트리에게 쇼핑몰에서 산 옷을 선물했다.

"넌 너무나 예뻐. 그리고 착해. 난 네가 좋아. 그래서 널 위해 작은 선물을 준비했어. 받아 주길 바라. 그리고 난 내일 이곳을 떠나기 때문에 다시 널 만날 수 없을 거야. 난 네가 행복하길 바라."

영어를 못하는 그녀를 위해 지번이 통역을 해 주었다. 마지막에 그녀를 안을 때 정체를 알 수 없는 슬픔으로 코끝이 찡해짐을 느꼈다.

'정말 이곳을 떠나는구나.'

"네 조카들에게 선물하지 못했음을 이해해 줘. 네 조카들은 부자인 부모와 함께 살면서 원하는 걸 얻지만, 사비트리는 그렇지 못해. 그래서 그녀에게만 선물을 한 거야. 이해해 줄 수 있어?"

집 대문을 넘어서며 그에게 말했다.

"돈 워리. 노 프로블럼."

웃으며 그가 답했다. 우리는 오토바이를 타고 홀리 롯지로 향했다.

"난 이제 글을 좀 써야겠어. 넌 어떡할래?"

호텔 앞에 도착한 내가 그에게 물었다.

"네가 원하는 대로…."

"이렇게 하자. 난 여기 근처 카페에서 커피를 마시며 글을 쓸 거야. 넌 네 일을 봐. 그리고 저녁에 만나자."

"좋아. 그럼 8시까지 사무실로 와!"

"알겠어. 늦지 마. 나 화낼 거야."

내가 그를 살짝 노려보며 말했다.

"하하. 알았어. 나중에 봐"

그가 오토바이를 타고 사라진 후 난 근처 'HARBOR' 카페에 들어가 카푸치노를 주문하고 노트를 펼쳤다. 그와의 일들을 적고 있는 글은 어느새 소설이 되어 가고 있었다. 그동안 써 놓았던 부분들을 읽었다. 거의 한 권의 노트가 빼곡한 글자들로 채워져 있고, 내용은 치트완으로 떠나기 전날 밤의 일까지 기록되어 있었다. 글자를 적으려다가 펜을 놓고 생각에 잠겼다. 남들이 이 글을 읽으면 어떨지 몰라도 최소한 내가 보기에는 아름다운 이야기였다. 이 이야기의 끝은 나도 모른다. 만약 우리가 인도에 가게 된다면 어떤 글이 쓰이게 될지 상상해 보았다. 사랑은 항상 변한다. 변덕쟁이다. 그와 나는 힘든 상황 속에서 싸우고 난 후, 슬프지도 애끓지도 않는 무미건조한 이별을 하게 될 것이다. 난 그게 두려웠다. 항상 시작은 이탈리아 영화 같지만 끝은 9시 뉴스가 되는 것이 사랑이기에…. 이 노트에 9시 뉴스의 물가 상승이 적히길 난 정말 원치 않았다. 하지만 한편으로는 '그와 함께 타지마할을 본다면….'이라는 꿈같은 상상을 하고 있었다.

결국 난 내가 결정하기 어려울 때 선택하는 방법으로 답을 구하기로 했다. 지갑에서 동전을 꺼냈다. 신의 뜻에 맡기기로 한 것이다. 동전을 위로 높이 던져 양손으로 받았다.

'앞면이면 인도까지 가는 거고, 뒷면이면 카트만두까지만이야.'

두근두근…. 오른손을 떼고 왼 손바닥 위의 동전을 보았다. 앞면이다.

그의 사무실에 8시 5분에 도착했다. 역시 그는 나와 있지 않았고 20분이 넘어서야 나타났다. 난 눈을 살짝 흘기며 그를 맞았고, 나의 그런 모습에 그는 웃음으로 받아넘겼다. 역시나, 미안하다는 말 한마디 없이.

밤길을 달려 암스테르담 바에 도착했다. 실내는 유로 2008 축구 경기를 보기 위해 모인 손님들로 만원을 이루고 있었다. 커다란 초록 유리병의 칼스버그를 주문하고 웨이터가 따라 준 맥주로 우리는 건배를 했다. 그가 칼스버그 맥주를 가리키며 장난을 쳤다.

"난 빅 스프라이트 또한 좋아해."

칼스버그 맥주병과 스프라이트의 병 색깔이 모두 초록색임을 두고 하는 농담이었다.

우리는 마주 보고 웃으며 다른 연인들처럼 행복하다. 피부 색깔이나 문화의 차이가 뭐 그리 대단한가? 그저 사랑하고 행복하면 그만이다. 물론 그가 날 연인으로 생각하는지는 알 수가 없지만, 내가 그렇게 느끼면 되는 것이다. 세상의 중심은 나니까. 난 점점 더 대담해져 가고 있다.

"나 결정했어. 너와 함께 인도 여행을 하기로 말이지."

"난 그럴 거라 생각했어."

"무슨 의미야? 그렇게 내게 자신이 있다는 의미야? 난 그저 동전 던지기를 해서 나온 결과대로 따를 뿐이야. 자만하지 마!"

기분이 살짝 나빠졌다.

"그런 의미가 아냐. 우리가 함께 인도를 여행하게 될 운명일 거라 생각했다는 거지."

그의 말이 농담인지 진담인지는 모르겠지만, 나 역시 운명이라는 생각은 들었다. 컵 안의 맥주는 점점 줄어들고, 밝힌 초의 불빛은 점점 선명해지며 포카라에서의 마지막 밤을 밝혀 주고 있었다.

카트만두라는 도시

로컬 버스를 타고 7시간을 달려서 카트만두에 접어든다. 창밖으로 놀라운 광경들이 펼쳐져 있다. 시내버스에는 창문 밖으로 몸이 튀어나올 만큼 많은 사람이 타고 있고, 거리마다 쓰레기와 소, 개들이 한 무더기씩 놓여 있다. 공기는 뿌옇게 매연과 먼지로 가득 차 있다. 저절로 손수건으로 입을 막게 된다.

"저 오토바이들은 왜 저렇게 양쪽으로 길게 늘어서 있는 거야?"

30m가 넘는 오토바이 행렬을 보며 지번에게 묻는다.

"기름을 넣기 위해서야."

"세상에! 그럼 저 긴 오토바이 행렬이 주유소를 향하고 있는 거란 말이야?"

"응. 우리나라는 기름 사정이 나빠."

저번에 지번의 사무실 앞에서 기름을 빌리던 트럭이 떠오른다. 한 집 건너 한 집이 주유소인 우리나라에서는 상상할 수 없는 풍경이다.

여러 가지 면에서 이곳은 포카라와는 많이 다르다. 포카라가 왜 여행자들의 천국이라 하는지 알 것 같다. 내가 창밖의 낯선 풍경에 넋을 놓고 있는 동안 지번은 옆 좌석의 아기를 데리고 와 안고 놀고 있다. 무뚝뚝한 그가 아기를 어르는 모습이 재미있어서 카메라 속에 담아 본다. 찰칵.

그가 안내한 타멜 거리에 있는 더럽기 짝이 없는 호텔에 방을 잡고 책을 읽는다. 그사이 지번은 어딘가로 계속 통화를 하지만 네팔어로 얘기하기 때문에 알아들을 수가 없다.

"포카라에 비해 여긴 지옥 같아. 매연이 너무 심하고 거리도 많이 더러워."

내가 수화기를 내려놓는 그를 향해 말한다.

"맞아. 하지만 이곳에는 큰 쇼핑몰도 있고, 볼 곳도 많아."

"알아. 그럼 이제 그 볼 곳을 찾아다녀 볼까?"

"잠깐만 기다려. 내 친구가 곧 올 테니까 함께 가자."

순간, 기분이 조금 상한다.

"지번, 나와 있을 때 다른 사람을 부르려면 내게 먼저 양해를 구하는 게 예의야."

"알았어. 그는 재미있는 친구니까 네가 좋아할 거야."

"앞으로는 그러지 마!"

나는 책을 다시 잡는다.

똑똑. 잠시 후 누군가가 노크를 한다. 지번이 문을 열자 한 남자
가 들어온다.

"안녕."

지번 또래로 보이는 얼굴이 길쭉한 청년이다.

"안녕."

나는 지번의 친구라는 그에게 상냥하게 대꾸한다. 그가 손을 내
밀어 내게 악수를 청한다.

"난 로메스(Romes)라고 해."

"난 은이라고 해. 만나서 반가워."

'사실 그렇진 않지만…'

속으로는 다른 말을 한다.

"나가자."

지번이 우리의 인사에 마무리를 지었다. 우리는 매연 가득한 타
멜 거리를 걸었다. 나는 손수건으로 입을 막고 복잡한 거리 풍경
을 신기해하며 카메라 셔터를 눌렀다. 모두 낡은 것, 더러운 것, 좁
은 것투성이인 이곳에 점점 마음이 끌리기 시작했다. 여러 색깔의
가루들로 범벅이 된 가네샤 사원을 지나 끝없이 울리는 차량들의
경적 소리를 뚫고 더바르 광장에 도착했다. 더바르 광장은 14세기
부터 17세기에 걸쳐 만들어진 사원군인데, 목조로 만든 건물들은
갈색과 적색으로 이루어져 있었고, 그 벽에는 다양한 부조가 멋스

럽게 새겨져 있었다. 처마에 매달린 종과 처마 끝의 형태는 우리나라와 중국의 것과 비슷했다. 벽에 새겨진 부조는 그 얼굴 표정이 모두 다르게 새겨져 있었다. 그곳을 둘러보며 불타 버린 숭례문이 떠올라 마음이 조금 아팠다.

"여기가 어딘 줄 알아?"

사방이 건물로 메워진 작은 정원에 들어서며 지번이 내게 물었다.

"글쎄…. 어딘데?"

"쿠마리 사원이야. 쿠마리가 뭔 줄 알아?"

"응. 살아 있는 여신이지?"

"어! 알고 있었네."

"물론. 책에서 읽었어. 그런 이야기를 읽는 걸 좋아해."

예전에 한 TV 프로그램에서 쿠마리를 본 적이 있다. 그 당시에는 신기하다고만 생각했는데 여행을 떠나오기 전 읽었던 책에서 쿠마리에 대해 조금 더 깊이 알 수 있게 되었다. 쿠마리는 달라이 라마처럼 살아 있는 신으로 여겨진다. 새로운 쿠마리는 시험 과정을 통해 뽑히게 되는데, 그 나이가 겨우 4세경이다. 여러 과정의 시험을 거쳐 쿠마리로 판정이 되면 그때부터 그녀는 이곳에서 기거하며 사람들의 추앙을 받는다. 국왕마저도 그녀에게 고개를 숙인다고 한다. 하지만, 초경이 시작되면 쿠마리로서의 자격을 박탈당하고 세속의 사람이 되는 것이다. 그다음부터 불행한 삶을 살게 된단다. 쿠마리였던 여자와 결혼하면 일찍 죽는다는 설로 인해 남자들은 쿠마리였던 여자와 결혼하기를 꺼리기 때문에 많은 쿠마리는 속세의 사람이 된 후 불행한 삶을 살아간다고 하는데, 결혼을 못 한다고 불행하다고 할 수는 없지. 나는 그곳에서 난 쿠마리의 얼굴을 볼 수 없었다. 쿠마리는 정해진 시간에만 만날 수 있다는데 시간이 너무 늦었던 것이다. 난 사원 앞에서 몇 장의 엽서를 구입하고 그 안에서 그녀의 얼굴을 보는 것으로 아쉬움을 달래야만 했다.

"다음에 볼 수 있을 거야."

지번이 나를 위로했다.

'바보야! 여행자에겐 다음이란 없어.'

그곳을 나와 조금 걷다 보니 하얀 탑이 하나 보였다. 두 남자는 그 앞의 경비원과 말을 주고받더니 내게 돌아와 안타까운 표정을 지었다.

"오늘은 시간이 늦어서 이곳에 들어갈 수 없겠어."

지번이 내게 말했다.

"이곳이 중요한 곳이야?"

"여긴 바산타프르 탑이야. 저기서 도시를 내려다보면 정말 멋있어."

"음…. 여기 써 있군. 프거트비 나리얀 샤가 말라 왕조를 이기고 세운 탑이라고…."

내가 가이드북을 넘기며 말했다.

"가이드 필요 없겠는걸."

로메스가 웃으며 말했다.

"난 영어를 잘 못해서 가이드가 알려 줘도 100% 이해 못 해. 대신 책을 믿지. 이곳에 오기 전에 난 인도와 네팔에 관한 역사와 정보에 대한 책을 4개월 동안 읽었어. 그래서 아마 내 가이드보다는 나을 거야."

내가 지번을 가리키며 말했다. 지번과 로메스가 함께 웃었다. 나는 다시 말을 이었다.

"우리가 처음 만났을 때 나와 지번은 산악박물관에 갔었어. 지번은 그날 내 가이드였지. 내가 셰르파족에 대한 전시물이 있는 곳에서 셰르파는 어떤 종족이냐고 물었지. 그의 대답이 뭐였는 줄 알아?"

"글쎄…."

"단지… 그들은 매우 강하다!"

내가 지번 목소리를 흉내 내어 말하자 두 남자는 크게 웃었다. 지번은 웃음을 조금 삼키더니 말을 받았다.

"그러는 너는 그 박물관에서 내게 이렇게 물었잖아. 너 화났니?"

우리는 함께 깔깔대고 웃지만, 그 사연을 모르는 로메스는 그렇게 웃는 우리를 쳐다볼 뿐이었다. 나는 그때의 상황을 그에게 설명해 주었다. 그제서야 그도 우리의 웃음에 동참했다.

어둠이 깔리는 더바르 광장을 빠져나와 혼잡한 거리를 걸었다. 나는 귀에 이어폰을 꽂아 쉴 새 없이 들려오는 자동차 경적 소리들을 쫓아냈다. 음악과 함께 바라보는 이곳은 조금 전과는 다르게 조금은 안정되어 보였다. 역한 냄새들도 어디론가 숨었다. 기분이 좋아진 나는 음악에 맞춰 가볍게 몸을 흔들며 앞서가는 두 남자를 따랐다.

'그런데 도대체 어디로 가는 거야?'

이미 타멜 거리는 훌쩍 지나 있었다. 낯선 풍경의 거리들이 나오고 나와 같은 여행자들의 모습이 보이지 않자 마음이 조금 불안해졌다. 문득 '내가 이 남자의 무얼 믿고 여기까지 따라온 거지?'라는 생각이 들었다. 만약 내가 그들에게 납치를 당한다 해도 아무도 알 사람이 없을 거라는 생각에 발길이 멈췄다. 하지만 이내 생각을 고쳤다.

'이 여정은 내가 선택한 게 아니야. 신이 선택한 거라고. 만약 무슨 사고가 생긴다 해도 그것 역시 신의 뜻인 거지. 하지만 신은 나를 사랑하기에 그런 일을 만드시지는 않을 거야. 최소한 우리 가족이 뉴스에서 한 한국 여성이 카트만두에서 변사체로 발견… 이런 걸 보는 상황은 오지 않을 거야. 암… 암…'

"어디 가는 거야?"

버스를 타자는 그들의 말에 난 결국 참지 못하고 지번에게 물었다.

"영국 군인으로 있는 친구가 핸드폰을 준다고 해서 받으러 가는 거야. 제발 걱정하지 마."

"걱정 안 해. 단지 배가 고플 뿐이야."

"Are you angry?"

지번이 장난스레 물었다. 그와 로메스는 깔깔거렸지만, 난 재미없었다.

어느 점포 앞에서 10분쯤 기다리자 한 소녀가 오토바이를 타고 나타나 지번에게 뭔가를 전해 주었다. 신문지에 싼 물건을 받고 지번을 그녀를 돌려보냈다. 신문지를 펴보니 소니 핸드폰이 들어 있었다. 은색의 그 기계는 예뻤다.

"정말 슬림하다."

내가 전화기를 보고 감탄하니 그가 답했다.

"너처럼…."

"장난하지 마."

"가자! 은이 더 화나기 전에 밥 먹으러 가야지."

분위기가 그의 친구도 빈대를 붙을 것 같았다. 돌아갈 생각을 않고 있었다. 이왕 이리된 거, 그 상황을 즐기기로 했다.

"우린 지금 저녁 먹으러 갈 건데 괜찮다면 너도 함께 가도 좋아.

널 초대할게."

내가 로메스를 향해 말했다.

"고마워."

'정말 고맙다는 생각은 하는 건지.'

택시를 타고 타멜 거리로 돌아와 '타칼리 키친'이라는 달밧 식당
에 들어섰다. 고급 식당인지 실내가 깨끗한 곳이었다.

"난 달밧을 먹을 건데, 넌 무얼 먹을 거야?"

"넌 항상 달밧만 먹니? 다른 건 먹고 싶지 않아?"

"그럼 난 밧달을 먹을 거야. 하하하."

내가 어이없는 표정을 짓자, 그와 로메스는 더 즐거워한다. 말수
가 적은 그였는데 이 친구와 만나서는 전혀 다른 모습을 내게 보
여 준다. 말도 정말 많이 하고 웃기도 많이 웃고 장난도 잘 친다.
그런 그의 모습이 낯설지만 나쁘지는 않다. 음식이 나오고 우리 셋
은 손으로 밥을 비비고 집고 입으로 넣는다. 지번과 나는 눈이 마
주치면 웃는다. 문득 이런 문구가 떠오른다.

'Love is... 함께 손으로 밥을 먹는 것.'

식사 후 우리는 호텔로 향했다. 로메스가 계속 우리를 따라오고

있었다. 난 조금씩 신경이 쓰이기 시작했다. 언제 인사를 하나 그를 주시하고 있는데 그는 우리가 호텔 안에 들어설 때까지 갈 생각을 안 했다. 결국 그가 내 방까지 따라 들어왔다. 그리고 내 침대에 걸터앉으며 담배를 피워 무는 것이었다. 더 이상은 지번의 친구라 해도 참을 수가 없었다.

"지번, 난 많이 피곤해. 이제 쉬어야겠어. 샤워도 해야 하고."

내가 가방을 내려놓으며 지번을 바라보며 굳은 표정으로 말했다. 그제서야 로메스가 일어서며 내게 인사를 건넸다.

"나는 위에다 방을 잡았어. 올라가 볼게. 내일 또 만나. 잘 자."

"그래. 오늘 만나서 반가웠어."

가장 정중하게 하지만 차가운 얼굴로 그를 보냈다.

"로메스랑 30분 정도 얘기하고 돌아올게."

지번이 그를 따라나섰다. 웃으며 그를 내보냈지만, 내 기분은 굉장히 상해 있었다. 물론 오랜만에 친구를 만나서 반갑다는 건 이해하지만, 이건 아무래도 예의에 어긋나는 일이다. 내 여행에 동의도 없이 자기 친구를 부르고 내 아까운 시간을 자신의 핸드폰 찾는 일에 허비하게 만들었다. 게다가 내 허락도 없이 친구와 함께 있겠다면서 날 혼자 둔다는 건. 생각하면 생각할수록 점점 화가 났다. 난 샤워를 하고 침대에 누워 노트를 꺼내 끄적이다 결국 집어 던지고 말았다. 다시 책을 꺼내 읽으며 마음을 안정시키기로 했다. 페이지가 넘어갈수록 내 머릿속이 교통정리가 되고 있었다.

'그래. 내 원칙대로 세 번의 실수까진 봐주겠어. 하지만, 그 이상 날 실망시키는 일이 발생하면 사랑이고 뭐고 없어. 바로 돌려보낼 거야.'

그가 문을 열고 방으로 들어왔다. 나간 지 2시간이 지나서였다.

"네 30분은 참 길구나."

난 책에서 눈을 떼지 않고 차가운 목소리로 그를 향해 말을 뱉었다.

"화났어? 친구를 3개월 만에 만나서 할 말이 많았어."

그가 내 곁에 걸터앉으며 말했다. 하지만 역시 그의 말에서 미안함을 느낄 수는 없었다.

"네 교우 관계는 나랑 상관없어. 하지만 내 시간을 뺏는 일은 앞으로 하지 말아 줘. 네 사적인 일을 볼 일이 있다면 너 혼자 왔을 때 해. 그리고 앞으로 나와 여행을 계속하고 싶다면 나에 대한 예의를 지켜 줘. 너희는 어떤지 모르겠지만, 한국인은 낯선 사람이 허락도 안 받고 자신의 방에 들어오는 거 싫어해."

"알았어. 안 그럴게."

말을 하다 보니 내 기분은 더 나빠져 있었다.

"내일은 사원들을 둘러보고 저녁에 버스로 국경 도시 소나울리로 갈 거야. 그래야 그다음 날 인도에 들어갈 수 있어. 일찍 움직여야 하니까 일찍 자."

"야간 버스는 위험해. 가끔 마오이스트가 나타나기도 하고 사고가 날 때도 있어."

"난 야간 버스 타고 아무 문제없이 포카라에 갔었어."

"내 말 들어. 모레 아침에 가자. 그게 좋아. 내일 밤은 Night club에 가자. 너 가고 싶어 했잖아."

잠시 생각을 해 본다. 언제 출발하든 인도에 들어가는 날은 비슷할 거다. 이들의 교통 사정을 감안해 보면.

"좋아. 대신 내일 아침에 늦지 마."

그를 보내고 나서 생각에 잠겼다. 함께 여행을 시작한 첫날부터 기분이 상하다니. 앞으로의 일이 걱정되었다.

'내가 잘못 판단한 건 아닐까? 그냥 포카라에서 헤어졌다면…. 지금 나는 어떤 모습으로 이 자리에 누워 있을까?'

이런저런 생각을 하다 잠이 들었다.

아침 8시, 한두 방울의 비를 맞으며 아침을 먹으러 홀로 거리를 나섰다. 타멜 거리는 1층에 모두 상점만 있고 식당은 거의 옥상에 자리하고 있었다. 물론 내가 묵고 있는 호텔에서 식사를 할 수도 있지만, 나는 하늘을 볼 수 있는 노천 식당을 원했다. 포카라처럼 맑은 하늘은 볼 수 없다 해도 말이다. '아름다운 루프탑'이라는 문구에 끌려 힘든 다리로 5층에 위치한 한 식당에 이르렀다. 이어폰을 귀에 꽂고 주변의 낡은 건물들을 바라보며 'Simple breakfast set'를 먹는다. 달걀 프라이를 잘게 잘라 감자에 올려 입에 넣고 오물거리며 먹는다. 혼자가 편안하다는 생각이 든다. 불과 며칠 전만 해도 그와 함께 있는 시간에 행복했는데. 뭐든지 적당한 게 좋은 거다.

식사를 마치고 거리를 걷는다. 아직 열지 않은 상점들로 거리는 한산하다. 가끔 부지런한 가게 주인 몇 명이 지나가는 나를 향해 인사를 건네고, 나도 웃음으로 인사를 받는다. 그사이 빗방울은 꽤 굵어져서 난 우산을 펼쳐 들어야 했다. 빗줄기에 골목마다 숨어 있던 냄새들이 몽글몽글 공기 중에 퍼져 나온다. 내 발가락 사이에 오물이 튄다. 화들짝 놀라다가 문득 이런 내가 우스워진다. 도대체 무엇이 오물인가? 우리가 버린 수많은 것…. 나와 다르다는 이유로 우리는 많은 생명을 죽여 왔다. 하지만 이곳의 사람들은 그 다른 것들과 어우러져 생활하고 있다. 난 이곳에서 쥐, 바퀴벌레, 소, 염소, 당나귀, 새, 개, 원숭이 그리고 사람이 함께 자연스레 먹고 배설하며 사는 모습을 보았다. 우리에겐 너무나 생소한 풍경이 그들에겐 너무나 자연스러운 것이다. 난 내 발등의 오물을 털어내지 않고 다시 걷는다.

방문을 열고 들어선 내 얼굴이 경직되었다. 지번과 로메스가 내 방에서 이야기를 나누고 있었던 것이다. 역시 내 허락도 없이….

"굿모닝."

로메스가 인사를 건네었다.

"굿모닝."

차갑게 인사를 받았다. 난 그들을 무시하고 내 가방을 꾸렸다. 나로 인해 중단된 그들의 대화는 이어지질 못했다. 내 기분을 눈치 챘는지 로메스가 자리에서 일어났다.

"난 이제 일하러 가야겠어."

"그래. 만나서 반가웠어."

역시 짧게 응대하고 내 일에 열중하는 척했다. 지번은 로메스를 내보내고 들어왔다.

"내가 내 방에 아무나 들이지 말랬지? 그리고 너도 나 없을 때는 들어오지 마!"

내가 쏘아붙였다.

"단지 내 친구일 뿐인데 왜 그렇게 화를 내? 뭐가 문제야?"

지번이 이해하지 못하겠다는 식으로 내 말을 받았다.

"난 단지 내 방의 물건들을 그가 보는 게 싫다고. 그냥 싫은 거 야. 이해해?"

"알겠어. 화내지 마."

담배를 피워 물고 고민을 시작했다. 이 남자만 개념이 없는 건지, 네팔인 전체가 이런 건지 알 수가 없었다. 하긴 사장의 집에서도 나는 부부의 침실 보는 것을 사양했지만, 그는 괜찮다며 내게 주인도 없는 침실을 구경시켜 주었다. 하지만 난 나다. 내 사생활이 다른 이들에게 공개되는 것이 싫다. 아무리 그의 친구라 해도 말이다. 벌써 문화와 생각의 차이로 그와 나 사이에 틈이 생기기 시작한 것이다. 예상했던 결과지만, 너무 빨리 왔다. 게다가 그는 아직 씻지도 않고 있다가 그제서야 욕실로 들어섰다. 난 또 그로 인해 내 시간을 허비해야 하는 것이었다. 화가 치밀었다.

"지번, 내 시간은 돈이야. 잊지 마. 난 시간을 낭비하는 것을 정말 싫어해. 다시 말하지만, 너도 나와 계속 여행하고 싶다면 빨리빨리 서두르는 게 좋을 거야."

"…"

카트만두에 들어선 이후, 그와 점점 사이가 나빠지는 것을 느꼈다. 그에 대한 격한 열정도 조금씩 사그라드는 것 같았다. 겨우 하루가 지났을 뿐인데 말이다. 생각해 보니 난 그를 알지도 못했다. 난 그저 한 번의 만남으로 만들어진 격정 속에 빠져 있었고, 그 순간부터 그를 그리워한 것이라는 생각이 들었다. 그렇다면 난 그저 내 감정을 가지고 혼자 즐겼던 것일까? 현실의 그와는 무관하게 내 머릿속에 새로운 지번을 만들어서 사랑하고 있었던 것일까? 그의 무례함이 나에게 엄청난 스트레스가 되어 있었다.

호텔 밖으로 나오니 로메스가 아직도 가지 않고 서 있었다. 난 그와 얼굴을 마주하지 않고 아직 나오지 않은 지번을 기다렸다. 잠시 후 지번이 나왔고, 로메스와 지번은 네팔어로 한참 동안 인사를 나누었다.

'기가 차서. 둘이 사귀는 거 아냐?'

나의 생각은 내가 갖고 있던 고정관념의 범주를 넘었다. 여긴 네팔이다. 내 상식과는 다른 것들이 존재하는 다른 공간인 것이다. 이곳에서는 남녀가 팔짱을 끼고 다니는 커플은 볼 수 없지만, 남자끼리 손을 잡거나 어깨에 팔을 올리고 다니는 모습은 너무도 쉽게 볼 수 있었다. 어쩌면 그들은 모두 동성연애자인지도 모른다. 예전에 태국에 갔을 때 본 게이 커플들이 떠올랐다. 생각이 여기까지 미치니 덜컥 겁이 났다. 지번도 전날 더바르 광장을 관광하면서 그와 어깨동무를 하고 손을 잡기도 했다. 그리고 밤에 그의 방에서 2시간가량이나 있다가 돌아왔다. 난 지번에게 로메스가 네 연인이냐고 물으려다가 참았다.

"네팔인들은 이상해. 왜 남녀끼리는 스킨십을 전혀 안 하면서 남자끼리는 손잡고, 어깨에 팔 올리는 행동을 쉽게 하는 거야? 우리나라에서 그렇게 하고 다니면 아마 동성연애자로 보일 거야."

"하하하. 우리는 친구끼리 모두 그렇게 해. 우정의 표시지. 그게 이상해?"

로메스를 보내고 말없이 내 곁을 걷던 그가 웃으며 대답했다.

"글쎄, 문화의 차이니까 인정해야겠지."

"이제 어디로 갈까?"

그가 내 손을 잡으며 물었다.

"파슈파티 사원이랑 부다나트, 스와얌부나트를 둘러볼 거야. 네가 늑장 부려서 시간이 없어. 서둘러야 해."

"와! 오늘 하루에 모두 보겠다고? 피곤하지 않겠어?"

"전혀."

그의 손에서 내 손을 슬쩍 빼내고 빠르게 앞서서 걸었다. 그들은 항상 남자가 앞서서 걷는다. 무엇이든지 남자의 결정에 따라야 한다고 생각한다. 힌두교에서는 월경을 시작한 여자는 불결하고 불완전한 존재로 생각하고 남자의 통제하에서만 온전하게 생활할 수 있다고 믿는다고 했다. 물론 도시의 경우는 많이 현대화가 되었다지만, 아직도 그런 성향은 많이 남아 있는 듯했다. 지번이 가이드가 아닌 친구로 나와 만난 이후 날 대하는 태도를 보더라도 말이다.

"그건 너무 부당해."

포카라의 암스테르담 바에서 대화 중에 이 남녀 불평등이 주제로 떠올랐을 때 내가 그에게 흥분된 목소리로 말했다. 그가 차분한 목소리로 하지만 강하게 말했었다.

"그게 우리의 규칙이야."

불안정하고 불결한 여자인 내가 지금 그를 앞질러 걷고, 그의 친구 관계에 대해 화낸 것을 그는 어떻게 생각할까?

버스를 타고 파슈파티 사원 입구에 내리자 빗줄기가 굵게 떨어지고 있었다. 우산을 펼쳐 들고 그에게 다가섰다.

"같이 쓰자."

"아니야. 내 걱정은 하지 마."

'도대체 우산도 안 쓰고 땀도 안 닦고 왜 저러는 걸까? 자기가 무슨 육사 생도인 줄 아나?'

나는 우산을 쓰고 그는 비를 맞으며 나란히 걸었다. 이곳은 인도의 바라나시 같은 성지란다. 신성한 사원과 바그마티강이 있어, 네팔인뿐 아니라 인도인도 많이 찾는 곳이라 했다. 입구를 지나 바그마티강을 건너는 다리에 서자 멀지 않은 곳에서 뿌연 연기와 익숙지 않은 냄새가 내게 전해졌다. 나는 발길을 멈추고 서서 그 광경을 바라보았다.

"화장하는 거야. 저기 울고 있는 여인 보이지?"

피어오르는 연기와 그 곁에서 울고 있는 여인을 손가락으로 가리키며 지번이 내게 말했다.

"알아. 여기 오기 전에 이 광경을 보게 된다면 굉장히 끔찍할 거라고 생각했어. 그런데 그렇지 않아. 냄새도 그렇게 역하지 않아."

"난 싫어."

"이건 굉장히 중요해. 삶과 죽음이 함께 공존한다는 거…. 이게 옳아."

"가자."

그가 재촉했다.

"조금만 더 보고 싶어."

뿌연 연기 속에서 오열하고 있는 한 여인과 시체를 뒤집는 사람들을 보면서 내 눈에도 이슬이 맺히기 시작했다. 결국 저렇게 나무처럼 타고 말 육신인데 나는 왜 하루하루를 조마조마하게 살아가는 걸까? 수많은 사람을 미워하고 나와 다르다는 이유로 배척하고 의심하면서 말이다. 가지지도 못할 물질을 얻기 위해 전쟁처럼 싸우면서 난 하루하루를 살아왔다. 어쩌면 이들이 좋아하는 '노 프로블럼'은 인생에서 가장 맞는 답인지도 모르겠다. 15분 늦게 도착하는 것이 무엇이 그토록 문제인가? 물건 하나 잃어버린 것이 뭐가 그렇게 문제란 말인가? 결국 나 역시 신이 정해 준 시간만큼 살다가 저렇게 자연으로 돌아갈 한 줌의 먼지가 될 텐데 말이다.

그를 올려다보았다. 빗방울이 그의 긴 속눈썹 끝에 매달려 있었다. 손으로 그의 얼굴을 만졌다. 따뜻했다.

"너도 나중에 죽으면 저런 형태로 불태워질까?"

"응."

우리는 삶의 마지막 순간까지도 다르다. 그는 나무 장작더미 위에서 여러 사람이 지켜보는 가운데 묘한 향기를 공기 중에 퍼뜨리며 한 줌의 재가 되어 강에 뿌려질 것이다. 나는? 아마 나무로 된 관 속에 들어가 과학적인 방법으로 고열로 태워진 뒤 가루가 되어 항아리에 넣어져 어딘가에 보관될 것이다. 만약 운이 좋다면 가족의 선산에 묻힐 수도 있겠지. 시작과 끝이 다른 우리가 지금 이곳에서 함께하고 있다. 내가 나에게 말한다.

'그를 사랑한다면 머리가 아닌 온전한 가슴으로만 해. 여긴 한국이 아니잖아.'

순간, 내가 얼마나 그를 사랑하고 있는지 다시 한번 찌르르 가슴으로 전해졌다. 그리고 그에게 화를 내었던 순간들이 미안해졌다.

"가자."

한 여인의 오열과 뿌연 연기를 뒤로하고 우리는 계단을 향해 발걸음을 뗐다. 계단을 오르며 중간중간 자그맣게 지어진 사원들을 둘러본다. 주로 '링감'과 '가네쉬'를 섬기는 사원들이었다. 링감은 힌두신 중 가장 인기 있는 시바신을 의미한단다. 시바는 부와 성공을 가져다주는 신으로, 링감은 그의 성기이다. 결국 남자의 성기는 생산을 의미하기에 많은 힌두는 링감을 시바와 동일시한다. 가네쉬는 코끼리의 얼굴을 한 신으로, 시바와 그의 부인인 빠르바티 사이에서 태어났단다. 지번의 말로는 가네쉬는 '시작'을 의미한다고 했다. 이곳에 와서 지번은 다양한 신에 대한 이야기를 들려주었다. 다른 책에서 얻을 수 없는 정보들을 힌두인 그를 통해 얻을 수 있었다. 나는 빗속에 놓인 사원들을 나의 작은 카메라에 담았다. 발은 질척거리고 바지도 축축했지만, 그 비로 인해 더 큰 아름다움을 전달받을 수 있었다. 파슈파티 사원 맞은편 언덕의 벤치에 자리를 잡았다. 나무가 비를 가려 주어 젖지 않은 벤치에서 내려다보는 바그마티강과 주변의 풍경은 무채색의 풍경화 같았다. 비로 인해 강물은 더욱 혼탁하지만 힌두들은 그 물을 연신 몸에 묻히며 기도를 하고 있었다. 그 모습이 내겐 이채롭기만 했다.

그가 쿡쿡 나를 찔렀다.

"왜?"

"저기 봐."

그가 가리키는 곳에는 한 쌍의 남녀가 우산 속에 앉아 열정적인 키스신을 연출하고 있었다.

"멋진데."

내가 오버하며 반응해 줬다.

"아마 인도인들일 거야!"

그가 말했다.

"아냐. 네팔인이야."

"네팔인은 저렇게 안 해. 우리는 손도 안 잡고 다녀. 걸을 때도 떨어져서 다닌다고."

그가 정색을 하며 말했다.

"그래서 내가 창피했어?"

"뭐?"

"내가 항상 네 곁에 붙어 걸어 다녀서 창피했던 거냐고?"

"하하하."

대답 대신 그가 웃었다.

"웃지 말고 대답해 봐! 내가 창피했어? 내가 외국인이라서 그런 거야? 아니면 네 옆에 나란히 걷는 것이 창피했던 거야?"

나는 집요하게 그의 대답을 재촉했다. 치트완에서부터 이유를 알고 싶었다.

"…그래! 네가 내 옆에 있는 게 창피했어. 네가 외국인이라서 창피한 건 절대 아니었어."

"정말?"

"정말이야."

"다행이다."

"뭐가?"

"아니야. 그냥…."

그냥 내 생각이지만 그가 날 외국인이라 창피해했다면 그 안에 다른 부끄러움이 있었을 거라는 생각이 있었다. 정말 남들이 보는 시선에 부합하는 자신만의 부끄러움. 아니면 됐다. 그의 한마디 대답에 기분이 좋아졌다. 인간이란 참 간사하다…. 나만 그런 건가?

파슈파티 사원 앞에서 그는 경비원을 설득하고 있었다. 그곳은 힌두만 입장이 가능하기에 들어가고 싶어 하는 나를 위해 그가 자신의 애인이니 들여보내 달라고 사정을 하고 있는 중이었다. 잠시 후 내게 돌아온 그는 어쩔 수 없다는 표정을 지었다.

"너라도 들어가. 난 괜찮아. 여기서 기다릴게."

"그럼 저기서 기다려."

그가 옆 건물의 처마 밑을 가리키며 말했다.

"걱정 마."

그는 신발을 벗고 사원으로 걸어 들어갔다. 난 그의 신발을 지키며 바로 앞을 흐르는 바그마티강을 바라보았다. 강이라고 하기에는 너무나 좁은 마을의 수로 정도밖에 안 되는 이곳이 이들에겐 왜 이토록 성스러운 곳이 되었을까? 흙물로 이루어진 강 위에는 쓰레기와 꽃, 나뭇잎 등이 함께 떠내려가고 있었다. 몇 명의 사람은 그 물을 이마에 찍고 기도하고 다시 그 물을 떠서 가트에 세워진 링감에 붓기도 했다. 우리의 시각으로는 이해가 안 가는 그들의 경건한 의식을 보며 '의미'라는 것에 대해 생각해 보았다. 우리도 나무 한 그루에 정령이 있다는 믿음으로 성황당을 꾸며 놓고 제를 올리기도 한다. 물론 지금은 돈이라는 것이 그 자리들을 대신하긴 했지만. 어쩌면 인간의 삶이란 수많은 의미 부여의 연속일지도 모른다는 생각을 해 보았다. 그게 다른 동물과의 가장 큰 차이점일지도 모른다.

'내가 그의 이름을 불러주기 전에는 그는 다만 하나의 몸짓에 지나지 않았다.'라는 김춘수의 시에서처럼 말이다. 이 남자와 함께하는 이 여행은 나에게 어떤 의미를 부여해 줄까? 난 그에게 어떤 의미를 부여하고 있는 것일까? 빗속에 쪼그리고 앉아 이런저런 생각을 해 보았다.

"건물에 들어가 있지 왜 여기 앉아 있어?"

옆에서 그의 목소리가 들려왔다.

"아냐. 그냥 사람들이 기도하는 거 구경했어."

그를 올려다보며 대답했다. 그의 이마에 빨간 물감이 찍혀 있었다. 나는 알 수 없는 그들만의 의식을 하고 나온 것이다. 그의 이마에 찍힌 빨간 티카가 신기하면서도 사랑스럽게 느껴졌다. 문득, 그의 이마에 입을 맞추고 싶다는 생각이 들었다.

"이리 와 봐!"

신발을 신고 일어선 그의 손을 잡고 걸음을 옮겼다.

"어디 가?"

"잠깐만."

인적이 드문 모퉁이에서 난 그의 이마에 입술을 갖다 댔다. 비와 땀에 젖은 붉은 점을 가진 그의 이마에 입을 맞췄다. 그리고 그의 긴 속눈썹에 입을 맞췄다. 그가 양손으로 나의 턱을 감쌌다. 난 우산을 놓쳤지만 개의치 않았다. 눈을 감았다. 내 얼굴로 떨어지는 빗방울과 사방에서 스멀거리는 역한 냄새, 그리고 내 발등을 적시는 흙탕물. 난 개의치 않았다. 그리고… 그의 입술이 따뜻하게 전해 왔다.

"I love you."

그의 입술에서 내 입술을 떼어내며 나도 모르게 신음처럼 말했다. 문득 그가 정신이 든 듯, 내 우산을 집어 주고 앞장서서 걸어갔다.

'맞아. 여긴 그에게 신성한 장소지. 내겐 관광지이지만, 그에겐 아니야. 옳은 행동이 아니었어.'

경솔했던 내 행동에 후회가 됐다.

"화났어?"

앞서 걷는 그에게 따라붙으며 물었다.

"아니."

"정말?"

"응."

하지만 그의 표정은 경직되어 있었다.

파슈파티 사원을 빠져나와 우리는 부다나트로 향하는 택시에 올랐다.

택시에서 내려 상점이 늘어선 골목길을 빠져나오자 뻥 뚫린 광장이 나왔고 그 가운데 부다나트가 서 있었다. 사진으로 보았던 스와얌부나트의 축소판 같았다. 하얗고 둥근 호빵 모양의 커다란 건축물은 탑이란다. 티베트 불교의 상징인 오색 깃발들이 첨탑으로부터 바닥까지 이어져 휘날리고 있었고, 자주색 승복을 입은 티베트 승려들의 모습을 탑 주변에서 볼 수 있었다. 탑의 하부는 마니차라고 불리는 경전을 새긴 철 원통들이 둘려 있었는데, 탑 주위를 돌며 마니차를 돌리며 소원을 빈다고 한다. 마니차를 돌리며 탑돌이를 하는 사람들이 무언가를 웅얼거리는데 무척 경건해 보였다.

"저들이 뭐라고 하는 거야?"

"나도 모르겠는데."

하긴, 그는 힌두 신자지 불교 신자가 아니다. 궁금증 많은 내가 한 승려에게 물었다. 지번이 통역을 해 줬다.

그들이 읊조리는 말은 '옴마니뻬드메홈'이라는 말로, 우주의 지혜와 자비가 우리의 마음에 퍼진다는 뜻이라고 했다. 타멜에서도 그 소리를 들었던 것이 기억났다. 지번과 함께 기단에 숨겨져 있는 몇몇 장소에 들어갔다. 첫 번째 방은 난쟁이 스님이 커다란 마니차를 돌리고 있었다. 그 스님은 내게도 마니차를 돌려 보라는 제스처를 취했다. 난 빼곡한 글자가 새겨진 커다란 마니차를 돌리고 난 후 시주를 하고 밖으로 나왔다. 밖으로 나와서 신발을 벗고 탑에 올랐다. 발바닥으로 따스함이 전해져 왔다. 스투파의 상단에는 동서남북의 사면에 각각 커다란 눈이 그려져 있었는데, 이것은 모든 것을 꿰뚫어 보는 부처의 눈이라고 아까 내 궁금증을 풀어 준 스님이 말했었다. 눈과 눈 사이의 물음표 모양의 코는 진리를 의미하는데, 이 코의 모양은 숫자 1과 닮아 세상의 진리는 하나라는 것을 의미한다고 책에서 읽은 기억이 났다. 이마에는 또 다른 한 개의 눈이 그려져 있는데, 이것을 제3의 눈이라 하며 이는 이 세상이 아닌 그 너머를 꿰뚫어 보고 있음을 나타낸다고 했다.

탑 위에서 탑 주위를 둘러싼 상점들과 식당, 그리고 사원들을 구경하며 천천히 걷는다. 하얀 탑 위를 장식한 원색의 티베트기를 카메라에 담아 본다. 빨강, 노랑, 초록, 하양, 진파랑. 자신들의 땅을 중국에 빼앗기고 그들은 이곳 네팔과 인도 등지에 둥지를 틀고 자신들의 문화를 고수하고 있다. 우리와 너무도 닮은 모습, 생활 방식, 음식들. 그래서 난 티베트가 좋다. 한국을 떠나기 전, TV를 통해서 본 티베트 사태와 포카라에서 보았던 사진들이 떠오른다. 히말라야 트레킹에서 만난 한 일본 친구도 중국 정부가 나쁘다고 말했다. 나 역시 같은 생각이다. 한 나라의 작은 자치 지역에 왜 전 세계가 그토록 관심을 갖는 것일까? 최소한 나는 그렇게 생각한다. 내 나라 안에서도 내 것을 지키지 못하고 사는 우리에 비해 자신의 나라가 아닌 곳에서도 자신들의 것을 잃지 않고 꿋꿋이 지켜가는 그들에 대한 민족적 부러움 때문일지도 모른다. 이런저런 생각을 하다 보니 내려가는 길을 찾지 못해 계속 탑 주위를 돌고 있음을 알아챘다. 참, 이 작은 공간에서도 길을 잃다니.

"지번! 우리는 내려갈 수 없어. 계속 이곳을 돌아야 해. 후후."

"걱정 마. 내려갈 수 있어."

"넌 항상 말하지. 걱정 마. 문제없어."

내가 입을 삐죽거리며 그를 놀렸다.

결국 그가 내려가는 계단을 찾았고 아래로 내려온 나는 작은 마니차들을 돌리며 티베트식 탑돌이를 해 보았다. 무언가 소원을 빌어야 했다.

'뭘 빌어야 하지?'

한국에서는 그토록 소원하는 것이 많았는데 이곳에 와서 난 간절함을 잃었다. 다만, 지번에 대한 갈망이 있었는데 그는 지금 내 곁에 있다.

'제게 좀 더 많은 자유를 주세요. 맘껏 돌아다닐 수 있도록, 맘껏 사랑할 수 있도록…. 그런 자유를 주세요.'

너무나 큰 소원을 빌었다.

시간이 부족했기에 우리는 간단한 스낵으로 배를 채운 뒤 스와 얌부나트를 향해 택시를 탔다. 택시가 달리는 좁은 길 양편으로 펼쳐진 과일 노점들이 내 입에 침을 고이게 했다. 바나나, 망고, 리치, 수박, 사과, 자두…. 종류별로 차곡차곡 쌓아 올려놓은 그 모습은 우리나라의 과일 가게에서는 보기 힘든 멋진 작품이었다.

택시에서 내린 지번이 내게 물었다.

"우리는 두 갈래 길로 올라갈 수 있어. 이쪽과 저쪽. 어디로 갈까?"

나는 두 길을 번갈아 보다가 사람이 적은 숲길을 선택했다. 프로스트의 「가지 않는 길」의 시 구절을 생각하면서.

"난 항상 사람들이 적게 가는 길이 좋아. 저 길로 갈래."

완만한 산길을 걸어 올라갔다. 주변의 나무들에서 원숭이들이 쇼를 펼치고 있었다. 어미의 배에 찰싹 매달린 새끼 원숭이가 귀엽기 그지없었다. 동그랗고 까만 눈으로 나를 빤히 쳐다보고 있었다.

"후후. 저 원숭이 너무 귀여워."

"조심해. 네 카메라를 빼앗길 수도 있어. 나처럼 이렇게 끈을 팔에 걸어서 들고 다녀."

"알았어. 걱정하지 마."

세상에 걱정 없는 줄 알았던 그도 자신의 것을 잃을 것에 대한 걱정은 가지고 있었다. 그래서 소유가 무서운 것이다. 나 역시 내 카메라를 원숭이에게 뺏기는 것은 싫었기에 그의 말대로 끈을 팔목에 감았다. 탑을 향해 걷는 길에는 원숭이뿐 아니라 많은 동물이 그곳을 점거하고 있었다. 어디서 그들이 왔는지는 알 수 없었다. 소, 개, 비둘기, 까마귀, 참새, 염소…. 그리고 갖가지 색깔을 가진 사람들…. 아직까지도 난 이런 모습에 익숙지 않았다. 사람은 사람끼리, 동물은 동물끼리 사는 데 익숙한 나니까. 똥은 똥끼리, 쓰레기는 쓰레기끼리. 모아 두고 분류하며 사는 나이기에. 우리는 쓰레기도 분리해서 버리며 살고 있지 않은가! 그런 내가 그 어떤 분류도 되어 있지 않은 이곳이 낯선 것은 어찌 보면 당연한 일이다. 작은 기념품 상점들 사이를 지나 정상에 올랐다. 사진 속에서 보았던 이곳이 지금 내 눈앞에 현실의 모습으로 웅장하게 서 있었다. 수첩을 꺼내 'Swayambhnth(스와얌부나트)'라고 쓴 글자에 줄을 그었다.

"뭐 해?"

그가 수첩을 기웃거리며 물었다.

"몇 년 전에 한국에서 여행 사진 책 한 권을 샀어. 제목이 너무 맘에 들었지. 『죽기 전에 가 보아야 할 곳 33곳』이라는 책이었어.

그 책을 본 후 나도 죽기 전에 가고 싶은 여행지 목록을 33개 만들었지. 지금 이곳이 그 33곳 중의 하나야. 축하해 줄래?"

"축하해."

"네 덕분이야. 난 카트만두를 포기하려 했잖아. 네가 이곳으로 이끌었지. 오길 잘했다는 생각이 들어. 여러모로 멋진 곳이야. 포카라보다는 못하지만."

"난 포카라보다 여기가 더 좋아."

"왜?"

"쇼핑몰도 더 많고, 더 큰 도시잖아."

"넌 도시를 좋아하는구나. 너랑 나랑 바꿔서 살면 좋겠다. 너는 서울에, 난 포카라에 말이지. 내겐 포카라의 레이크사이드만큼 아름다운 곳은 없어. 난 그렇게 생각해."

"그래."

왜 그의 목소리에 힘이 없는지 난 그 이유를 알았다. 그는 최신형 자동차와 핸드폰에 열광하는 우리나라의 그 나이대 이들과 비슷한 사고를 가진 청년이다. 그는 내가 다루지 못하는 내 디지털 제품들을 척척 사용하고 내게 가르쳐 주었다. 그런 그에게 백화점 하나 제대로 없는 포카라는 너무 좁은 곳일 것이다. 아마도 그는 홍콩, 뉴욕, 서울, 도쿄 같은 최첨단 도시에서의 삶을 꿈꾸고 있을지도 몰랐다. 나는 아무 매력도 느끼지 못하는 그런 곳들 말이다.

스와얌부나트에서도 나는 탑돌이를 했다. 꽤 긴 시간이 걸렸다. 주변의 널려 있는 개들을 피해야 했기에. 한 바퀴를 다 돌고 계단을 내려가 카트만두 시내 전경을 감상했다. 높은 건물 하나 없는 그곳의 풍경은 답답하지 않아서 좋았다. 먼 곳을 바라보던 내가 가까운 곳으로 시선을 당기니, 개 한 마리가 바닥에 흥건히 오줌을 누고 있는 모습이 보였다. 바로 뒤이어 또 한 마리의 개가 그 자리에 실례를 했다. 그리고 또 한 마리…. 삽시간에 그곳은 개들의 공중화장실이 되었다. 8마리 정도의 개가 줄을 이어 그곳에서 볼일을 보았다. 개들의 오줌은 넘쳐서 바닥에 시냇물처럼 흘러가고 있었다.

"저곳은 개들의 공중화장실이야."

내가 지번에게 이야기해 주었다.

"맞아. 너도 화장실 가고 싶으면 저기서 해."

그가 키득거리며 내게 말했다.

"싫어."

그가 자신의 카메라로 나를 찍었다.

"찍지 마! 지금 내 얼굴 거지 같아."

"아니야. 예뻐! 봐!"

그가 자신의 카메라를 내게 보여 주며 말했다.

"안 예뻐. 그리고 네 카메라는 항상 날 싫어해. 내 카메라는 널 좋아하는데 말이야."

내가 그에게 몰래 찍은 그의 사진을 보여 주었다.

"음… 네 카메라도 날 별로 좋아하지 않는 것 같은데…."

우리는 함께 웃었다.

"이리 와 봐!"

그가 나를 전망대의 난간으로 이끌려고 했다.

"싫어. 난 여기 앉아 있을래. 너 혼자 갔다 와!"

그가 난간을 향해 걸어갔다. 난간에 기대서서 바람을 맞는 그의 모습이 내 눈에 시리게 들어왔다. 그의 등 뒤로 펼쳐진 하늘과 시내 전경이 아름다웠다. 찰칵. 셔터를 눌렀다. 머리 나쁜 나이지만 이 순간은 잊지 않을 것을 알았다.

"내려가자."

그가 돌아와 말했다. 나는 엉덩이를 털고 일어나 그의 옆에 섰다. 내려가는 계단에 발을 디디다가 걸음을 멈추고 옆에 선 남자에게 내 카메라를 건네며 사진을 찍어 달라 요청했다.

"어서 와, 지빈!"

그가 엉거주춤 내 곁에 섰다. 난 그에게 팔짱을 꼈다. 주변의 시선이 우리에게 몰리는 걸 느꼈지만, 그는 내 팔을 빼내지 않았고 나는 웃으며 카메라를 봤다. 카메라를 돌려받아 화면을 봤다. 찡그린 그의 얼굴과 활짝 웃는 내 얼굴이 그 속에 있었다. 그리고 주변에 널브러져 있는 개들이 배경이 되어 있었다.

"이 사진의 제목은 친구들이야. 큭큭."

내가 그에게 찍힌 사진을 보여 주며 말하자 그가 말했다.

"아냐. 개들과 친구들이야. 큭큭."

실타래 모양 같은 커다란 금속 도르제 앞에 서서 내 앞에 이어져 있는 가파르고 긴 계단을 내려다본다. 이곳을 내려가면 다시 올라올 수 없을 것이다. 학수고대했던 스와얌부나트와의 만남도 추억이 되고 마는 것이다. 만나기를 기대할 때와 만나고 난 후 어느 순간이 더 행복했던가! 상상으로 자리하고 있을 때와 추억으로 자리하고 있을 때 언제가 더 아름다웠던가? 이상하게도 추억에는 항상 약간의 아픔이 깃들어 있다. 왜 내 추억들에는 그런 것들이 곁들여져 있는 걸까? 마치 메인 메뉴에 따라오는 디저트처럼 말이다. 계단 난간을 잡고 조심스럽게 발을 디디는 나와는 달리 지번은 난간에 엉덩이를 걸치고 미끄럼을 타며 신나게 내려간다. 아무 고민이 없는 소년처럼 그는 멍하니 있거나 웃는다. 우리나라 나이로는 26살인 그이다. 군대를 다녀와 완전한 어른이 되는 우리의 청년들과 다르게 그에게는 아이 같은 순수함이 있다. 멍하거나, 웃거나…. 그 외의 표정은 그에게 없다는 걸 점점 느낀다. 처음 내가 그에게 반한 모습은 어떤 것이었는지 기억이 나질 않는다. 그에게 반

한 건지, 그와 함께한 그날의 풍경에 반한 건지조차도 내 기억에서
사라지고 있다.

숙소에 도착한 그는 배고픈 나를 설득하고 있다.

"지금 저녁을 먹으면 클럽 가기에 시간이 일러. 9시쯤 저녁을 먹
자. 그리고 클럽에 가면 적당해."

"배고픈데…. 좋아. 그럼 나는 인터넷 카페에 가서 CD를 구워야
겠어. 같이 갈래?"

"바로 옆에 인터넷 카페가 있어. 난 좀 쉬고 있을게."

기분이 약간 상했지만 굳이 그에게 의존하고 싶지 않아 혼자서
방을 나선다.

인터넷 카페에서 오랜만에 친구들에게 메일을 보내고 찍어 놓았
던 사진들을 CD에 담는다. 비워진 메모리칩에는 다시 새로운 사
진들이 채워질 것이다.

CD를 굽는 동안 데스크를 지키고 있는 청년과 짧은 대화를 나
눈다.

"어디서 왔어?"

"남한."

"네 얼굴이 네팔인과 많이 닮았어."

"그런 말 많이 들었어. 타칼리족 닮았지?"

"맞아. 하하."

"맞아. 난 네팔인이야. 정말 이곳에 살았으면 좋겠어."

"살아. 모두 너 같은 미인을 좋아할 거야."

"하지만 뭘 하고 살지? 난 돈이 없는데."

"우리 가게에 취직해."

"저런, 난 네팔어도 못하고 영어도 제대로 못해. 그리고 만약 네팔에 산다면 난 카트만두보다 포카라에 살고 싶어."

"포카라도 좋은 곳이지."

"너무 아름다운 곳이야. 그곳이 좋아."

"너랑 잘 어울리는 곳이야."

"고마워."

나랑 잘 어울리는 곳이라…. 기분 좋은 말이었다.

호텔로 들어서 2층에 있는 내 방으로 향했다. 방문이 조금 열려 있었다. 방문을 열고 들어선 순간 나는 기가 막힌 상황과 맞닥뜨리게 되었다. 소파에는 지번이, 내 침대 위에는 네팔 여자 두 명이 걸터앉아 있는 것이었다. 너무 당황스러워서 무슨 말을 할지도 생각이 나질 않았다.

"지번! 이게 무슨 일이지?"

"내 친구들이야. 인사해."

지번이 아무렇지도 않은 표정으로 나를 향해 말했다.

'침착하자. 침착해.'

"안녕! 그런데 난 너희들이 내 방에 들어올 거라는 얘길 지번에게 들은 적이 없는데? 지번! 네 친구들이 여기에 들어와 있는 이유를 내게 말해 줄래?"

난 앉지도 못하고 지번과 그녀들을 번갈아 가며 쳐다보면서 최대한 흥분을 가라앉힌 목소리로 또박또박 물었다.

"네가 나가고 나서 친구들에게 전화가 왔어. 그녀들도 오늘 클럽에 간다고 해서 함께 가려고 불렀어. 난 춤추는 걸 좋아하지 않아. 넌 그녀들과 춤추면 돼. 그래서 네 방에서 널 기다리고 있었던 거야."

"미안하지만, 난 그녀들을 초대한 적 없어. 그리고 클럽에서 난 혼자도 춤추고 잘 놀아. 걱정하지 마! 아, 만약 네 부자 친구들이 날 저녁 식사에 초대하려 한 거라면 고맙게 따라가겠지만, 그게 아니라면 지금 당장 내 방에서 나가 주길 바라. 너도 나가."

담배를 피워 물고 소파에 앉으며 난 격앙된 목소리로 그를 향해 말했다. 영어를 못하는 그의 여자친구들이 내 얼굴에서 사태의 심각성을 읽었는지 침대에서 일어서며 그에게 뭐라 말을 하며 방을 나갔다. 난 더 이상 내 감정을 자제할 수가 없었다. 벌떡 일어나 나가는 그녀들 중 한 명을 붙잡고 소리를 질렀다.

"네가 지번의 연인이야?"

이런 류의 말은 정말 옳지 않다는 걸 알지만, 이미 난 이성을 잃었다. 그녀는 영어를 알아듣지 못해 어리둥절했고, 지번이 내 팔을 잡으며 그녀를 밖으로 내보냈다.

"아니야. 내 말 들어 봐. 그냥 그녀들은 내 학원 친구들일 뿐이야. 내가 포카라 집에서 사진 보여 줬잖아. 카트만두에서 학원 다녔다고…. 그때 만난 친구들이야. 화내지 마!"

"시끄러워. 개자식! 너도 당장 나가!"

난 그를 쫓아내고 방문을 잠가 버렸다. 난 지금껏 내 감정에 책임을 지기 위해 노력했다. 혼자 여행 와서 순간의 들뜬 기분에 사고 친 거라고 내 감정을 싸게 취급하고 싶지 않았다. 한국에 남편과 아이를 두고 와서 잠깐 바람난 거라고 생각하고 싶지 않았다. 순수하고 고급스럽고 싶었다. 그래서 그의 모든 철없음을 이해하려 노력했다. 그게 내 자존심을 지키는 일이라 생각했다. 하지만, 지금은 아니었다. 내 순수한 감정과는 다르게 그는 그저 날 가지고 논 것뿐이라는 생각이 들었다. 그가 날 좋아하지 않는 건 상관없었다. 난 내 감정이 중요했으니까. 하지만 날 우습게 보는 건 더 이상 참을 수가 없었다.

'난 이런 양아치 같은 놈에게 우습게 보일 만큼 멍청한 사람은 아니야. 이건 문화의 차이도 뭣도 아니야. 어차피 난 내일 여기를

떠날 거니까 상관없어. 떠나면 그만이야.'

하지만 내 눈에서는 쉴 새 없이 눈물이 흘렀다. 유린당한 내 감정에 대한 미안함 때문인지 그에 대한 배신감 때문인지 내 철없던 행동에 대한 후회 때문인지 알 수가 없었다. 그가 나를 따라나선다고 했을 때 너무나 행복했던 그 순간의 기억이 자꾸 나를 괴롭히고 있었다. 바보, 병신, 미친년….

'신은 왜 내게 이런 아픔을 주시는 걸까? 그래! 배신에 대한 대가야. 넌 어찌 되었든 남편과 아이를 배신했어. 넌 그에 대한 대가를 치르고 있는 거야. 그는 멍청한 널 가지고 논 것뿐인데….'

문을 열라고 밖에서 외치는 그의 음성을 무시한 채 난 이불을 뒤집어쓰고 잠을 청했다. 오늘은 정말 악몽 같았다. 내일 아침이면 모든 걸 잊고 떠날 수 있을 것이다. 내 계획에서 조금 늦었지만, 난 혼자 인도로 들어가 여행을 계속할 것이다. 시간이 지나면 모두 잊을 거야. 항상 시간이 약이었으니까. 한참 후 그의 문 두드림도 멈췄다.

소나울리로 가는 길

눈을 떴다. 시계를 보니 6시가 조금 지나 있었다. 샤워를 마치고 방문을 열었다. 예상대로 그는 없었다. 짐을 꾸렸다. 테이블 위에는 그가 놓고 간 물건들이 남아 있었다. 지갑, 핸드폰도 그대로 있었다. 어젯밤과는 달리 나의 감정은 조금 안정되어 있었다.

'미친년.'

탁자 위에 그의 카메라로 내 시선이 꽂혔다. 슬그머니 집어 들어 커버를 벗기고 카메라를 꺼냈다. 전원을 켜고 저장된 사진을 보기 위해 버튼을 눌렀다. 첫 번째로 보이는 내 사진…. 언제 찍은 것일까? 스와얌부나트에서 계단 난간을 잡고 어정쩡하게 내려오는 멍청한 내 모습이 보였다. 버튼을 눌러 앞으로 사진을 넘겼다. 우리가 갔던 장소들과 내 모습들이 담겨 있었다. 제대로 포즈를 취하지 않은 내 모습들이 그 안에 저장되어 있었다. 카트만두에서의 풍경들과 그 속에 웃고 멍하고 찡그리고 담배를 피우고 있는 내 사진들이 있었다. 더 앞으로 넘기자 치트완에서 찍은 나의 모습들도 비

밀스럽게 그 안에 자리하고 있었다. 허우적거리며 걷는 내 모습과 매니저와 손을 저으며 얘기하는 모습, 코끼리를 모는 뒷모습도 흔들려서 제대로 형체를 알아볼 수 없는 영상으로 자리하고 있었다. 음료수를 사는 모습, 침대에서 옆으로 누워 자는 모습, 그냥 걷는 모습, 버스에서 잠든 모습. 수많은 나의 모습이 그의 카메라 속에 들어 있었다. 더 앞으로 넘겨 봤다. 한 아가씨의 모습이 있었다. 예쁘장한 얼굴이었다. 그의 오토바이 위에 앉아 있는 모습도 있고, 어딘지 여행지 같은 곳에서 찍은 사진도 있었다. 분명 어제 그녀들 중 하나는 아니었다.

'그녀는 누구니?'

답을 알면서도 카메라에게 물었다.

똑똑.

노크 소리가 들리고 동시에 문이 열렸다. 조금 전 밖을 확인하고 문을 잠그지 않았나 보다. 그의 카메라를 커버에 넣기도 전에 그가 나를 보았다.

'젠장. 쪽 팔리게…. 맨날 매너, 매너, 해 놓고선….'

"미안해. 허락도 없이 네 사진을 봐서…."

"괜찮아."

그의 시선이 떠날 준비가 끝난 내 배낭에 머물렀다. 서로 아무 말이 없었다. 나는 가방을 메고 방을 나섰다. 체크아웃을 하고 거리로 나왔다. 내 옆으로 스쳐 나온 그가 택시를 잡고 내게 타라고 손짓을 했다. 나는 잠시 멈칫하다가 택시에 올랐다. 택시는 우리를 버스 파크에 내려놓았다. 그가 줄도 없이 웅성웅성 모여 있는 버스 매표소 앞에 서서 한참을 실랑이를 하더니 다시 내게로 왔다. 그의 손에는 티켓이 들려 있었다.

'내 티켓만 산 걸까? 아니면 그의 것도 함께 산 걸까?'

궁금하지만 난 묻지 않았다. 그가 나의 손을 잡고 이끌었다.

"소나울리! 소나울리!"

버스 앞에서 외치는 남자의 목소리를 따라 버스에 올랐다. 버스 안은 찜통같이 덥다. 네팔의 버스에서 난 한 번도 에어컨을 경험하지 못했다. 그들은 항상 자연의 바람에 의존할 뿐이었다. 버스가 달릴 때는 시원하지만, 이처럼 멈춰 있을 때는 더위와 싸워야 했다. 그가 자리를 확인하고 나와 그의 배낭을 선반에 올린다. 그제야 난 그가 나와의 동행을 계속할 것임을 알았다. 그는 왜 나와의 동행을 강행하는 것일까? 이미 어젯밤, 그와 나는 서로의 다름을 확인했고 내가 얼마나 그에게 화가 났는지도 그는 알고 있었다. 그런데 오늘 아침, 그는 아무 일도 없던 것처럼 나를 이끌고 이 버스 안까지 온 것이다. 시내를 빠져나가기까지 1시간 이상이 소요되었다. 로컬 버스는 달리는 시간보다 멈춰 있는 시간이 더 긴 것 같다. 더워서 그런 건지, 내가 창피해서 그런 건지 그는 버스가 정차

할 때마다 버스에서 내려 밖을 서성거렸다. 생각해 보니 치트완에 갈 때도 그랬고, 카트만두로 올 때도 그랬다.

　도로 위 난간에 걸터앉아 있는 그를 찍었다. 찰칵. 그가 창밖에서 카메라를 달라고 손을 내밀었다. 말없이 그에게 내 카메라를 건넸다. 그가 버스 안에 앉아 있는 나를 찍었다. 돌려받은 카메라의 액정 안에 내가 흑백의 그림 속에 기대어 있었다.

　버스가 다시 100m쯤 달려 손님을 태우기 위해 멈췄다. 길옆에 한 무더기의 사람들이 모여 있었다. 자세히 내려다보니 약장수였다. 어렸을 때 청량리역 앞에서 보았던 약장수가 생각나서 웃음이 나왔다. 이곳의 약장수는 쇼는 보여 주지 않고 약의 효능만 연신 떠들고 있었다. 네팔어로 얘기하기 때문에 무슨 약을 파는지는 알 수가 없지만 그 정도 눈치는 생겼다. 어디에 좋은 약일까? 모여 있는 사람들처럼 버스 안의 나도 약장수가 들고 있는 약에 관심을 가졌다. 만약 내 마음의 상처들도 치유할 수 있는 만병통치약이라면 나도 저 약을 사고 싶다는 생각을 해 본다. 누군가 사랑의 상처를 치유할 수 있는 신약을 개발한다면 얼마나 많이 팔릴까? 또 어떤 광고로 그 약을 선전할까? 만약 사랑의 상처를 치유하는 약과 사랑에 빠지지 않는 예방약 두 가지가 있다면 어떤 약이 더 잘 팔릴까? 생각에 생각이 꼬리를 문다. 두 가지 약을 모두 선택할 수 있다면 먼저 난 예방약을 사고 싶다. 사랑은 항상 두렵다. 내겐.

다시 버스가 출발했다.

아침부터 궁금했던 질문을 입 안에 넣고 망설였다. 물어보는 게 큰 의미는 없지만, 너무나 궁금했다. 마치 공포 영화를 돈 주고 보는 거랑 마찬가지다. 왜 인간은 뻔한 답을 알면서도 궁금증을 갖게 되는 것일까?

"지번! 나 뭐 하나 물어봐도 돼?"

"뭐?"

"사실은 아침에 네 카메라에서 한 여자를 보았어. 네 여자친구야?"

"응."

"…."

"…."

"얼마나 사귀었어?"

"3년 정도…."

"너 나랑 인도 가면 거의 한 달간 그녀와 만날 수 없어. 그녀가 괜찮다고 했어?"

"친구랑 여행 간다고 했어. 가끔 전화할 거야. 괜찮아. 걱정하지 마."

'걱정한 건 아니었어. 그제 네게 연인이 있을 거라는 생각을 못 했던 거지.'

가슴이 서늘해지는 걸 느꼈다. 결국 그와 나는 둘 다 부정을 저지르고 있는 것이었다. 내가 그런 상황을 만든 것이다. 그녀에게나 나의 남편에게나 난 둘 다 죽일 년인 것이다. 하지만 그도 이해할 수가 없었다. 그는 왜 내가 치트완으로 가는 투어에 자신을 가이드로 지목했을 때 거부하지 않았던 것일까? 우리의 관계는 처음부터 잘못된 것이었다. 모든 것이 내 잘못이다. 그저 내 감정만 지키기 위해 철없는 짓을 저지른 것이다. 단지 그를 사랑한다는 이유로 너무 많은 잘못을 저지른 것이다. 내가 복잡한 생각의 바다를 헤엄치는 동안 버스는 자신의 행로를 충실히 달려 휴게소 식당에 우리를 내려놓았다. 나는 점심을 걸렀다. 그가 점심을 먹는 동안 그에게 편지를 썼다.

To. Jiwan

지번! 난 지금 너에게 한 가지를 묻고 싶어. 우리는 서로에게 옳지 않은 여행을 하고 있어. 솔직히 난 너를 다른 친구들처럼 대할 수 없어. 널 많이 사랑해. 하지만 나는 너의 마음을 몰라. 카트만두에서 난 네게 많이 실망했어. 난 상처받기를 원하지 않아. 그리고 우리에겐 각자의 연인이 있어. 또 그들에게 상처를 주는 것도 원치 않아. 만약 너나 내가 장난의 감정으로 이 여행을 계속한다는 건 여러 사람에게 나쁜 일

이라 생각해. 네가 정말 나를 좋아한다면 우리는 이 여행을
계속할 수 있어. 하지만, 그냥 잠깐의 즐거움으로 날 생각한
다면 넌 소나울리에서 포카라로 돌아가야 해. 너와 나를 위
해 넌 둘 중에 한 가지를 선택해야 해. 소나울리에 도착하기
전까지 결정해 줘. 남자의 자존심은 아주아주 중요한 거야.
네가 거짓말하지 않길 바라.

From. Eun

　나는 아침에 호텔에서 받는 영수증의 뒷면에 서툰 글을 써서 밥
을 먹고 일어서는 그에게 내밀었다. 말없이 그는 편지를 읽었고, 여
전히 무표정한 얼굴로 나를 따라 버스에 올랐다. 그가 어떤 선택
을 할지 난 알 수 없었다. 하지만 나는 내가 할 수 있는 최선의 선
택을 했다고 생각하기로 했다.
　버스가 달리기 시작했다. 덜컹덜컹…. 가파른 비탈길을 달렸다.
간간히 낭떠러지 아래 누워 있는 버스를 발견하기도 했다. 버스가
작은 마을에 정차했다. 창밖으로 과일과 물을 파는 상인들의 매달
림이 이어졌다. 그가 무언가를 사서 내게 건넸다. 빨간 열매였다.
　"이게 뭐야?"
　"야생 체리."
　오물오물 입 안에 넣고 씹다가 씨를 뱉었다. 퉤. 상큼하지만 씨

를 뱉어야 하는 건 귀찮다. 하지만 흔치 않은 거라 그가 산 것임이 분명했기에 끝까지 최선을 다해 오물거리며 먹었다. 그러는 사이, 언젠가부터 버스가 전혀 움직이지 않는 걸 느꼈다. 지번이 먼저 버스에서 내리고 나도 뒤를 따랐다. 앞뒤로 끝없이 이어진 차량 행렬이 비포장도로 위를 꽉 메우고 서 있었다.

"사고 났나 봐!"

"글쎄."

버스는 몇 미터 달리고 멈추기를 계속했다. 버스 안은 앉아 있기가 힘들 만큼 무더웠다. 도로 위도 덥기는 마찬가지였지만, 버스 안보다는 조금 나았기에 타고 내리기를 반복하며 3시간 정도의 시간을 보냈다. 드디어 차들이 빠지기 시작했다. 처음에는 멈출 듯이 달리다가 속도를 내기 시작했다. 아직 지번은 타지 않았다. 버스는 한참을 가도 멈추지를 않았다. 그제서야 난 운전사를 향해 소리를 쳤다.

"기다려. 기다려…. 내 친구가 아직 타지 않았어."

그러자 버스 안의 사람들이 일제히 웃으며 손가락으로 버스 천장을 가리켰다.

난 무슨 뜻인지 몰랐다.

"내 친구가 안 탔다고."

그러자 또 한 번 사람들이 웃으며 손가락을 위로 치켜들었다. 옆

좌석에 있던 아저씨가 내 자리로 오더니 창문 밖으로 고개를 내밀며 버스 위를 가리켰다. 나도 그를 따라 고개를 창밖으로 내밀어 보니 버스 지붕 위에 지번이 앉아 나를 보고 웃으며 손을 흔들었다. 너무 황당해서 나는 큰 소리로 웃고 말았다. 주변 사람들도 그런 나를 보고 모두 웃었다. 그의 그런 모습에서 어른을 기대하기는 어렵다. 어쩌면 그는 나보다 더한 이중인격인지도 모르겠다. 소년과 어른의 모습을 동시에 가진. 그런 모습이 그를 더 사랑하게 만들었다. 소년 같은 웃음과 가끔의 저런 행동들…. 길거리에 침을 뱉는 그의 모습이 신선하고 좋았다.

버스는 예상보다 4시간을 넘겨 밤 10시가 되어서야 우리를 소나울리에 내려놓았다. 그는 버스 안에서 또 다른 친구를 만났다.

'가는 곳마다 친구가 있으니 이 녀석의 능력도 정말 대단하네.'

그 친구는 여자친구와 룸비니로 가는 길이었는데, 우리와 마찬가지로 소나울리에 도착했을 때는 차편이 모두 끊겨 버려 꼬박 하룻밤을 이곳에서 묵어야 할 처지였다.

"걱정 마. 내 친구의 친구가 하는 호텔이 이 근처에 있대. 거기서 묵으면 돼. 내일 아침에 바라나시로 가는 버스를 탈 수 있어."

낯선 곳에 내린 내가 두려워하는 것으로 보였는지 그는 자신의 친구가 있음에도 불구하고 내 손을 꼭 잡고 그들을 따라 걸었다.

그의 손에 이끌려 어둠 속을 걸었다. 10분 정도 걸었을까? 한 사내가 우리를 맞이했다. 그가 안내하는 호텔은 새로 지은 것인지 시설이 모두 깔끔했다. 손님도 우리밖에 없어서, 우리가 들어서자 그제야 호텔의 불을 밝혔다. 지번은 나를 방으로 안내하고 자신의 짐을 내 방에 놓았다. 그리고 나가지 않고 셔츠를 벗었다. 나는 그가 방을 하나만 얻었다는 것을 알았다. 식사를 주문해 놓고 샤워를 했다. 시원한 물줄기가 하루 종일 땀에 젖었던 내 몸을 구석구석 씻겨 주었다. 개운해진 기분으로 책을 펼쳤다. 글을 읽고는 있지만 내 머릿속의 복잡한 생각들로 인해 책은 내게 의미를 전달하지 못했다.

'그는 아직 말이 없다. 나를 따라 인도로 갈지, 아니면 포카라로 돌아갈지…. 내 편지가 엉망으로 쓰여서 의미를 이해하지 못한 걸까?'

종업원의 부름에 식당으로 내려갔다. 그의 친구 커플과 자리를 함께했다. 나처럼 몽골리안이라 난 처음에 외국인인 줄 알았다. 그녀는 약간의 영어만을 구사하며 나에 대한 부분을 자신의 애인에게 물어보고 대답하면서 나와 대화를 주고받았다. 자신의 남자친구에게 과감한 애정 표현도 서슴지 않는 신세대 네팔 여인이었다. 나는 스푼을 쓰지 않고 손으로 밥을 먹고, 지번은 스푼과 포크로 밥을 먹었다. 스푼으로 밥을 먹던 그녀가 내가 손으로 밥 먹는 모습을 신기해했다.

"난 네팔리야. 타칼리족이지. 후후."

"그럼 네팔어도 잘해?"

그녀가 웃으며 내 말을 받았다.

"아니, 단지 세 개만 알아. 나마스떼(안녕하세요), 단네밧(고맙습니다), 비다비다(안녕히 계세요)."

"하나 더 배워야겠네."

그녀가 생글생글 웃으며 내게 말했다.

"뭐?"

"나중에 알려 줄게. 그런데 왜 손으로 밥을 먹어?"

"이게 편해."

내가 손으로 오이를 집으며 대답했다.

나는 어느새 지번을 닮아 있었다. 그는 나를 닮아 있었다. 그는 스푼을 쓰고 나는 손으로 밥을 먹었다. 이 순간 행복했다. 내일 아침, 당장 우리가 이별한다 해도.

식사를 마치고 방으로 향하는 계단을 오르는데 그녀가 나를 불렀다.

"따라 해 봐! Ma timilai maya garchhy(마 띠밀라이 마야 가르츄)!"

"음, 어려워. 마 띠밀라이 마야 가르츄? 무슨 뜻이야?"

"'사랑해'라는 뜻이야. 그에게 들려주면 좋아할 거야."

"어, 어…. 고마워."

그녀의 귀여운 행동에 살짝 좋았던 기분은 방문의 손잡이를 잡으며 달라졌다. 우리는 분명 그들과 다르다. 그들은 그냥 사랑하는 연인이지만, 또 미래를 상상할 수 있는 사이일 테지만 우리는 아니니까. 그들이 쉽게 뱉을 수 있는 이 네팔어가 우리에겐 너무 어려운 말이라는 걸 그녀는 알 리가 없다. 그녀가 만약 내가 지번보다 10살이나 나이 많은 유부녀라는 걸 알았다면 이 네팔어를 가르쳐 주지는 않았을 것이다. 지번에게 진짜 연인이 따로 있다는 걸 알았다면 날 보고 그렇게 해맑게 웃어 주지는 않았을 것이다. 하지만 이내 고개를 저었다. 깊은 것까지 생각하지 않기로 했다. 지금 중요한 건, 지금 이 순간만은 우리는 진짜 연인이라는 것이다. 내일 아침 부서질지 모르지만, 지금만큼은 그는 나의 손을 잡는 데 주저하지 않고, 난 그를 위해 손으로 밥을 먹을 수 있다. 여기는 포카라도 아니고 서울도 아닌 소나울리니까.

친구와의 얘기를 마치고 그가 방으로 들어왔다.
"네 친구의 연인은 정말 사랑스러워."
"그래?"
"응. 내게 네팔어도 가르쳐 주었어. 사랑한다는 뜻이었는데. 뭐랬더라?"

"또 잊어버렸지?"

그가 웃으며 침대에 걸터앉으며 날 놀렸다.

"아냐. 조금 길어서 그래!"

"해 봐!"

"나 때 미는 거 가르쳐였나?"

"하하. 아니야."

"에이, 잊어버렸다. 역시 난 머리가 나빠."

"생각해 봐."

"음… 나 때 밀어 줄래?"

'때 밀어'라는 말만 기억이 난 내가 장난식으로 한국말로 얘기했다.

"아닌데…. 다시 시도해 봐!"

"어려워. 정말 모르겠어."

"다시 시도해 봐. 어서."

"나 때 미는 거 가르쳐 줘?"

내가 킥킥거리며 말을 뱉는 사이, 그의 손이 내 셔츠의 단추를 풀고 있었다. 난 조금 경직됐다.

"잊어… 버렸어."

"괜찮아. 걱정하지 마."

그가 내 뺨에 입을 맞췄다. 그의 입술이 내 코끝에 머물고, 내 입술을 찾았다. 난 이내 이것이 내 편지에 대한 답장임을 알았다.

'그럼 됐어. 난 너를 너무 사랑하니까. 네팔어로 말할 수는 없지만, 내 마음을 보여 줄 수는 있어. 너도 그런 거니? 아니, 네가 어떤 나쁜 남자라도 난 너를 사랑할 거야. 여긴 소나울리잖아. 모든 혼돈이 정상인 곳이잖아.'

그의 손길이 내 목덜미를 지나 가슴에 이르렀다. 내 심장의 박동은 빨라지고 긴장하던 내 모든 세포가 그의 손길에 안정을 찾았다. 그의 손길이 머물 때마다 내 입은 작은 숨소리로 그 손길에 대답을 했다. 그와 나는 같이 호흡을 했다. 그가 내 안에 들어오고 내 손톱이 그의 등을 움켜쥐었다. 나는 또다시 깊은 호수에 몸을 던지고 내 몸은 깊이깊이 잠수를 했다. 그와 나의 거친 숨소리가 물에 잠긴 내 귓가에 맴돌았다.

이건 그냥 꿈이야. 나는 그냥 꿈을 꾸고 있는 거지.

바라나시의 축제

예상대로 그는 바라나시행 버스표를 두 장 사 왔
다. 네팔 출입국 사무실에 출국 신고를 하고 나니 정말 이곳을 떠
나는 것이 실감이 났다. 처음 이곳에서 입국 신고를 할 때만 해도
내 곁에 누군가가 있을 거라는 건 상상도 못 한 일이었다. 미래는
항상 예측불허다. 인도에서 우리는 또 어떤 이야기를 만들어 갈
까? 나의 글 속에서 인도는 어떤 장소로 묘사될까? 조금 겁나고
조금 기대되었다. 하지만 그와 함께이기에 두렵지는 않았다. 나는
그의 손을 꼭 잡았다. 버스가 출발했다. 버스에는 인도인, 벨기에
인, 프랑스인, 호주인, 그리고 네팔인과 한국인이 타고 있었다. 모
두 다른 곳에서 출발했지만, 이 버스를 타고 바라나시라는 하나의
목표를 향해 달려가고 있었다. 모두 피곤한 기색이 역력하지만, 설
렘을 놓지 않고 있었다. 우리처럼. 어딜 가나 우리는 주목의 대상
이 됐다. 그는 신경 쓰지만, 난 개의치 않았다. 사랑하기에 부끄럽
지 않았다. 치트완에서 만난 한국인 가족에게도 난 그를 가이드가
아닌 친구로 소개했었다. 부끄럽다면 그건 사랑이 아니다.

역시나 에어컨 없는 오븐 버스는 인도의 벌판을 달렸다. 처음 네팔로 들어갈 때는 고락푸르까지 기차를 탔었기에 마을의 구석구석을 볼 수가 없었는데, 버스를 타고 인도의 대지를 달리니 네팔과는 사뭇 다름을 느꼈다. 일단 더 더웠다. 그리고 더러웠다. 길거리에는 온갖 쓰레기가 산더미처럼 쌓여 있고 멈추는 곳마다 냄새가 심했다. 사람들의 얼굴도 더 검고, 거지도 더 많게 느껴졌다.

"너희 나라가 인도보다 더 잘살아?"

내가 지번에게 물었다.

"아니, 인도가 더 잘살아."

"그런데 여기가 더 못사는 것 같아."

"여긴 지방이라 그래. 델리나 뭄바이에 가면 더 잘사는 거 볼 수 있어."

"그렇구나. 사람들도 네팔인이 더 잘생겼어."

"그건 맞아. 후후."

"너 빼고. 큭큭."

"큭큭."

그가 대답 대신 나의 옆구리를 찔렀다. 언제부터인가 내가 간지럼을 잘 탄다는 걸 안 그가 날 벌 줄 때 하는 행동이었다. 찌는 듯한 더위 속에서 우린 즐겁기만 했다. 점심시간이 되어 버스는 작은 마을의 한 식당 앞에 멈춰 섰다. 난 그 식당에서 도저히 밥을 먹을 용기가 나질 않았다. 수도도 공급되지 않는지 펌프로 지하수를 끌어올려 그 물로 음식을 만들고 있었다. 온갖 쓰레기로 가득한 이곳의 지하수로 만든 음식을 먹을 엄두가 나질 않았다. 게다가 몇 개 안 되는 나무 식탁마다 때가 덕지덕지 붙어 있어서 자연스럽게 식욕 상실을 불러일으켰다. 지번은 인도식 백반인 탈리를, 나는 삶은 계란 3개와 미린다를 주문했다. 지번이 밀가루 빵 로티를 먹기 위해 집어 올린 순간, 수백 마리의 개미가 그 로티에서 떨어져 나왔다.

"세상에! 구역질 날 것 같아. 바꿔 달라고 해."

"그래야겠다."

지번이 주인을 불러 힌디어로 로티를 바꿔 달라고 했더니 이어지는 주인의 행동이 가관이었다. 그는 로티에 묻은 개미들을 탈탈 털더니 다시 지번에게 내밀었다. 짧막한 한마디와 함께.

"문제없어."

"웩. 먹지 마! 더러워!"

지번이 스푼을 놓고 음료수를 마시려 했지만 그 상황도 여의치 않았다. 그의 미린다 음료수병 속에는 10마리도 넘는 파리가 빠져 있었다.

"파리들이 수영하네."

그는 허탈한 웃음을 보이며 내게 그 병을 보여 주었다.

"이건 한국 가서 엽기 사이트에 올려야겠어."

내가 얼굴을 찡그리며 미린다 병을 클로즈업해서 찍으니 그가 옆에서 덧붙였다.

"이것도 찍어 올려."

그가 먹다 남긴 음식 위에는 어느새 개미와 파리가 수북이 쌓여 있었다.

"만약 이런 음식들 천지라면 난 인도에서 밥을 먹을 수 없을 거야."

"걱정 마. 그렇지 않을 거야."

"걱정 마! 걱정 마!"

내가 입을 삐죽거리며 그를 놀리자, 그가 손가락을 치켜 들었다.

"간지럽힐 거야."

"알았어. 미안, 미안!"

우리가 인도에 발을 딛기는 순탄치 않았지만 그의 웃음 하나면 그 어떤 청량음료로도 해갈이 안 되는 나의 갈증도 해소할 수 있었다. 도대체 사랑이란 무엇일까? 아무리 생각해도 마법이라는 생각이 들었다. 항상 사랑이 두려웠지만, 이 순간 이런 생각을 해 본다. 항상 사랑하는 감정이 들게 만드는 약이 있다면⋯ 혼자서도 말이다. 인생의 그 어떤 힘든 순간도 잘 넘길 수 있을 텐데.

밤 9시가 다 되어서야 우리는 바라나시에 도착했다. 13시간가량 버스를 탄 것이다. 중간에 도로가 막혔다고 버스가 가던 길을 다시 돌아 나와 다른 길로 달려야 했기에 시간이 많이 지체된 것이다. 가이드에서 점찍어 둔 다샤스와메드 가트 근처의 숙소를 찾았다. 숙소는 좁디좁은 골목 사이에 있어서 우리는 그곳을 찾기 위해 한참을 헤매야 했다. 숙박료는 저렴했지만, 바로 앞에 힌두 사원이라 종 치고 노래하는 소리로 시끄러운 곳이었다. 그리고 무슨 문제인지 체크인을 하면서 주인이 지번에게 수없이 많은 질문을 해 대는데, 마치 취조하는 분위기였다. 물론 힌디어로 얘기했기에 난 알아들을 수 없었지만. 지번의 말로는 네팔인은 인도에 입국할 때 여권이 필요 없다고 했었다. 그들의 주민등록중인 ID 카드만 있으면 입국이 가능하다는 거였다. 그래서 지번은 인도로 들어올 때도 두 나라의 출입국 사무소에 들르지 않았다. 그런데 뭐가 문제인지 알 수가 없었다. 어쨌든 주인은 우리에게 마약을 하지 않겠다는 서약서를 받고 방을 내주었고, 우리는 짐을 풀고 바로 식당을 찾아야 했다. 우리의 숙소인 스리 벤까데스와르 롯지는 규율이 엄해서 10시 이후에는 호텔 문을 잠근다고 했다. 주변의 식당들은 내가 보기에는 너무도 열악한 수준이었지만, 허기를 면하기 위해서는 무엇이든 먹어야 했다. 우리는 개중 나아 보이는 식당에 들어가 탈리와 스프라이트를 주문했다. 식당 안은 바퀴벌레와 파리의 천국이었다. 배가 고파서 쓰러질 것 같았지만, 식욕은 동하지를 않왔다. 걸레 같은 행주로 종업원이 닦아 준 식탁을 냅킨에 물을 묻혀 다시 닦아 내야 했다. 정말 배가 고팠다. 그러나 음식을 먹을 수가… 도저히 먹을 수가 없었다.

방 안은 밤새도록 더웠다. 나는 이불을 계속 걷어찼고 그는 계속 내게 이불을 덮어 주었다. 늦잠을 잔 우리는 아침 식사를 거른 채 호텔을 나섰다.

"오늘은 오전에 가트들을 둘러보고 아침 겸 점심을 한국 식당에서 먹을 거야. 한국 식당은 깨끗할 거야. 그리고 한낮에는 너무 더우니까 호텔에서 휴식을 취하고 해 질 무렵 갠지스강에서 보트를 타자."

빠른 걸음을 옮기며 오늘의 일정을 그에게 알려 주었다. 늑장 부리지 말라는 뜻이었다.

"아! 그게 오늘의 계획이군."

그가 놀리는 말투로 내게 말했다.

"놀리지 마. 여행에서 계획은 중요해."

"알았어. 알았다고."

그와 나는 먼저 마니까르니까 가트를 찾았다. 가트로 향하는 길은 너무나 좁고 여러 갈래라 미로와 같았다. 날씨는 미칠 듯이 더워서 인도 사우나라는 말을 실감케 했다. 내 가이드에 있는 지도는 이 길을 이해하는 데 전혀 도움을 주지 못했다. 폭이 1m가량밖에 안 되는 좁은 골목길에는 양옆으로 상가가 이어져 있고 그 중간중간 소와 개가 자리를 차지하고 누워 있었다. 여기가 바로 바라나시인 것이다. 우리는 길을 잃었다. 여기서는 길을 잃지 않는 게 신기한 일일 것이다. 처음에 그는 내 지도를 보더니 자신 있게 앞장서서 걸어갔다. 난 그가 길을 안다고 생각했지만, 아니었다. 중간에 나는 몇 사람에게 길을 물었는데 그가 그걸 기분 나빠한다는 걸 눈치챘다. 남자가 이끌면 틀리더라도 따르는 것이 이들의 규칙일 테니까. 하지만 이 미로 같은 초행길에서 아무 정보도 없이 내 손을 이끌고 무작정 자신의 감각만 믿고 길을 걷는 그가 이해가 되질 않았다. 결국 몇 번의 양보 끝에 내가 그의 손을 뿌리치고 길을 찾아 나섰다. 한 무리의 청년들이 우리를 인도했지만, 우리가 맞닥뜨린 가트는 마르까르니까 가트가 아닌 한참 북쪽에 위치한 곳이었다. 하지만 그곳도 나쁘지는 않았다. 계단을 따라 걸어 내려가니 갠지스강이 우리를 맞이했다. 온갖 더러움으로 가득 차 있을 거라는 나의 예상과는 달리 강물은 나름 깨끗했다. 알몸으로 목욕을 하는 몇 명의 힌두와 배 위에서 우리를 불러 대는 청년들…. 그리고 우리 옆을 계속 따라붙는 아이들이 이곳이 갠지스임을 느끼게 해 주었다. 내 말을 듣지 않고 청바지에 운동화를 신고 나온 지번은 연신 땀을 뚝뚝 떨어뜨리며 얼굴을 잔뜩 찡그리고 있었다.

가트에 널려 있는 기이한 모양의 남자 속옷에 눈길이 쏠려 카메라 셔터를 눌렀다. 비키니 수영복 같은 모양으로 끈으로만 이루어진 재미있는 모양이었다.

뜨거운 햇살로 인해 나는 어지러움을 느꼈다.

"지번, 나 배고파. 우리는 마니까르니까 가트를 찾아야 해. 그곳에 한국 식당이 있어. 난 한국 음식이 너무 먹고 싶어."

"우린 찾을 수 있을 거야."

그가 뱃사공에게 길을 물었다. 그의 자존심상 허락하지 않겠지만 나를 위해 자존심을 조금 꺾기로 한 모양이었다.

"가트는 쭉 연결되어 있대. 이 가트를 따라가면 마니까르니까 가트를 찾을 수 있어."

"고마워."

내리쬐는 햇살에 눈을 찡그리며 길을 걸었다. 땀으로 인해 내 옷은 축축히 젖었지만, 오직 한국 음식을 먹겠다는 일념으로 나는 발걸음을 재촉했다. 드디어 마니까르니까 가트에 도착했다. 이곳은 너무나 더럽고 많은 사람으로 북적거렸다. 지독한 냄새와 오물로 갠지스의 다른 모습을 보여 주었다. 이곳에서 다시 미로 길로 나가야만 한국 식당 라가 카페를 찾을 수 있었다.

"우린 여기 라가 카페를 찾아야 해."

내가 가이드북에서 다샤스와메드 가트 주변이 나온 지도를 그에게 보이며 말했다.

"여긴 길이 복잡해. 찾기 어려울 거야."

"걱정 마! 내게 좋은 생각이 있어."

난 핸드폰을 꺼내 가이드북에 쓰여 있는 라가 카페로 전화를 걸었다. 한 남자가 전화를 받았다.

"거기 라가 카페지? 한국말 하는 사람 없어?"

"지금은 없어. 너 영어 할 수 있어?"

"응, 조금…. 나는 거기를 찾아가고 싶어. 그런데 길을 못 찾겠어. 여기는 마니까르니까 카트인데 누가 데리러 와 주었으면 좋겠어."

"좋아. 거기서 기다려. 내가 데리러 갈게."

"고마워."

"야호!"

전화를 끊으며 내가 외쳤다.

"이제 우린 식사할 수 있어. 그가 우릴 데리러 올 거야. 거 봐. 내가 걱정하지 말라고 했지? 뭘 먹을까? 난 된장찌개 먹을 거야."

"난 한국 음식 안 좋아해."

"알아. 하지만 걱정 마. 네가 좋아하는 달밧과 비슷한 메뉴가 있어. '비빔밥'이라고 넌 손으로 비벼 먹기만 하면 돼. 큭큭."

난 기분이 들떠서 콧노래를 불렀다. 그에 비해 지번은 시무룩했다. 내 목구멍이 포도청이라 그의 그런 표정을 못 본 척했다. 잠시 후, 한 인도인이 주변을 두리번거리며 우리 근처로 다가왔다.

"네가 라가 카페로 전화했어?"

그가 우릴 향해 물었다.

"응."

하지만 이어지는 그 남자의 이야기는 나를 바닥에 털썩 주저앉게 만들었다.

"지금 라가 카페는 문을 닫았어. 휴가 중이야."

"…"

'그러면 뭐 하러 데리러 와! 전화로 말하지. 사람 잔뜩 기대하게 해 놓고선…'

난 주저앉아 우는 시늉을 했다. 아니, 정말 울고 싶었다. 지번이 그에게 힌디어로 다른 한국 식당은 없냐고 묻는 듯싶었다.

"다른 곳도 마찬가지래. 지금은 비수기라 그런가 봐. 이제 어디로 갈까?"

"일단 숙소로 돌아가자. 너무 더워. 생각을 좀 해야겠어."

"그래."

전날부터 제대로 된 식사를 못 하고 더위 속에서 걸어 다녔더니 내 체력은 바닥이 났다. 계속 어지러웠다. 지번의 손에 끌려 터덜터덜 숙소로 돌아왔다. 돌아오는 길은 그가 용케도 잘 찾았다. 방에 들어서자마자 난 샤워를 했다. 그도 웃통을 벗어젖히고 침대에 드러누웠다. 천장의 팬은 열심히 돌아가지만, 이 무더위를 식히기에는 역부족이었다.

샤워를 마치고 가이드북을 뒤적였다.

"봐! 여기 에어컨이 있는 식당이 나와 있어. 여기서 가까워. 여기서 먹자."

"그래. 에어컨이 있어야 밥도 들어가겠다."

그도 동의했다.

우리는 거리로 나섰다.

"아 참, 나는 스카프를 사고 싶어. 인도인들처럼 얼굴을 가리고 다닐 거야. 이곳에서 맨 얼굴로 다니는 건 피부를 망치겠다는 선언과 같아."

"어떤 걸로?"

"예쁜 거."

내가 싱긋 웃으며 그에게 답했다.

식당으로 가는 길에 사리를 파는 가게 몇 군데에 들르지만 내가 원하는 스카프는 없었다. 결국 한 곳에서 고급스러운 천을 끊어 스카프를 만들어 얼굴에 둘러 보니 시원하지도 않고 바보 같아 보였다.

"예뻐?"

"응."

"거짓말."

"아니야. 진짜야."

"그래. 믿어 주지."

"여기 바라나시는 사리로 유명해. 네팔에서도 부자들은 사리를 맞추기 위해 이곳에 와. 너도 사리를 맞추고 싶다면 여기서 하는 게 좋아."

"네 말이 맞는 것 같아. 정말 많은 사리 상점이 있어. 맞추고 싶지만, 가방이 무거워지는 건 싫어."

길가에 늘어선 사리 상점들에 걸려 있는 화려한 옷감이 나를 유혹하지만 과감히 마음을 접었다. 예쁘긴 하지만 실용적이지는 않다. 한국에 가서 입고 다닐 수도 없고 가방에 넣고 다니는 것도 버거워서 싫었다.

사리 상점 거리를 지나자 우리가 찾는 식당이 보였다. 안으로 들어서니 청결함이 고급 식당임이 확실했다. 게다가 우리가 그토록 바라던 에어컨이 빵빵하게 시원한 바람을 뿜어내고 있었다. 그는 탈리를, 나는 '레이디스 치즈 스파게티'라는 걸 주문했다. 뭔지는 몰라도 숙녀를 위한 과일과 채소 그리고 치즈가 들어간 맛있는 스파게티일 것이 분명했다. 음식을 기다리는 사이, 여기로 오는 버스에서 만났던 벨기에 커플이 식당으로 들어왔다. 그들과 인사를 하고 숙소에 대한 이야기, 더위에 대한 이야기를 나누었다. 그들 역시 우리처럼 더위에 지쳐 있었다.

드디어 기대하던 요리가 나왔다. 그런데 내가 주문한 스파게티가 나를 당황하게 만들었다. 짙은 초록으로 끈적한 치즈와 뭉그러져 접시에 덩그러니 담긴 이 정체불명의 스파게티는 무엇인가? 포크로 한 웅큼 떠서 맛을 보았다.

"으웩."

"왜 그래?"

지번이 놀라며 물었다.

"이게 도대체 뭐야? 짜고 맛도 이상해."

나는 메뉴판을 다시 확인했다. 맙소사! 이건 'Ladies Cheese Spaghetti'가 아니었다. 'Lettuce Cheese Spaghetti'였다. 상추를 갈아 치즈와 섞어 스파게티와 볶아 놓은… 도저히 먹기에 곤란한 그런 요리였다. 결국 나는 몇 번 시도하다가 스푼과 포크를 내려놓았다. 왜 나는 'Lettuce'를 'Ladies'로 보았을까? 허기 때문에 눈이 멀었던 것이다.

"초록은 식욕을 감퇴시키는 색이야. 게다가 이 스파케티는 정말 맛없어. 난 음식을 남기는 걸 싫어하지만 도저히 안 되겠어. 이 비싼 것을."

"내 것을 먹어."

그가 자신의 쟁반에 담긴 이런저런 음식을 설명해 주면서 내게 권했다. 그의 호의에 노력은 해 보지만 내 입에는 맞지 않았다.

"오늘은 내가 음식을 먹을 수 없는 운명의 날인가 봐!"

"왜? 내 것도 맛이 없어?"

"미안해. 난 인도 음식이 입에 맞지를 않아. 네팔에서 달밧은 맛있었는데…."

"네가 네팔인이라서 그래. 후후."

"그런가 보다. 하하."

그가 가벼운 농담으로 내 기분을 북돋아 주었다.

식사를 마치고 우리는 바라나시 정선역으로 향했다. 우리를 싣고 페달을 밟는 릭샤왈라의 무거운 다리가 내 가슴을 아리게 했다. 작은 사이클 릭샤에 많게는 5명까지도 탄 걸 볼 수 있었다. 250kg이 넘는 사람들을 자전거 한 대에 싣고 수십 분을 달려 그들이 받는 것은 고작 우리 돈 1,000원 정도다. 쏟아지는 햇살 속에서 손님을 기다리고 페달을 밟고 가끔은 빼앗길 손님을 두고 다른 릭샤왈라와 싸우는 그들의 하루는 지긋지긋한 나의 일상에 대한 조금의 고마움을 갖게 만들었다.

'그래. 한국에 돌아가서 내 반복되는 일상에 미칠 것 같을 때 이들을 기억해야지.'

나는 앞에서 페달을 밟는 릭샤왈라의 발을 찍었다. 또 옆을 지나가는 릭샤왈라의 모습도 찍었다. 그리고 한국에 돌아가 크게 확대해서 방에 걸어 두어야겠다고 생각했다.

바라나시 정선역에는 외국인 전용 창구가 있었다. 카주라호로 가기 위해 나는 사트나행 티켓 두 장을 신청했지만, 역무원의 대답이 나를 화나게 만들었다.

"네팔인은 이곳에서 표를 살 수 없어. 네팔인은 내국인 창구에서 표를 사야 해."

"하지만 그는 내 친구야. 우리는 옆 좌석에 앉아야 해."

"어쩔 수 없어."

지번이 옆으로 와서 힌디어로 사정을 해 보았지만 해결되지 않았다. 순간, 문득 예전에 책에서 읽었던 인도의 공무원들에 대한 내용이 떠올랐다. 나는 지갑에서 100루피를 꺼내 내 여권 속에 넣고 그를 향해 살짝 보여 주며 말했다.

"제발 도와줘."

그제서야 그는

"내가 도와줄 수 있을 거야."

라면서 컴퓨터의 키보드를 두드렸다.

몇 분 만에 내 손에 두 장의 표가 쥐어졌지만, 내 기분은 많이 상해 있었다. 이런 식으로 문제를 해결하는 것도 싫고 지번 때문에 내가 인도인에게 굽실거렸다는 것도 싫었다. 게다가 지번은 이런 상황을 지켜보았음에도 내게 고맙다는 말 한마디 하지 않았다. 난 그저 말없이 혼자 앞서 걸어가는 것으로 그에 대한 내 기분을 표현할 수밖에 없었다.

"이제 황금 사원으로 가자. 나는 외국인이라 들어갈 수 없지만, 넌 들어갈 수 있을 거야. 너희들에겐 중요한 곳이라 들었어."

한참을 앞서 걷던 내가 그에게 돌아서며 말했다.

"너도 들어갈 수 있을 거야. 내 친구니까."

그가 대꾸했다.

"제발 그러길 바라…"

사이클 릭샤를 타고 다샤스와메트 가트로 돌아왔다. 다시 미로 같은 시장 골목으로 들어가야 했다. 지도를 보니 오른쪽인데 그는 또 자신의 직관만 믿고 왼쪽 길로 향했다. 참지 못하고 한 남자에게 물어보니 오른쪽 길로 가란다.

'도대체 이 녀석은 왜 알지도 못하는 길을 자기 멋대로 찾아가는 거야? 정말 특이해.'

지번에 대한 내 참을성이 점점 수위를 향해 차오르고 있었다.

한두 번 헤매었지만, 오전과는 다르게 우리는 수월하게 황금 사원에 다다랐다. 사원은 삼엄한 경비로 출입문이 통제되고 있었다.

나는 여권과 지갑만을 소지하고 나머지는 락커에 맡긴 채 그를 따랐다. 일단 입구에서는 자신의 여자친구라는 지번의 장황한 설명 덕에 몸수색을 마친 뒤 통과했다. 가이드북에는 외국인은 절대 들어갈 수 없다고 쓰여 있었는데 말이다. 기분이 좋아졌다. 지번 때문에 잃은 것도 있지만, 얻는 것도 있다는 생각에 정선역에서의 언짢은 기억도 사그라들었다. 하지만 나는 사원 내부까지는 들어가지 못했다. 역시 그가 한참을 설명했음에도 말이다.

"오늘은 중요한 날이야. 그래서 널 결혼할 사람이라고 했지만, 안 된다고 했어."

"고마워. 어쩔 수 없지. 난 여기서 기다릴 테니 넌 들어갔다가 와."

역시 나는 그들에게 이방인이었다. 도대체 저 안에서는 어떤 의식이 치러지길래 외국인의 출입을 이토록 통제하는 것일까? 그것이 더욱 내 궁금증을 증폭시켰다.

'하지만 어쩔 수 없지. 저긴 그들만의 영역이니까.'

우리는 다샤스와메드 가트에서 보트를 타기로 했다. 갠지스강의 가트를 가장 편하게 다 둘러볼 수 있는 방법이었다. 내 첫 인도 여행의 목적과 점점 멀어지고 있는 걸 느꼈다. '지독한 고생과 싸워보기'에서 '고생 피해 가기'로.

지번의 통역으로 나는 뱃사공과 요금을 놓고 흥정을 했다. 밀고 당기고 돌아서고 따라가기를 몇 번 한 끝에 결국 내 요구대로 거래가 성사되고 우리는 배에 올랐다. 누런 이 사이로 빨간 찌꺼기가 끼어 있는, 마치 식인종 같은 분위기의 사공이었다. 하지만 절대 편견을 갖지 말자 다짐했다. 특히 외모로. 낡을 대로 낡아 물이 들어찰 것 같은 나룻배에 지번과 함께 올랐다. 배는 강으로 나아가고 강에서 수영을 하는 사람들이 배에 탄 나를 향해 손을 흔들며 출항을 축복해 주었다.

"같이 수영하자."

수영하는 무리 중 몇 명이 우리를 향해 외쳤다. 하지만 아무리 신성하다 해도 콘돔이 떠다니는 물에 몸은커녕 손가락 하나도 담그고 싶지 않았다. 배는 가트에서 점점 멀어지고 또 다른 가트들을 향해 나아갔다. 가트마다 다른 분위기의 건축물들이 일몰의 하늘과 어우러져 몽환적인 아름다움을 만들어 냈다. 이곳에서는 역겨운 냄새도, 구석구석 쌓여 있는 쓰레기와 똥도 보이지 않으니 그저 난 아름다움만 즐길 뿐이었다. 무엇이든 거리를 둘 때 더 좋고, 더 아름답다. 사람이고 풍경이고 간에. 맞은편에 앉은 지번을 보았다. 처음 그를 만나 사랑에 빠졌을 때 난 그를 먼 곳에 서서 보았던 것이다. 그 모습에서 그의 단점은 볼 수 없었다. 멀리서 본다는 건 내 상상도 첨가되기 때문이다. 지금 내가 보는 가트의 풍경들처럼 그저 아름답게만 보이는 것이다. 그 안에 들어가 똥과 오물과 냄새를 맡기 전에는 말이다. 만약 그와 포카라에서 이별을 했다면 난 그저 아름답고 슬픈 추억만을 간직하고 있었을 것이다. 물론 지금도 그를 사랑하지만, 지금 그는 그저 아름답기만 한 것은 아니다. 나의 추억의 내용도 달라졌을 것이다. 생각에 잠긴 나를 무언가가 깨웠다. 바람이었다. 그냥 바람이 아니라 모래바람이었다. 눈을 뜰 수가 없었다. 나는 선글라스를 쓰고 스카프로 온 얼굴을 감쌌다. 가트 맞은편에서 뿌연 스모그가 땅에서부터 피어오르고 있었다. 바람은 세차고 먼지들의 부딪힘이 내 팔에 따갑게 와닿았다. 맞은편의 지번은 눈을 감고 있었다. 그사이 해는 하늘에서 숨었고 우리는 마니까르까 가트 화장터 근처에 와 있었다. 카트만두의 바그마티강에서 보았던 화장 장면과는 달리 더 많은 장작과 더 큰 불길이 여기저기서 타오르고 있었다.

"20루피만 더 내면 저기 내려서 구경할 수 있어."

뱃사공이 빨간 잇몸을 드러내며 우리에게 제안했다.

"싫어."

누군가의 죽음을 관광 상품으로 팔고 있다는 게 기분 나빴다. 그걸 돈 주고 본다는 것도 싫었다. 그리고 바그마티 강가의 조촐한 화장과 달리 이곳의 화장은 왠지 상업적인 냄새가 나서 경건한 기분도 일지 않았다.

"다른 곳으로 가 줘."

이때, 배 한 척이 우리에게 다가왔고 그 안에 탄 장사꾼이 양초를 사라고 권했다. 나는 하나를 사서 불을 켜고 우리의 여행이 무사히 끝나길 빌며 강에 띄웠지만 이내 물에 빠져 버렸다.

'뭐야, 기분 나쁘게.'

우리의 마지막이 그 양초와 같을까 봐 난 시선을 다른 곳으로 옮겼다. 사공은 뱃머리를 돌려 의식이 펼쳐지는 한 가트에 배를 세웠다. 무대 위에는 여러 명의 무용수가 종교 음악에 맞추어 흥겹게 단체 무용을 하고 있었다. 주변은 사람들로 가득 차 있었다. 이들은 종교가 생활이고 문화생활의 일부를 차지하고 있는 것 같다. 생활 안에 가장 큰 중심이 되는 종교. 우리와 다른 이들의 삶의 방식을 다시 한번 실감했다.

"오늘이 특별한 날이야?"

내가 지번에게 물었다.

"물론 그렇기도 하지만, 이곳 가트에서는 매일 이런 행사를 해."

"마치 축제 같아."

배는 우리를 다샤스와메드 가트에 내려놓았다. 우리는 축제의 중심에 서서 카메라에 우리의 모습을 담았다. 한 사람이 염료를 가져와서 나와 지번의 이마에 티카를 찍어 주며 돈을 달라 했다. 잔돈이 없어 미안하다 하니 그냥 어깨 한번 으쓱하고 지나갔다.

"인도인이 아닌가 봐!"

"왜?"

"인도인은 큰돈 달라고 바꿔 준다고 하잖아."

"마음 착한 인도인도 많겠지."

"그러게. 잔돈이 있었으면 좋았을걸…."

"거기 서 봐! 너 티카가 너무 잘 어울려."

지번이 이마에 티카를 찍은 나를 카메라로 찍어 주었다.

내가 봐도 빨간 티카를 이마에 찍은 사진 속의 내가 너무 예뻤다.

"정말 예쁘다. 그치?"

내가 사진을 보며 그에게 묻자 그도 환한 웃음으로 대답했다.

"그래. 정말 예뻐."

이곳으로 여행을 떠나온 후 제대로 화장을 한 적이 없었다. 그럼에도 카메라 속의 내 모습들은 정성 들인 화장과 화려한 액세서리로 장식했을 때보다 훨씬 예뻐 보였다. 아마 행복이라는 최고급 브랜드의 화장품으로 메이크업을 했기 때문일 것이다. 지금 이 순간 낮에 있었던 모든 짜증은 눈 녹듯 사라졌고 그와 함께 행복한 이 축제의 가운데서 파티를 하고 있었다. 내가 그의 귀를 끌어 속삭였다.

"I love you."

"…."

반응이 없었다. 조금 서운하지만 괜찮았다. 그냥, 지금 그가 내 곁에 있다는 것으로 족했다. 지금 내 곁에 그는 처음 만난 날의 모습을 서 있었다. 다행히 저녁 식사는 만족스러웠다. 내가 주문한 도사(Dosa)라는 메뉴는 생각보다 맛있었다. 쌀가루로 만든 커다란 전병 속에 양파, 토마토, 치즈, 건포도 등을 넣은 오믈렛 형태의 음식인데, 내 입에 잘 맞았다. 내가 음식에 만족하자 그도 그 소년 같은 웃음을 연신 보여 주었다. 식사 후 그는 내게 풀씨 같은 걸 권했다.

"씹다가 삼켜. 밥 먹고 나서 먹으면 입 안이 개운해."

그가 내민 것을 씹다가 이내 냅킨에 뱉어 버렸다.

"이게 뭐야? 향이 이상해."

"하하. 숲(Souff)이야. 난 좋은데."

"난 이런 향 싫어."

"곧 좋아하게 될 거야. 내가 매일 먹일 테니까."

"싫어. 안 먹을 거야."

우리는 웃으며 식당을 나왔다. 저녁의 일들은 낮의 피곤함을 모두 보상해 주었다. 호텔에 이르러 그가 한 군데에서 멈추더니 뭔가를 가리켰다. 골목의 한 코너에서 한 남자가 나뭇잎에 여러 가지 재료를 넣어 열심히 싸서 팔고 있었다. 지번도 하나를 샀다. 나뭇잎에 싸인 모양이 예뻐서 내가 카메라로 찍었다.

"이게 뭐야?"

"빤(Pan)이야."

"방(Bang)? 방은 마약이잖아."

"하하하. 아니, 빤! 후식 같은 거야. 나뭇잎에 허브와 향신료를 넣고 싸서 먹는 거야. 먹어 봐!"

나는 살짝 한 입 깨물었다. 생각보다 향긋하고 달콤했다.

"괜찮은데…. 달콤해."

"하지만 많이 먹으면 어지러워. 이 속에 타바코도 넣거든. 바라나시는 이 빤으로도 유명해. 비싼 빤은 금가루를 넣기도 하는데 이 한 개 가격이 2,000인도루피나 돼."

나뭇잎으로 싼 후식 하나에 한화 4만 원이 넘는다는 말에 난 놀랐다.

"와! 그건 정말 부자들만 먹겠다."

"물론이지. 네팔 부자들이 이 빤을 사기 위해 바라나시로 오기도 해."

"알았다. 바라나시는 사리와 빤이 유명하구나."

"어, 안 잊어버렸네."

"난 중요한 건 안 잊어버린다니까."

"후후."

"지번! 오늘은 브런치를 맥도날드에 가서 먹을 거야. 네팔에는 맥도날드 없지? 내가 어제 오다가 봤어. 난 맥도날드를 좋아하지 않지만, 너를 위해 거기로 갈 거야."

다음 날 아침, 나는 지번에게 그날의 내 계획을 알려 주었다.

"좋아. 맥도날드."

지번은 맥도날드라는 말에 벌써 기분이 들떠 보였다. 그는 맥도날드에 익숙한 내가 신기할 것이고 나는 맥도날드 하나도 없는 나라에 사는 그가 신기했다. 가방을 꾸려 사이클 릭샤에 올라 맥도날드를 향했다. 바라나시는 가트 주변은 고전적인 모습을 간직하고 있지만, 시내는 그와는 다르게 현대적인 쇼핑몰과 극장, 그리고 건물들로 채워져 있었다. 커다란 배낭을 멘 우리가 맥도날드가 입점해 있는 쇼핑몰에 들어섰을 때였다. 청원 경찰관들이 우리를 제지했다. 안 그래도 가방 무거워 짜증이 나는데 이건 또 무슨 상황인가 싶었다. 그러더니 가방을 내려놓으라면서 내 가방을 수색했다. 난 화가 났다.

"여기가 무슨 공항이야? 웃겨. 맥도날드 한번 들어가기 어렵군."

나의 흥분한 목소리에 아랑곳하지 않고 청원 경찰들은 지번과 나의 가방을 계속 뒤졌다. 수색이 끝나고 나는 담배와 라이터를 압수당했다.

맥도날드에 들어서며 난 흥분한 목소리로 지번에게 짜증을 냈다.

"이건 말도 안 돼. 손님을 마치 테러 분자 취급하잖아."

"여기가 큰 쇼핑몰이라 그래. 참아."

"정말 이해할 수가 없어."

하지만 이내 난생처음 맥도날드를 경험하는 지번의 소년 같은 모습에 난 웃음을 터뜨리고 말았다. 햄버거에 그들의 취향인 마살라 향이 첨가되어 있어서 지번이 아주 좋아했다.

그의 첫 맥도날드 상견례를 오래 치르지도 못하고 우리는 서둘러 바라나시 정선역으로 향했다. 하지만 역에 도착한 우리를 기다리는 건 기차가 아니라 2시간 연착 소식과 더위였다.

"이런 젠장. 이럴 줄 알았으면 시원한 맥도날드에서 더 있을걸···. 안 되겠어. 난 여기서 2시간 못 기다려. 너무 덥다고. 다시 맥도날드로 갈 거야."

우리는 배낭에 자물쇠가 없다는 이유로 Clock room(짐 보관소)에 배낭을 맡기지도 못하고 그 무거운 짐을 짊어진 채 맥도날드를 향해 사이클 릭샤를 탔다. 다시 건물을 통과하고 수색을 당하고 담배와 라이터를 뺏겼지만, 이번에는 순순히 응했다.

"나는 여기 카페에서 글을 쓰고 있을 테니 넌 구경하고 와!"

나는 맥도날드 옆 카페에 자리를 잡았다. 혼자 나서기가 어색했는지 지번은 한참을 내 곁에 앉아 있더니 1시간이 지나서야 자리에서 일어났다. 그러더니 20분도 지나지 않아 자리로 돌아왔다. 카페에서 2시간이나 시간을 보내고 왔음에도 기차는 아직 도착할 기미를 보이지 않았다. 어쩔 수 없이 다른 인도인들처럼 플랫폼에 신문지를 깔고 앉아 기차를 기다렸다. 이들은 왜 이런 연착에 항의하지 않는 걸까? 이들은 이런 연착을 즐기기라도 하는 듯 바닥에 누워 낮잠을 자거나 담소를 나눴다. 마치 자기네 안방처럼 말이다. 음악과 독서로 더위와 지루함을 달래 보지만, 가슴과 등으로 줄줄 흐르는 땀은 견디기가 힘들었다. 쉴 새 없이 물을 마셔 댔다. 마셔도 마셔도 갈증은 계속 나를 괴롭혔다. 기차는 예정 도착 시각을 4시간 30분이나 지나서 플랫폼에 모습을 나타냈다. 지번은 아무런 말이 없지만, 많이 힘든 표정이었다. 나는 인도 기차를 처음 타는 건 아니었다. 처음 인도에 와서 고락푸르로 향할 때 한 번 탔었다. 목적지의 도착 시각은 3시간이나 늦었지만, 델리역에서 출발할 때는 고작 15분 정도만 늦었었다. 게다가 에어컨이 나오는 좌석이었다. 하지만 두 번째 인도 기차 여행은 그때와는 달리 무척 힘들었다. 4시간 30분을 기다리게 한 것도 고통스러웠지만, 에어컨이 없는 SC 침대칸 객차 안은 말로 표현할 수 없을 만큼 낡고 더러웠다. 사람뿐 아니라 바퀴벌레와 쥐도 함께 탑승하고 있었다. 맞은편에 앉은 지번을 봤다. 땀에 절어 아무 표정이 없었다.

"너 기차 타 본 적 있어?"

"아니. 나 기차 처음 타 보는 거야."

"정말? 네팔에 기차 없어?"

"한 구간 있지만, 타 본 적 없어."

"너 오늘 처음 해 보는 거 많다. 맥도날드에, 기차 여행에…. 하지만 이 기차는 너무 힘들어."

"맞아. 너무 더워."

철창 사이로 들어오는 뜨거운 열기에 우리는 삶아지고 있었다. 끓는 물에 담긴 시금치처럼 말이다. 나는 음악에 기댄 채 그 시간을 고행이라 생각하며 참선하고 있었다. 승려처럼 말이다.

'도대체 언제 사트나에 도착하는 것일까? 아무래도 오늘 카주라호까지 들어가긴 틀린 것 같다. 사트나역 부근에서 하룻밤을 보내야겠지.'

주위를 둘러보았다. 우리처럼 힘들어하는 이들은 없어 보였다. 승객으로 처음 만나는 사람들임이 분명함에도 뭐라 저리들 얘기를 서로 주고받는지 알 수가 없었다. 아이들은 정신없이 장난을 치고 그를 제지하는 어른도 없었다. 한국 같았으면 단 한 가지 광경도 볼 수 없는 상황이다. 이제 허기도 날 괴롭히는 한 가지 요인이 됐다. 햄버거 한 쪽을 먹고 난 후 8시간째 아무것도 못 먹었다. 난 기차가 한 역에 정차하자 재빨리 뛰어내려 삶은 계란 6개와 스프라이트를 사서 기차에 올랐다. 지번도 배가 고팠는지 내가 까 주는 계란을 잘 받아먹었다.

"지번! 이건 여행이 아니라 고행이다."

"후후."

그가 힘든 웃음을 보였다.

"너 괜찮아?"

"응. 걱정하지 마!"

"네 얼굴에 걱정하라고 쓰여 있는데…"

나의 농담에 우리는 잠깐 웃지만 그 웃음이 그리 오래갈 상황은
아니었다.

슬픈 사랑의 도시,
아그라

직행이라던 버스는 온 마을들에 멈춰 사람들을
태우고 내리며 11시간이 지난 후에야 우리를 아그라에 내려놓았
다. 아그라는 유명 관광지답게 도로도 반듯하고 넓었다. 큰 간판
들이 눈에 띄는 정말 도시 같은 느낌이 들게 했다. 그렇기에 이동
거리도 멀었다. 더 이상 에어컨이 없는 곳에서는 지낼 수가 없었
다. 그래서 본래 인도 여행의 취지에 맞지 않는 중급 호텔을 이용
하게 되었다. 시크교 노부부가 운영하는 주택가 안에 있는 작은
호텔은 청결했다. 다만, 주인이 방문 밖에 지켜 서서 계속 뭐 필요
한 거 없냐고 물어 대는 게 좀 불편했다. 예전 코미디 프로인 〈귀
곡 산장〉의 노부부가 생각났다.

　"뭐 필요한 거 없수?"

　다음 날, 아침을 먹고 우리는 호텔을 옮겼다. 호텔 주인의 과잉
친절과 주택 안쪽에 위치해 있는 이유로 편의 시설이 제대로 없는
곳에서 더 지내기가 힘들었다. 누가 인도 물가가 싸다고 했는가!

절대 아니라고 생각한다. 시설과 서비스에 견주어 얘기한다면 인도의 물가는 우리나라보다 비싸다고 난 자신 있게 말할 수 있다. 물론 더러움과 고통을 인내할 수 있는 여행자들에겐 싼 곳일지도 모르겠지만, 나에게는 아니었다.

여장을 풀고 잠깐의 휴식을 취한 뒤, 아그라에 온 목적을 향해 나섰다.

타지마할 앞에 도착한 나는 오토릭샤에서 내리자마자 몰려든 가이드들과 호객꾼 그리고 무더위 때문에 화가 치밀어 올랐다. 이어서 가이드북까지 맡겨야 한다는 타지마할 입장 관리 시스템에 더욱 기분이 나빠졌다. 락커에서는 가이드북만 맡기고 가라고 했는데 입장을 하려니 가방 자체가 반입이 안 된다고 나를 입장시켜 주지 않았다. 관리소 직원들의 행태와 더운 날씨 때문에 락커까지 걸어가는 동안 결국 난 폭발하고 말았다.

"아까 당신은 책만 맡기면 된다고 하더니 입구에서는 가방까지 맡기고 오래. 당신이 진작 그렇게 말했더라면 내가 이 무더위 속을 왔다 갔다 하지 않아도 됐어."

나의 고함에도 불구하고 락커 직원은 대꾸도 없이 락커에다 넣으라고 번호만 알려 줄 뿐이었다. 미안하다는 말 한마디 없이 말이다. 그 행동에 더 화가 난 나는 한국말로 욕을 하기 시작했다.

"거지 같은 새끼들. 관광객에 대한 서비스 정신이 하나도 없어.

돈도 더럽게 비싸게 받아먹으면서… 나쁜 자식들."

흥분한 나를 지번을 포함한 몇 명의 사람이 묵묵히 쳐다보았다. 그들은 그 말뜻을 제대로 알 리가 없기에. 한동안 씩씩거리던 나는 마음을 추스르고 입구를 향해 걸어 들어갔다. 타지마할. 내가 그토록 만나기를 고대하던 곳이었는데 왜 하필 이곳에서 이런 사건이 생긴 건지. 가슴 속의 울화를 꾹꾹 접어놓고 타지마할에 발을 들여놓았다. 아주 천천히, 천천히 입구로 들어섰다. 너무나 궁금한 선물은 뜯어 볼 때 조심스럽게 리본을 풀고 포장지를 벗기듯이…. 붉은 갈색으로 웅장하게 솟은 입구를 통과해 안으로 들어서니 넓은 광장이 펼쳐지고 본당으로 들어가기 위한 또 하나의 건물이 나왔다. 흰색과 갈색으로 이루어진 건축물은 하얀 대리석에 홈을 파고 여러 가지 색의 돌을 박아 꽃과 같은 문양을 만들어 놓았다. 한 걸음, 한 걸음 중앙 건물을 향해 걸어 들어갔다. 안타깝게도 중앙 연못의 물은 말라 있어서 사진 속에서 보았던 그 몽환적인 모습의 두 개의 타지마할은 볼 수가 없었다. 햇살은 작열했지만 이 순간만큼은 더위도 잊었다. 난 직접 본당으로 걸어가지 않고 옆에 전시된 인도의 유적지를 한참 둘러봤다. 어린 시절 아빠가 비싼 바나나를 사 주셨을 때 바로 깨물어 먹지 못하고 살금살금 핥아먹었던 기억이 그 순간 떠올랐다. 그 기분이었다. 아끼는 것이다. 전시된 사진들을 다 둘러보고 나서야 난 본당을 향해 걷기 시작했다. 4개의 미나레와 하얀 젖가슴처럼 하늘을 향해 솟은 봉긋한 돔…. 신발을 벗고 뜨겁게 달궈진 대리석 위에 발을 놓았다. 한 남자의 광적인 사랑이 탄생시킨 이곳. 그렇기에 더욱 아름다운 이곳은 영원한 사랑의 상징이다. 본당은 뽀얀 대리석의 작품이었다. 대리석 한 판을 벌집 모양을 조각해 창틀과 문을 만들어 놓았다. 그 옆옆으로 유색의 돌꽃들이 마치 수를 놓은 듯 하얀 대리석 위에 피어 있었다. 내부로 들어가 '사 쟈한'과 '뭄타즈 마할'의 가묘를 보았다. 이들의 진짜 무덤은 지하에 숨겨져 있다고 한다. 희미한 햇살이 스미는 어두운 공간은 그 아름다움을 더욱 오묘하게 만들어 주었다.

본당을 둘러보고 나오는 나를 지번이 불렀다. 내 손을 끌고 데려간 곳은 미나레 뒤편이었다. 어느새 앉을 자리를 찾아 놓고 날 기다렸던 것이다. 아슬아슬한 그곳에 나란히 앉아 유유히 흐르는 강을 바라봤다. 야무나강이란다. 멀리 아그라성이 보였다.

"조금 허무해."

"왜?"

"난 중학교 때부터 이곳에 오고 싶었어. 교과서에서 보았던 이곳의 사진은 어린 내 기억에도 너무 강렬했고, 무슨 과목이었는지 생각은 안 나지만 선생님이 이 건물에 얽힌 이야기를 들려주셨을 때부터 이곳은 내가 직접 가 보고 싶은 곳 중의 하나로 자리했었지."

"그런데 왜?"

"그냥 그런 생각이 들었어. 너무 소중한 건 직접 갖는 것보다 머릿속에, 가슴 속에 넣어 두고 가끔 상상하고 그리워하는 게 더 나을지도 모른다는. 이해해? 항상 현실은 어두운 면을 갖고 있잖아. 내 상상 속의 이곳은 단지 연못에 비친 환상적인 모습이었어. 아름답고 아픈 사랑의 이야기를 간직한. 그런데 현실의 이곳은 수많은 관광객과 호객꾼, 불친절도 함께 존재해. 물론 이곳이 정말 아름다운 건 사실이지만 내 상상 속의 타지마할보다 못한 것도 사실이야. 마치 너처럼."

나는 이야기의 마지막에 코끝을 찡긋한 채 웃으며 그의 얼굴을 보았다.

"무슨 뜻이야?"

"아무것도 아니야."

나는 웃음으로 이야기를 마무리했다.

처음 그를 꿈꾸고 갈망했을 때와 내 곁에 그를 두고 있는 지금의 느낌은 분명히 달랐다. 내 상상 속의 그는 그저 신비로움과 고독을 가진 한 남자였지만, 현실의 그는 철부지 25살짜리 청년일 때가 많았다. 내 남편도 그랬다. 처음 그를 만났을 때, 나와는 달리 긍정적이고 낙천적인 그가 편안하고 좋았다. 하지만 그를 가진 지금 난 그 장점 때문에 달고 다니는 무능력에 항상 힘들어하고 아파하고 있었다. 가끔 갖지 말걸, 사랑만 할걸 후회도 한다. 항상 내게 현실은 그런 것 같다.

호텔에 돌아와 잠깐 샤워를 하고 점심을 먹기 위해 근처에 있는 피자헛에 가려 하는데 지번이 또 늑장을 부렸다. TV에 넋을 빼고 "잠깐만…. 알았어…."라고 되풀이하고 있었다. 치솟는 짜증을 참으며 너그러운 목소리로 말했다.

"지번! 우리는 정확히 1시 30분에 여기서 나갈 거야. 네가 늦으면 난 기다리지 않을 거야. 빨리 준비해."

"알았어. 걱정 마!"

말과는 달리 그는 여전히 침대에 누워 TV를 보고 있었다. 난 소파에 앉아 있다가 시곗바늘이 1시 30분을 가리킴과 동시에 밖으로 나왔다. 물론 나 혼자서….

피자헛에 들어서니 서양인들이 자리를 빼곡히 차지하고 있었고 몇 명은 쩌렁쩌렁 울리는 〈마카레나〉 음악에 맞추어 마카레나 춤을 추고 있었다. 기분이 언짢은 내겐 그것도 신경에 거슬렸다. 자리가 없었다. 난 종업원에게 자리를 요청했다. 5분만 기다려 달랬다. 옆에 서서 자리를 만드는 모습을 지켜보고 있었다. 잠시 후, 지번이 문을 열고 들어와 내 옆에 섰다. 순간, 서양인들의 시선이 일제히 우리에게 꽂히고 몇 명의 사람이 우리를 보고 숙덕거리는 느낌을 받았다. 이곳은 인도가 분명하지만 이 피자헛 매장 안에서 인도인 손님을 찾기란 어려웠다. 마치 미국이나 유럽인 것처럼 온통 노랑머리들뿐이었다. 우리의 자리가 만들어졌지만 우리는 그곳에 앉지 못했다. 뒤늦게 들어온 노랑머리 여자들이 그 자리에 앉아 버렸고 어처구니없게도 종업원은 그들에게 주문을 받는 것이었다.

난 매니저를 불러 항의했다.

"마담! 왜 화를 내십니까?"

"왜 화를 내냐고? 너희 종업원이 내 자리를 그녀들에게 주어 버렸고 난 여기에서 15분이나 기다렸다고. 알아? 이건 손님에 대한 예의가 아니야."

흥분한 나는 영어가 더 서툴렀다. 낱말도, 문법도 떠오르지 않았다. 매니저는 미안하다는 말도 없이 내 말을 무시했다. 나는 소리를 지르기 시작했다. 하지만 노랑머리들의 떠드는 소리와 시끄러운 음악 소리에 내 고함은 묻히고 말았다. 지번이 내 팔을 끌었다.

"다른 곳에 가서 먹자."

난 그의 팔을 뿌리치고 밖으로 나와 혼자 걸었다. 순간, 그와 동행하면서 겪은 몇 건의 손해가 동시다발적으로 떠올랐다. 가는 호텔마다 난 그와 동행한다는 이유로 다른 시선을 느껴야 했고, 그의 표를 구하기 위해 애걸하고 뇌물까지 주어야 했다. 또 이곳에서 난 차별 대우까지 받아야 했다. 그럼에도 그는 내게 단 한 번도 고맙다거나 미안하다는 말을 한 적이 없을뿐더러 항상 능장을 부려 내 시간을 좀먹었다. 이 모든 상황에 화가 났다.

"에이."

난 앞에 있던 깡통을 힘껏 걷어차고는 호텔로 다시 돌아왔다. 뒤도 돌아보지 않고 호텔 식당에 자리를 잡고 앉았다. 한참 후에 그가 문을 열고 식당 안으로 들어왔다. 난 말없이 메뉴를 주문하고 담배를 피웠다. 그 역시 말이 없었다. 주문한 음식들이 나오고 역시 말없이 음식을 먹는다. 그가 내 접시에 자신의 음식을 덜어 주지만 난 먹지 않았다.

점심 식사 후 나는 자이푸르행 기차표를 구하기 위해 아그라시티역으로 향했다. 하지만 아그라시티역에서 자이푸르행 기차표를 구할 수가 없었다. 내가 네팔에 머물 때 있었던 폭탄 테러로 인해 라자스탄으로 향하는 모든 기차 운행이 중단되었다는 것이다. 기가 막혔다. 그날은 정말 되는 일이 하나도 없는 날이었다. 만약 전날이나 다음 날 기차표를 구하러 갔다면 라자스탄행 기차가 있었을지도 모른다는 생각까지 들었다. 하지만 여행을 하면서 루트가 이런 사유로 변경되는 것은 충분히 있을 수 있는 일이다. 문제는 당시의 내 기분이었다. 오전부터 계속된 스트레스로 인해 아그라 시티에서 들은 라자스탄행 기차 운행 중단 소식은 내 안에 존재하던 모든 분노를 폭발시키기에 충분했다. 그럼에도 난 참고 있었다. 이건 누구의 잘못도 아니고 상황이 그렇게 된 것이기에 화를 낼 대상도 없었다. 더위와 내 마음대로 되지 않는 여러 상황은 나의 인내심을 계속 갉아먹고 있었다.

나는 흥분한 나머지 아무 말도 못 하고 담배만 피워 대고 있었다.

'이제 어디로 가야 하나?'

내겐 생각할 시간이 필요했다.

나는 끊임없이 이어지는 릭샤왈라들의 질문을 무시한 채 바닥에 주저앉아 가이드북을 펴 놓고 생각에 생각을 더했다. 지번은 릭샤왈라들의 질문에 하나하나 다 대답을 하고 있었다. 나는 그 모습을 보는 것만으로도 짜증이 났다. 햇살은 내 살을 모두 태울 듯 뜨거웠다.

"어떻게 할 거야?"

지번이 한참 릭샤왈라들과 얘기를 하더니 내게 물었다.

"생각을 좀 더 해야겠어."

내게 대답을 들은 그는 다시 그들과 얘기를 나누었다. 도대체 그들과 무슨 얘기를 하는 건지 난 알 수가 없었다. 그래 봤자 결국 자기네 릭샤를 타라는 것뿐일 텐데 말이다.

"어떻게 할 거야? 네가 만약 뭄바이로 갈 거면 여기서 기차가 있지만, 델리 쪽으로 가려면 아그라칸트역으로 가야 한대."

"알아. 20분 정도만 생각할 시간을 줘."

난 담배를 비벼 끄며 퉁명스럽게 대답했다.

사실 난 고민을 하고 있었다. 네팔에서 너무 많은 시간을 보냈기에 아우랑가바드와 뭄바이 쪽은 포기하고 있었다. 하지만 자이푸르 일정이 날아가니 그쪽으로 가고픈 마음이 생겼다. 여기서 기차로 뭄바이까지 간다면 하루 이상이 꼬박 걸릴 것이다. 그렇다고 비행기로 가기에는 비용이 너무 많이 들고….

'어쩐다?'

다시 담배를 피워 물며 머리를 굴리고 있었다.

'제발 저놈의 힌디어만 안 들어도 조금 더 생각에 집중할 수 있을 텐데….'

지번과 릭샤왈라들의 시끄러운 소리가 자꾸 내 신경을 더 건드렸다.

그때, 지번이 내 곁에 서며 또 물었다.

"어떻게 할 거야? 델리나 뭄바이로 가려면 아그라칸트역으로 가는 오토릭샤를 타야 한대."

지번이 도화선에 불을 당겼다.

"알아. 나도 안다고. 그래서 내가 생각 좀 한다고 했지? 입 닥치고 날 좀 내버려 둬. 알겠어?"

난 지번을 향해 담배꽁초를 집어 던지며 소리를 질렀다. 시끄럽게 떠들어 대던 릭샤왈라들이 나의 목소리에 조용히 자리를 뜨고 지번만 멍한 표정으로 그 자리에 우두커니 서 있게 되었다.

순간 아차, 싶었다. 또 참지 못하고 성질을 부린 것이다. 지번에게 미안하다는 생각이 들었지만 바로 사과하는 것도 우스울 것 같았다. 난 다시 한 개비의 담배를 피워 물고 가이드북에 시선을 꽂았다.

"델리로 갈 거야. 아무래도 뭄바이 쪽으로 가는 건 무리인 것 같아. 델리에서 펀자브 지방을 거쳐 북쪽으로 올라갈 거야."

난 가이드북을 가방에 넣으며 듣지도 않을 그를 향해 말을 던진 뒤 세워져 있는 오토릭샤에 올랐다. 말없이 지번이 내 옆에 앉았다. 옆에서 연신 흐르는 땀을 손으로 닦고 있는 그를 흘깃 보았다. 미안함이 자꾸 커졌다.

'젠장, 조금 더 참았어야 했어. 넌 항상 그게 문제야….'

아그라칸트역에서 델리행 표를 예상보다 쉽게 손에 넣고 호텔로 돌아와 침대에 누웠다. 내 몸이 심상치 않음을 느꼈다. 자꾸만 아래로 깔리는 느낌이 들더니 오한이 오기 시작했다. 점퍼까지 껴입고 담요를 덮고 있는데도 자꾸만 추웠다.

"추워. 에어컨 좀 꺼 줘."

몸을 일으킬 수조차 없을 만큼 힘에 겨워 어쩔 수 없이 지번에게 부탁했다. 에어컨을 끈다면 이 실내 온도가 어찌 되리라는 건 예상할 수 있었지만, 당장 내가 느끼는 추위부터 쫓아내야 했다. 에어컨이 꺼진 방에서 지번은 러닝셔츠만 입고 땀을 닦고 있었지만 난 추위에 덜덜 떨었다. 그리고 내 몸에서는 땀이 비 오듯 흘러 침대의 시트를 모두 적시고 있었다. 계속 말없이 TV만 보던 지번이 사태의 심각성을 느낀 건지 화가 조금 풀린 건지 내 옆에 앉아 이마와 몸을 만졌다.

"네 몸이 굉장히 뜨거워. 열을 내리려면 옷을 벗어야 해."

그가 담요를 걷었다.

"안 돼. 너무 추워."

난 다시 담요를 끌어다 덮고는 이를 부딪치며 덜덜 떨었다.

"아무래도 약을 먹어야겠다. 내가 약을 사 올게."

"고마워."

한참 후 지번은 초록색 물약과 몇 개의 알약이 든 봉지를 들고 방으로 돌아왔다. 난 약을 먹고서야 잠에 들 수가 있었다. 그사이 몇 번의 악몽을 꾸었다. 모두 한국에 있는 내 모습이었다. 왜 한국에서의 내 모습은 늘 악몽인 걸까? 눈을 떴을 때, 옆에서 자고 있는 지번이 보였다. 에어컨을 끄고 있어서였는지 그의 러닝셔츠가 흠뻑 젖어 있었다. 그제서야 나는 이 방 안의 더위가 느껴졌다. 열은 내려 있었다. 시계를 보았다. 저녁 8시… 파란만장한 하루가 다 지나간 것이었다. 그래, 늘 끝은 오기 마련이다.

지번이 내 인기척에 눈을 떴다.

"몸은 좀 어때?"

"괜찮아. 고마워."

"다행이야."

"결국 수영을 못 했어. 나 자는 사이에 너라도 수영하지 그랬어?"

"아니야. 비가 왔었어. 어차피 못 할 상황이었어."

"그랬구나. 아쉽다. 수영하고 싶었는데…."

"…."

약을 먹기 위해 먹기 싫은 저녁을 수프로 주문했다. 스푼으로 수프를 입에 떠 넣으며 망설였다. 낮에 그에게 화를 냈던 일이 자꾸 신경 쓰였던 것이다.

"지번, 미안해. 아까 낮에 네게 화낸 것 말이야. 릭샤왈라들 때문에 화가 났는데 네게 화를 냈어. 정말 미안해."

"난 괜찮아. 걱정 마."

우리는 더 이상의 이야기를 잇지 않고 서로의 그릇을 비워 나갔다. 언제 어떤 상황에서도 그는 'Don't worry.' 'I'm OK.'였다. 정말 그래서 그런 건지 그렇게 생각하려 노력하는 건지 알 수가 없었다.

나는 방으로 돌아와 약을 먹고 다시 꿈속을 허우적거렸다. 밤새 열이 몇 번 올랐다가 식기를 반복하더니, 아침에 눈을 떴을 때는 몸이 가뿐해져 있었다.

"오늘은 아그라포트와 자마 마드지드를 갔다가 델리로 출발할 거야."

아직 그와 나의 사이에 흐르는 서먹함을 무시하고 혼잣말처럼 오늘의 계획을 얘기했다.

"자마 마드지드에 꼭 가야 해?"

"이곳에서 걸어서 겨우 10분밖에 소요되지 않으니까 걱정 마!"

"거긴 이슬람 사원이잖아. 거길 뭐 하러 가? 우리는 무슬림도 아닌데 말이야."

아그라성 관람을 마치고 이동하려는 내게 처음으로 가지 말자는 의견을 냈다.

"지번, 거긴 그냥 관광지일 뿐이야. 그럼 내가 이제껏 힌두 사원은 왜 갔겠어?"

"…"

나와는 달리 그는 내키지 않는 걸음을 옮겼다.

자마 마드지드 입구에 도착하니 무슬림 사제가 우리를 맞았다. 그곳에서 작은 문제가 발생했다. 아니, 어쩌면 큰 문제인지도 모르겠다.

"그는 힌두지? 입장할 수 없어."

난 황당했다.

"무슨 말이야? 그는 나의 가이드일 뿐이야. 들어가게 해 줘."

여기서는 그가 힌두라는 게 문제였다. 힌두 사원에는 내가 외국 인이라 입장이 안 되고 무슬림 사원에는 지번이 힌두라서 입장이 안 되는 거다. 종교라는 게 이렇게 어려운 건가.

나의 간청으로 지번은 사원 안으로 들어가게 되었지만 지번 역 시 내키지 않는 표정이었다. 멀리서 볼 때는 아름다웠는데 막상 들 어서니 사방이 공사 중이라 사원 안은 어수선하기만 했다. 게다가 맨발에 밟히는 파편들을 떼어내며 좁고 뜨거운 정원을 걷자니 괜 한 걸음을 했다는 생각마저 들었다. 사제가 힌디 영어로 간단한 설 명을 해 주며 따라붙었다. 우리가 사원 내부로 들어서려 할 때 그 가 지번을 막아섰다.

"그는 힌두야. 아무리 네 가이드라 해도 신성한 이곳에 그를 들 일 수는 없어."

지번도 기분이 나빴는지 간청하는 나를 두고 혼자 사원 입구 쪽 으로 가 버렸다. 어쩔 수 없이 나만 내부로 들어가 구경을 했다. 아이들이 코란을 배우는 학교 외에는 특별히 볼 곳도 없었다. 몇 분간의 짧은 투어가 끝나자 사제가 나를 방 한구석으로 데려가더니 돈을 요구했다. 입장료라 생각하고 100루피를 주니 적다고 더 달라는 것이었다. 지번이 기분 나쁜 것도 열 받는데 돈을 더 달라 하니 나도 기분이 더 나빠져서 돈이 없다고 말하고 밖으로 나와 버렸다.

"화났어?"

"아니."

그가 무뚝뚝하게 대답했다.

"나도 그들이 널 못 들어가게 할 줄은 몰랐어."

"난 그곳에 가고 싶지도 않았어. 문제없어."

그의 목소리는 상관없지 않았지만, 늘 그렇듯이 그는 문제없단다.

델리에서의 첫 번째 이야기

아그라에서 델리로 향하는 기차는 감사하게도 연착되지 않았고 예상 도착 시각보다 1시간만 늦었을 뿐이었다. 아마 아그라에서 출발하는 기차였던 모양이다.

지번이 그토록 열망하던 인도의 수도, 델리에 입성했다. 기차에서의 지친 모습과는 달리 지번은 신이 났다. 나자무딘역의 최신식 식당의 풍경에 어리둥절해하며 사진 찍기에 여념이 없고, 내가 음식을 잘못 주문했는데도 즐거워했다.

"역시 나는 수도가 좋아."

"난 도시가 싫어. 시끄럽고 정신없어. 포카라가 훨씬 좋아."

"그래도 난 수도가 좋아."

"너무 피곤하다. 빨리 먹고 빠하르간지로 가야 해. 여기서 꽤 먼 걸."

"오케이, 오케이. 문제없어."

아이처럼 마냥 신이 난 그였다.

달리는 오토릭샤 안에서도 그의 기분은 다운될 기미가 보이지 않았다.

"저기 봐! BMW야. 저기 혼다도 있어."

가끔 지나가는 외제 자동차들을 가리키며 지번은 더욱 흥분했다.

"저기 맥도날드 정말 많다. 저기도… 저기도 있네…."

지번이 이렇게 말 많이 하는 거 처음 봤다. 그렇다. 난 생각 못하고 있었다. 네팔에는 BMW도, 맥도날드도, 높은 빌딩도, 화려한 상가도 없었다. 난 그 모습이 좋았는데 25살 청년인 그에게는 아니었던 것이다. 내가 짙은 염증을 느끼는 도시라는 장소를 그는 경험하고 싶었던 것이다. 그가 핸드폰 두 개를 만지작거리며 삼성 MP3에 흥분하고 미녀에 흥분하는 우리나라의 20대들과 다르지 않다는 것을 다시 한번 깨달았다.

"너 열심히 일하면 BMW 끌 수 있어. 하지만 지금처럼 게을러선 안 돼."

"알아."

내 얘기를 듣는 건지 아닌지…. 그렇게 흥분 속에 빠진 지번을 보며 한국에 데려가고 싶다는 생각이 처음으로 들었다. 고층 빌딩과 수많은 외제 차와 거리를 활보하는 명품들을 본다면 그는 행복해하겠지?

'안 되지, 안 돼. 지금 내가 무슨 생각을 하는 거야?'

델리 시내의 도시적인 거리 풍경과는 사뭇 다르게 여행자 거리
인 빠하르간지는 더럽고 비좁기 그지없었다. 먼저 우리는 가이드
북에 소개된 스팟 호텔로 갔다. 주인은 손님이 들어섰는데도 소파
에서 일어날 생각도 없이 앉아 있었다. 주인은 지번에게 힌디어로
무언가를 얘기했다. 잠시 후, 나는 그들의 대화에서 주인의 거만한
태도와 항의하는 지번의 불만스러움을 느꼈다. 내가 끼어들었다.

"무슨 일이지? 그는 나의 가이드일 뿐이야. 할 말 있으면 나에게 해."
내가 주인을 향해 말했다.

"그가 여권이 없대. 그러면 그는 여기서 잘 수 없어."

"네팔인은 ID 카드만 있으면 여행이 가능하다면서? 이제까지 다
른 곳에서는 문제없었어. 내가 여권이 있는데 무슨 상관이야?"

"여긴 수도야. 방을 줄 수 없어."

"뭐라고?"

방을 줄 수 없다는 말보다 거만하고 불손한 그의 태도에 난 더
화가 났다.

"지번, 나가자. 내가 한국에 돌아가면 너희 호텔을 가이드북은
물론 인도에 관련된 모든 홈페이지에 올리겠어. 무례하기 짝이 없
다고 말이지."

"올려, 올려. 그리고 당장 여기서 나가!"

그제서야 주인은 소파에서 일어서며 우리에게 삿대질을 했다.

난 호텔 밖으로 나오면서 화가 나기도 하고 속상하기도 했다. 인도와 주변국들은 EU처럼 동맹을 맺어 국민들 간의 출입도 자유롭다고 했다. 그러나 그 안에서도 차별은 존재했다. 어디에나 차별은 존재한다. 선진국을 여행했을 때보다 더 심한 인종차별을 이곳에서 연거푸 겪으니 화나고 속상했다. 더 속상한 건 지번이 나 때문에 외국인 여행자를 상대하는 곳만 다니기 때문에 이런 일을 더 빈번히 겪고 있다는 것이었다. 하지만 다른 한편으로는 걱정도 되었다.

"지번, 그 호텔에서 나오기는 했지만 걱정이 돼. 정말 델리에선 여권이 없으면 네가 방을 구하지 못할지도 모르잖아."

"걱정하지 마. 문제없어. 다른 호텔을 구할 수 있어."

예상은 했지만 지번은 역시 걱정하지 않았다.

우리는 불 꺼진 빠하르간지 길을 걸으며 우리를 받아 줄 만한 호텔을 물색했다. 'Vivek Hotel(비벡 호텔)'이라 쓰인 간판이 눈에 띄었다.

"저기 들어가 보자."

나의 예상대로 우리는 방을 잡을 수 있었다. CCTV에 우리의 얼굴을 찍는 절차를 밟아야만 했지만 말이다. 방으로 올라가면서 은근히 걱정이 되었다. 만약 불의의 사고라도 나서 내 신상이 추적되다가 이 CCTV 화면이 9시 뉴스에 나온다면….

'인도 여행 중 실종되었던 모 여인의 마지막 모습이 델리 여
행자 거리의 한 호텔에서 잡혔습니다. ○월 ○일 모 여인은
25세의 지번이라는 한 네팔인과 이 호텔에 투숙했던 것으
로 밝혀졌습니다.'

'아! 이 뉴스를 한국에 있는 우리 가족이 본다면…'
"지번, 우리 앞으로 조심해서 다니자. 나도 성질내는 거 참을 거야."
내가 불안한 얼굴로 지번에게 말했다.
"왜?"
"만약 우리에게 사고가 나서 아까 찍은 CCTV를 우리 가족이 본
다면 난 우리 가족을 두 번 쓰러지게 만드는 거야. 무슨 말인지 이
해해?"
"하하하. 걱정하지 마. 너만 화 안 내면 돼."
"뭐라고? 이리 와!"
힘들지만 우리는 장난을 치며 이 고통스러운 여행의 시간을 메
우고 있었다.
"내일은 찬디가르로 가자. 라자스탄으로 들어가지 못하니 펀자브
주로 들어가는 수밖에…"
"거긴 뭐가 있는데?"
"몰라. 내가 가이드북이 너무 무거워서 갈 곳만 쪼개서 가져왔거

든. 펀자브 쪽은 예정에 없던 곳이라 집에 두고 왔어. 내일 역 서점에서 가이드북을 하나 사야지. 펀자브 지역에 관한 것으로만 말이지."

"또 기차 타야 해?"

지번이 인상을 찌푸리며 물었다.

"넌 네팔에 돌아가면 못 타니까 감사하게 생각하고 실컷 타. 하하."

"그래, 문제없어. 하하."

기분 나쁜 모욕까지 당하고 더러운 호텔에 누워도 단지 델리라는 이유만으로 지번은 마냥 신이 나는가 보다.

다음 날 아침, 우리는 찬디가르로 가기 위해 뉴델리역 외국인 예매 창구에 앉아 있었다. 내 얼굴은 밝지 않았다. 이번에도 지번의 기차표는 이곳에서 구할 수가 없다는 직원의 얘기였다. 돈을 슬쩍 보였지만, 불행히도 그 정직한 직원에게는 통하지 않았다.

'쥐약도 안 먹히고 미치겠네. 다음 작전으로 넘어가자.'

난 눈물을 만들어 쥐어짰다.

"그와 나의 친구가 찬디가르에서 죽어 가고 있어. 오늘 그곳에 가지 못하면 그의 죽음을 못 볼지도 몰라. 제발 부탁이야. 당신도 알다시피 내국인 표는 지금 구할 수 없잖아."

난 그 역무원에게 절실한 연기를 보여 주었다. 정직한 그 역무원은 돈 대신 내 눈물에 넘어가 지번의 표를 마련해 주었다.

"정말 고마워. 당신의 친절을 죽을 때까지 잊지 않겠어."

표를 손에 쥐고 난 몇 번이나 정직한 역무원에게 감사를 표했다. 그리고 인도에도 이런 사람이 있다는 것에 인도의 밝은 미래를 기원해 줄 수 있었다.

이런 상황을 쭉 지켜보고 있었음에도 지번은 이번에도 역시 내게 고맙다는 말을 하지 않았다.

습관이란 게 무섭다고, 이젠 그런 그의 행동에 화도 나지 않았다. 나는 어느새 그의 무례에 길들고 있었던 것이다. 짐 보관소에 배낭을 맡기고 우리는 코노트 플레이스를 향해 사이클 릭샤를 탔다.

코노트 플레이스는 뭐랄까, 뉴델리의 명동쯤 되는 곳 같았다. 많은 은행과 중급 이상의 호텔들 그리고 고급 상가들과 식당들이 구역별로 늘어서 있었다. 넘치는 상점들에 둘러싸여 살던 나에겐 코노트 플레이스의 상점들은 눈요깃거리가 되지 못했지만, 지번에겐 달랐다. 그는 정신을 잃은 채 상점들의 물건을 뚫어져라 구경했다. 나야 원래 아이 쇼핑을 포함한 어떤 쇼핑도 즐겨 하지 않기에 이건 시간을 버리는 행위라 생각했다. 하지만 그를 위해 묵묵히 따라 걸었다. 한참을 걷다가 메르세데스벤츠 전시장을 발견하고 지번을 불렀다.

"지번, 우리 저기 들어가 보자."

"싫어."

그가 의외의 대답을 했다.

'자식, 뭐야? 난 기껏 자기 생각해서 그러는 건데…'

"왜? 구경해 보는 건데 어때서? 그러면서 네 꿈을 키울 수도 있어."

"싫어."

인도에 와서 당한 몇 번의 무시로 인해 그 고급스러운 곳에 들어갈 용기를 상실한 걸까?

'자식, 이왕 무시당하는 거 큰 데서 당해야지. 쳇, 싫음 말고…'

우리는 코노트 플레이스를 한 바퀴 돌고 다시 뉴델리역으로 향했다.

감사하게도 거의 정시에 출발하는 기차에 올라 좌석에 앉았다. 기차 안은 사람들을 빽빽이 태우고 달렸다. 입석 표를 산 사람들 때문인지 언제나 통로도 만원이었다. 이제 4시간 정도는 옆집 가는 기분이었다. 옆의 지번은 더위에 힘들어하며 연신 입으로 바람을 불어 댔다. 책을 읽다가 앞을 보던 내 눈에 한 무리의 좀도둑 떼가 잡혔다. 기차 내에서 파는 과자를 몇 명의 사내가 슬쩍 훔쳐서 키득거리며 나누어 먹고 있었다. 분명 그걸 보았음에도 눈총을 주거나 뭐라 하는 이들이 없다. 그 모습이 인도라는 생각이 들었다. 마음이 아프면서도 화도 났다. 굶어 죽을 것도 아닌데 저렇게 해서 먹는 이들이나 그걸 아무렇지도 않게 바라보는 이들이나 똑

같다는 생각이 들었다. 그래서 이곳이 무질서한 것이라는 생각이 들었다. 기차를 6시간, 10시간 연착시키는 사람들이나 그걸 이불 깔고 바닥에 누워 자면서 기다리는 사람들이나 똑같기에 한 나라 안에서 산다는 생각이 들었다. 인도에 발을 들이면서부터 난 더위나 더러움보다 이들의 사고방식 때문에 화나고 힘들었다. '몰라요', '미안해요', '실례합니다', '고맙습니다' 등의 말을 제대로 들어 본 적이 없었다.

"지번, 난 인도가 싫어."

"뭐?"

음악을 듣던 그가 이어폰을 귀에서 빼내며 내게 물었다.

"난 인도가 싫다고. 나… 다시 포카라로 돌아가고 싶어."

내가 시무룩한 표정으로 그를 보며 말했다.

"…"

"만약 네가 계속 인도 여행을 하고 싶다면 그렇게 할게. 하지만 난 여기가 싫어."

"네가 원하는 대로 해. 난 괜찮아. 네가 좋으면 나도 좋아."

"하지만 넌 여행을 계속하고 싶잖아?"

"아냐. 나도 너무 덥고 힘들어. 네가 좋다면, 나도 좋아."

하지만 나는 알고 있었다. 그가 돌아가고 싶어 하지 않는다는 것을. 그럼에도 나는 이곳에 더 머물고 싶지 않았다. 포카라로 돌아가 다시 나의 정서와 몸, 마음을 쉬게 하고 싶었다. 밝고 착한 나로 변하고 싶었다.

"고마워. 그럼 찬디가르에 가서 하룻밤 자고 내일 다시 델리로 돌아오자. 델리에서 이틀 정도 보내고 고락푸르로 간 다음 다시 소나울리로 가는 거야. 소나울리에서 포카라로 가면 돼. 난 홍콩 일정을 취소하고 포카라에서 내 여행 기간이 끝날 때까지 쉬면서 글을 쓸 거야."

포카라로 돌아간다는 기쁨에 흥분한 나에 반해 그는 조용히 내 얘길 들었다.

'미안해. 지번.'

진짜 도시, 찬디가르

찬디가르는 역에서부터는 이곳이 과연 인도 안에 있는 곳이 맞나 하는 생각을 들게 했다. 깨끗한 역 구내와 조형물까지 설치된 역의 전경에 왠지 앞으로 모든 일이 잘될 것 같다는 느낌이 들었다. 예상대로 기차에서 만난 시크교가 알려 준 대로 섹터17에 있는 시티하트 호텔을 조식까지 포함해서 단 2,000루피에 얻을 수 있었다. 그곳은 이제껏 인도에서 머물렀던 호텔 중 가장 시설이 좋았다. LG 평면 TV와 조용한 에어컨을 갖추고 있었으며 방도 굉장히 청결했다. 우리는 너무 좋아서 둘이 끌어안고 빙글빙글 방을 돌았다.

"지번! 난 이토록 깨끗하고 넓은 방을 얻었다는 게 너무 행복해."

"난 커다란 TV가 있어서 너무 좋아."

눈을 뜨니 아침 9시가 넘어 있었다. 상관없다. 어차피 이제 인도에서 무엇을 보기 위해 안간힘 쓰지 않기로 했으니까. 그저 나는 빨리 인도를 떠나 포카라로 돌아가길 바랄 뿐이었다. 늦잠 자는 지번을 닦달하지도 않았다. 샤워를 하고 어제 쓴 돈을 계산하기 위해 지갑을 열었다. 있어야 할 자리에 신용카드가 없었다. 어제저녁 호텔비를 계산하고 받았는지 안 받았는지 기억이 나질 않았다. 혼자 여기저기를 뒤적이다 결국 지번을 깨웠다.

"지번! 어제 내가 신용카드 결제하고 돌려받는 거 봤어?"

"글쎄…. 네가 신용카드 결제하는 모습을 보지 못했는데…. 왜?" 잠결에 부스스 눈을 뜨며 지번이 말했다.

"큰일 났어. 신용카드가 없어."

정신이 드는지 침대에서 일어나 앉았다.

"다른 곳은 찾아봤어?"

"없어. 리셉션에 물어봐야겠어."

난 리셉션으로 뛰어 내려가 어제 체크인을 한 직원에게 물었다.

"어제 내가 신용카드로 계산을 하고 카드를 못 받은 것 같아. 이곳에 있는지 찾아봐 줘."

그는 제대로 찾아보지도 않고 책상의 여기저기 휘 둘러보더니 "없어. 당신은 어제 내게서 카드를 받아 갔어. 그리고 지갑에 넣었다고."라고 했다. 내 기억에 없으니 뭐라 말을 못 했다. 난 터덜터덜 방으로 돌아왔다.

"어떡해. 아무래도 카드 사용 정지 신청을 해야겠어. 그렇게 되면 난 쓸 돈이 없어. 한국에 가져갈 선물도 하나 못 샀는데…. 어쩌면 좋아."

난 침대에 걸터앉아 이마를 짚으며 괴로워했다.

지번이 다시 리셉션으로 내려갔다 왔지만 역시 없다는 표정으로 방으로 돌아왔다. 카드 정지 신청을 하고 털썩 소파에 주저앉았다. 예상 못 한 일이 또 벌어진 것이다. 11시가 다 되어서 아침을 먹으며 지번의 얼굴에까지 잔뜩 끼어 있는 걱정을 보았다. 이러면 안 되겠다는 생각이 들었다.

"지번, 카드는 사고 없이 정지되었고 한국 가면 다시 발급받을 수 있어. 걱정하지 마! 걱정하지 마! 앞으로 즐거운 일만 생길 거야. 어젯밤 운이 너무 좋았잖아."

내가 지번을 보고 웃었다. 그도 웃었다.

"내 직불 카드에 돈이 들어 있어. 그걸로 돈을 찾으면 돼. 그리고 한도가 적은 카드 하나를 더 가져왔으니 선물은 그걸로 사야겠어. 물론 난 남은 기간 동안 굉장히 절약하면서 살아야 해. 걱정하지 마!"

"다행이다. 정말…"

그의 표정이 조금 풀렸다.

식사 후 우리는 찬디가르역으로 갔다. 이곳은 외국인 전용 창구가 없어서 인도인들과 함께 줄을 서서 표를 사야 했다. 남자들로 이루어진 긴 줄과 여자들과 노인들이 선 짧은 줄이 나란히 있었다.

"내가 노약자 줄에 서서 표를 구할게. 넌 여기 앉아 있어."

난 내 앞으로 4명이 서 있는 짧은 줄의 맨 뒤에 섰다. 역무원의 업무 처리 속도는 살인적으로 느렸다. 한 명 표를 발급해 주는 데 10분 이상이 걸렸다. 날은 더운데 줄은 줄어들 생각을 않지, 정말 미칠 것 같았다. 그 줄에 서서 과거의 내가 우리나라 공무원과 공기업 직원들을 미워했던 것이 기억나 미안한 생각마저 들었다. 인도인들에 비하면 난 정부로부터 VIP 대우를 받고 있는 것이었으니까. 내 경험으로는 인도는 아직 국민을 위한 나라가 아니었다. 정부를 위하는, 공무원을 위한 나라였다.

늑장 업무 처리에 슬슬 짜증이 나는데 한 중년의 남자가 창구로 바로 끼어들었다. 나와 세련되어 보이는 내 뒤의 한 인도 아가씨가 그 남자에게 항의했다.

"우리는 이렇게 기다리고 있는데 당신 뭐야?"

"저기 글씨 안 보여? 노인 한 번, 여자 한 번이야!"

오히려 그가 더 큰소리였다.

"말도 안 돼."

나는 힌디어를 읽을 수 없으니 입을 닫았다. 내 뒤의 아가씨도 몇 마디 더 언쟁을 하다가 고개를 절레절레 흔들며 말하기를 멈추었다.

결국 그 노인 뒤로 별로 노인 같지 않은 인도 남자들이 늘어서고 결국 시간은 두 배가 더 걸렸다.

"어디서 왔어?"

내 뒤의 세련된 아가씨가 내 등을 톡톡 치며 물었다.

"남한."

"인도에는 얼마나 머물렀어?"

"2주일 정도…. 하지만 곧 떠날 거야. 항상 이런 예의 없는 일들이 벌어져서 나 같은 사람은 견디기 힘든 곳이야."

"그렇지?"

그녀가 웃으며 답했다. 잇속이 고른 예쁜 아가씨였다.

"미안하지만, 난 너희 나라가 싫어. 아름다움을 많이 가진 나라지만, 이런 일들이 그 아름다움을 가리는 것 같아."

그녀가 씁쓸히 웃으며 대화를 멈추었다. 물론 잠깐 그곳에 들른 내가 그 나라의 문화와 정서를 논할 필요는 없다. 그냥 그 규칙대로 따르고 그 규칙이 싫으면 떠나면 되는 것이다. 하지만 안에서 새는 바가지 밖에서도 샌다고 한국에서도 욱하는 성질을 참지 못해 많은 사람과 싸워 왔는데 결국 남의 나라에 와서까지 이렇게 흥분하는 것이었다.

그 와중에 내 앞의 여자는 다른 젊은 남자에게 약간의 팁을 받고 그의 표까지 끊어 주는 정말 어처구니없는 광경까지 보였다. 이들에겐 자존심이라는 건 사치일 뿐일까? 우리의 부모 세대도 저렇게 살아오셨을까?

하지만 1시간 20분을 기다린 보람이 있었다. 에어컨 좌석의 표를 구했다. 이 기분에 찬물을 확 끼얹는 역무원의 목소리가 들렸다.

"한 줄로 서!"

처음은 힌디어로, 다음은 영어로 말했다. 내 뒤 차례의 노인에게 뒤로 가서 한 줄로 만들라고 소리를 질러 댔다.

"뭐야? 아까 내가 그렇게 소리칠 때는 들은 척도 안 하더니…"

그제야 한 줄이 되는 줄을 뒤로하고 두 장의 900루피짜리 표를 흔들어 보이며 지번에게 콩콩 뛰어갔다.

"에어컨 좌석에 최고급 라즈다니 익스프레스 티켓이야. 히히, 굉장하지?"

"하하."

"이제 ATM에서 돈을 찾아야 해."

"Let's go!"

지번이 신나서 선창했다.

"Let's go!"

나도 따라 했다.

역 앞의 ATM에 내 직불카드를 넣었다.

'어? 이상하다.'

카드를 읽을 수 없다는 메시지가 나왔다. 다시 시도해 보았다. 마찬가지였다. 옆 은행의 ATM에 카드를 넣어 보았다. 역시 마찬가지였다. 암담했다. 그때 내 지갑 속에는 에어컨 좌석의 기차표를 산 후 겨우 55루피만 남아 있을 뿐이었다.

"지번, 어떡해. 이 근처에는 은행도 없어."

"걱정하지 마! 우리가 묵었던 호텔 근처에 은행이 많이 있었으니까 그리로 가 보자."

우리는 오토릭샤를 타고 다시 섹터17로 돌아갔다. 한 군데… 두 군데…. ATM을 찾아 카드를 넣어 보지만 화면에는 같은 메시지만 나타났다. 결국 다섯 번째 기계에서도 카드를 읽지 못하자 난 울음을 터뜨리고 말았다.

"이건 말도 안 돼. 카주라호에서도 썼는데 왜 갑자기 안 되는 거야. 우린 이제 어떡해?"

"걱정 마! 몇 군데 더 있으니까 다시 해 보자. 울지 마."

비까지 주룩주룩 내리는 거리에서 돈이 없어 울고 있는 내 신세가 처량하기 그지없었다. 그 와중에 걱정하지 말라니….

'도대체 이놈은 정신이 어떻게 된 거 아니야?'

하지만 그 순간은 화낼 기운조차도 없었다. 지번의 말대로 정신을 차리고 다시 ATM을 찾아 걸음을 재촉했다.

"저기 하나 더 있다. 한번 해 봐."

일곱 군데의 ATM을 쑤시고 다녔는데도 안 되었는데 이게 과연 될까? 하지만 지푸라기라도 잡는 심정으로 카드를 넣었다. 일단 들어가더니 화면에 'CASH'라는 단어가 떴다. 기계가 카드를 읽은 것이다. 난 너무 기쁜 나머지 얼마를 찾아야 할지 몰라 1,000루피만을 인출하고 돈과 카드를 들고 뒤쪽에 서 있던 지번에게 달려갔다.

"지번, 지번! 됐어, 됐어! 돈을 찾았어!"

나의 흥분된 뜀뛰기를 동반한 웃음을 보면서도 그는 전혀 흥분하는 기색 없이 말했다.

"거 봐! 내가 걱정하지 말랬잖아."

어처구니가 없기도 하지만 한편으로는 감정의 변화가 없는 그가 부럽기도 했다.

"인도나 네팔은 네트워크가 불안정해서 가끔 기계들이 안 될 때가 있어. 몇 번 다시 해 보면 돼."

정말 다행이었다. 내 카드에 이상이 있던 게 아니어서. 신용카드도 잃어버렸는데 이것까지 망가졌었다면…. 생각만으로도 끔찍했다. 지옥에서 천당으로 올라온 나는 기분이 좋아서 폴짝폴짝 춤추듯이 걸었다. 항상 변덕스러운 나에 비해 그는 너무나 일정했다. 어쩌면 이들은 항상 없기 때문에, 항상 잃고 살기 때문에 많이 가진 우리가 조금 잃고 흥분하는 것을 이해할 수 없을지도 모른다. 그래서 그들보다 조금 더 가진 우리는 행복하지 못해도 그들은 의연하고 행복할 수 있는 건지도 모른다.

찬디가르는 유적지보다는 문화 공간이 더 큰 볼거리를 제공하는 곳이었다. 우리는 근처에 있는 박물관과 아트 센터에 갔다. 인도에 와서 박물관은 한 번도 가 보지 못했기에 기대가 컸다. 박물관과 아트 센터가 한 공간에 자리한 이곳은 모던한 분위기로 다양한 볼거리를 제공했다. 에어컨이 나오지 않아 더운 게 흠이었지만. 유물의 개수는 많지 않았지만 시대별로 깔끔하게 진열해 놓았고 인도의 예술가들의 작품을 한 곳에서 감상할 수 있어서 매력이 더 컸다. 유물 중에서는 인도 지역에 건재했던 국가들의 동전과 작은 신상들이 내 관심을 끌었고 인도만의 느낌을 풍기는 직물, 회화, 조각들도 내 시선을 사로잡았다. 특히 'S. G. Thakur Singh'라는 작가의 작품이 마음에 들었다. 인도 여인들의 아름다운 모습을 사실적이면서도 우아하고 세련되게 회화로 표현해 놓았는데 르누아르 그림에서 느꼈던 아름다움을 발견할 수 있었다. 간만에 문화 체험을 하고 나니 사우나를 한 것처럼 기분이 상쾌해졌다. 지번도 현대적인 이곳이 마음에 들었는지 연신 싱글벙글했다. 밖으로 나온 우리는 길 건너편에 위치한 '장미 가든'으로 이동했다. 여름이 깊어서

인지 장미꽃들은 많이 시들었지만, 거지와 쓰레기, 똥이 없는 정말 공원다운 공원이었다.

"너희는 남자가 사랑을 고백할 때 무슨 꽃을 선물하니?"

"장미나 다른 꽃…."

"우리랑 같네. 한국에서는 장미꽃 100송이로 사랑의 의미를 전해. 그걸 받으면 예쁘기는 하지만 굉장히 무거워. 하지만 행복하지. 다른 여자들이 모두 부러워하거든."

"받아 본 적 있어?"

"응, 아주 예전에…."

잘 정돈된 공원 길을 거닐며 시든 꽃들, 병든 꽃들, 가끔은 멀쩡한 꽃들을 구경했다. 꽃마다 종류별로 이름이 푯말에 박혀 있는데 그중 하나의 푯말이 내 눈길을 사로잡았다.

'Happiness'

내가 가장 좋아하는 단어…. 왜 항상 나는 이 단어에 연연할까? 나도 모르게 내가 하는 이야기들에는 '행복해', '행복하고 싶어', '행복하니?' 등의 말이 많이 들어 있다. 그 말을 입에 담고 사는 나는 행복한가? 아닌가? 찰칵! 푯말을 클로즈업해서 카메라에 담았다.

"이것 봐! 내가 가장 좋아하는 단어가 장미꽃 이름 중에 있어."

내가 방글거리며 얘기하자 지번이 물었다.

"넌 지금 이걸 가졌니?"

'갑자기 뭘 가졌냐는 거야?'

때때로 난 아주 쉬운 영어임에도 그의 말을 이해 못 할 때가 있었다. 지금도 그런 상황 중의 하나였다.

"너 뭐 필요해?"

"하하하. 너 지금 행복하냐고?"

"아하! 물론. 나는 지금 무척 행복해."

그의 어깨에 살짝 기대며 대답했다.

공원 길을 되돌아 나오면서 그가 내게 꽃을 건네주었다. 나무에 피어 있던 아카시아꽃 모양의 노란 꽃이다.

"이거 꺾었어? 그러면 안 돼."

내가 주위를 둘러보며 낮은 목소리로 그를 꾸짖었다.

"바닥에 있던 거 주웠어. 괜찮아."

"하지만 다른 사람들이 내가 꺾었다고 생각할 거야. 창피해. 버릴래."

내가 잔디밭에 꽃을 던지려 하자, 그가 나를 막았다.

"버리지 마! 네게 주는 거야. 난 장미 100송이 사 줄 돈이 없잖아."

그제서야 이 꽃이 그가 나를 위해 준비한 선물임을 알았다. 어쩌면 그는 꽃을 꺾었을지도 모른다. 내가 싫어하는 행동을 취해 이 꽃을 얻었을지도 모른다. 하지만 그 행위에는 나에 대한 마음이 있었던 것이다. 땀이 송골송골 맺힌 그의 검은 얼굴을 보았다.

'너 내게 사랑 고백 하는 거야?'

물으려다가 참았다. 확인하고 나면 이 벅참이 왠지 사그라들지도 모른다는 생각이 들었기 때문이다. 또 확인하는 것이 무엇이 중요한가! 그냥 내가 지금 느끼는 행복이면 충분한 것을.

"고마워. 세상에서 가장 예쁜 꽃이다."

가방에 꽃을 꽂으며 그를 향해 웃었다.

찬디가르역으로 돌아와 짐 보관소에 배낭을 찾으러 들어갔다. 담당 직원은 서류를 보고 있으면서 우리를 돌아볼 생각도 안 하고 있었다.

"실례해요."

대꾸도 없었다. 나는 지갑에서 보관증을 꺼내 데스크에 던져 놓고 지번이 보관 선반에서 우리의 배낭을 꺼내 왔다. 그제서야 우리를 본 역무원은 내가 준 보관증을 보더니 지번에게 힌디어로 뭐라고 얘기하는데 그 태도가 심히 불손했다. 아마 지번이 가방을 자기 허락도 없이 가져왔다고 그러는 것 같았다. 인도 역무원들에 대해 이미 나쁜 감정을 갖고 있던 나이기에 그를 향해 쏘아붙였다.

"왜 그래? 우리가 들어와서 당신을 불렀을 때 당신은 우리를 쳐다보지도 않았어. 그런데 왜 내 친구에게 화를 내는 거야?"

그는 내 말에는 대꾸도 없이 내가 준 보관증을 들고 힌디어로 지번에게 계속 화를 냈다. 더 이해가 안 가는 건 지번이었다. 그를 향해 항의도 하지 않고 짐 보관소 안을 왔다 갔다 하면서 역무원의 소리를 듣고 있었다.

'저런 멍청이…'

난 더 화가 나서 역무원에게 큰소리를 질렀다.

"왜 그에게 화를 내는 거야? 할 말이 있으면 내게 해."

그는 나를 향해 대꾸도 안 했다. 단지 지번에게 계속 화를 낼 뿐이었다. 난 다시 화를 참지 못하고 폭발하고 말았다. 나는 역무원에게 한국말 영어를 골고루 섞어 욕을 퍼부어 대기 시작했고, 역무원은 지번을 향해 계속 소리를 지르고 지번은 짐 보관소 바닥을 서성이는 상황이 펼쳐졌다. 이 기막힌 볼거리에 구경꾼이 안 몰릴 리가 없다. 주변에 있던 인도인들이 모두 몰려와 이 상황을 지켜보고 있었다. 이런 상황이 10분 흘렀을까? 지번이 내게 다가왔다.

"혹시 지갑 속에 보관증이 있는지 찾아봐."

"무슨 말이야? 보관증은 내가 아까 저놈에게 줬잖아. 없어."

그러면서 나는 확인시켜 주기 위해 지갑을 열었다. 그런데 지갑 속에 보관증이 들어 있는 것이었다.

'아니, 이럴 수가…'

순간 당황했지만 재빨리 보관증을 꺼내 지번에게 주었다.

"왜 이러지…"

모기만 한 목소리로 말하면서 지번이 그에게 보관증을 내밀자 역무원도 화내기를 멈추고 보관료를 달라고 지번에게 말했다. 구경하던 사람들의 시선이 일제히 내게 꽂혔다. 지번이 역무원 앞에 놓인 내가 처음 주었던 보관증을 집어서 내게 건넸다. 그건 짐 보관증이 아니라 찬디가르박물관 입장권이었다.

밖으로 나온 나는 사람들의 시선에 아랑곳없이 허리가 꺾일 만큼 배꼽을 잡고 웃기 시작했다. 이 상황에도 지번은 내게 화도 안 내고 변함없는 그 무표정한 얼굴로 내 배낭을 짊어지고 플랫폼을 걸었다.

"너도 그게 박물관 표인지 몰랐던 거야?"

"응. 못 봤어."

짧은 대답뿐이었다. 그에 비해 나의 웃음은 기침처럼 멈추지를 않고 계속 이어졌다. 난 손수건으로 가리고도 웃고 옷소매를 깨물어 보기도 했지만, 웃음이 멈추지를 않았다. 한참을 웃고 나자 진정이 되었다. 플랫폼에 선 지번의 무표정에 문득 궁금증이 생겼다. 이런 정도 상황이면 화를 낼 법도 한데, 정말 화가 안 난 것일까? 지금껏 그가 화내는 것을 한 번도 본 적이 없는 나는 그런 그가 너무 신기했다.

"너는 원래 화 안 내?"

"아주 가끔은 내."

정말 특이한 녀석이다.

라즈다니 익스프레스 객차 내는 너무나 쾌적하고 에어컨 성능은
추울 정도였다. 승객들의 차림새도 귀티가 줄줄 흘렀다. 기차는 우
리의 기준으로 볼 때 뒤를 향해 달려가고 있었다. 우리 좌석이 역
방향으로 놓여 있던 것이다. 하지만 세상은 나를 중심으로 도는
것이기에 기차가 뒤로 가고 있는 것이다. 그래서 우리는 뒷걸음으
로 델리를 향해 달려가고 있었다. 덕분에 창밖의 풍경이 내 눈에
더 오래 머물 수 있었다. 가끔은 뒤로 걸어 다녀야겠다는 생각이
들었다. 더 많은 걸, 더 다른 세상을, 더 느리게 경험할 수 있겠다
는 생각이 들었다. 항상 전방위만 보고 달려가는 우리인데 가끔
후방위를 보며 걷는 것도 다른 세상을 경험할 수 있는 하나의 기회
가 아닐까?

기차는 음료 서비스에 이어 식사까지 제공되었다.

"와! 비행기 기내식보다 훨씬 낫다. 행복하다. 깨끗한 저녁 식사
를 할 수 있어서 말이지."

그동안의 고생스러운 기차 여행에 비해 너무나 쾌적한 이 공간
을 지번도 행복에 겨워 즐기고 있었다.

'이제 다시 빠하르간지의 덥고 더러운 공간으로 돌아가야 하니

이 순간을 만끽해야지.'

문득 그의 손을 보고 그리고 싶다는 생각이 들었다. 노트에다 그의 손을 가져와 대고 볼펜으로 테두리를 그렸다. 그리고 그 안에 내 손을 대고 테두리를 그려 두 개의 손이 마주 대고 있는 것을 그렸다. 그리고 거기에 문구를 썼다.

'Same things & Difference'
Name, shape, nationality, skin color, culture, languege are different. But feeling is same....

내가 노트를 지번에게 보여 주니 틀린 스펠링을 고쳐 주고 내 얼굴을 보며 웃었다.

I.N.D.I.A

빠하르간지에 도착해서 비벡 호텔 에어컨 룸에 짐을 풀었다. 카드도 돈도 없으면서 무슨 배짱인지 나 스스로를 알 수가 없었다. 하지만 덥고 더러운 방에서 더 이상은 자기가 힘들었다. 어차피 하룻밤만 더 자면 포카라에서 저렴한 가격의 쾌적한 방에서 잘 수가 있으니까. 에어컨이 시원한 방에 짐을 풀면서 한국에 돌아가게 되면 고급 리조트와 패키지 투어만을 선호하는 친구들을 우습게 보지 못할 거라는 생각이 들었다. "그 정도 더러움과 고생을 못 참아서 그 비싼 여행을 하는 거야? 여행의 참맛은 고생이지."라고 그들에게 말해 온 나지만 나 역시 이곳에서 그들과 다를 바가 없다는 걸 깨달았으니까.

하지만 나는 이곳에서 다른 여행지의 호텔들에서 가질 수 없는 것을 가졌다. 바로 사랑이었다. 더러운 호텔이건, 깨끗한 호텔이건 그의 품 안에 누울 수 있던 순간만큼은 난 항상 최고급 호텔의 편안함을 느낄 수 있었다.

델리 관광의 첫날이 밝았다. 먼저 고락푸르행 기차표를 사야 했다. 반드시 에어컨 좌석으로 말이다. 13시간 이상이 걸리는 구간인 만큼 반드시 그래야만 했다. 전날 찬디가르에서 홍분된 기분에 겨우 1000루피만을 ATM에서 인출했었다. 그 돈으로는 하루도 지내기 어렵다. 앞으로의 여정을 감안하면 그 직불카드 잔고의 전부를 인출해야 했다.

뉴델리역의 ATM에 카드를 넣었다.

'또 네트워크 불안인가?'

카드를 읽을 수 없다는 메시지가 다시 나왔다. 5분 후 다시 시도해 보았다. 마찬가지였다. 다른 기계를 이용해 보았다. 안 되었다. 내 뒷사람들이 문제없이 돈을 인출하는 것을 보고 기계 문제가 아님을 직감했다. 내 카드가 문제가 있었던 것이다.

"지번, 아무래도 어제의 악몽이 다시 되살아나! 나 무서워."

"걱정 마! 코노트 플레이스에 가 보자. 거긴 은행이 많으니까 될 거야."

"그렇겠지. 아마도?"

"아마도…."

우리는 불안감을 가득 안고 코너 플레이스를 향해 사이클 릭샤를 탔다. 하지만 4시간가량 돌아다니며 코노트 플레이스의 ATM을 다 찾아 카드를 넣었지만 돈을 찾을 수는 없었다. 그 중간에는 사기꾼까지 만났다. City bank를 찾는 우리가 길을 물어본 인도인이 너무나 친절하게 우리의 처지를 안타까워하며 직접 몇 군데의 ATM으로 데리고 다녔다. 그러면서 자신은 사업가로 한국을 몇 번 갔으며, 자신도 이런 상황을 겪었다면서 자신의 친절에 불편해하지 말라고 했다. 나중에는 아무래도 내 카드에 문제가 있는 것 같다면서 정부에서 운영하는 여행자 센터에서 도와줄 수 있을 거라고 했다. 나와 같은 처지의 여행객을 위해 카드를 제시하면 약간의 돈을 융통해 준다는 것이었다. 상식적으로 이해가 안 되었지만, 지푸라기라도 잡는 심정으로 따라갔더니 아니나 다를까 사설 여행사임이 분명한 곳에 우리를 데리고 들어갔다. 그가 기분 나쁘지 않게 인사를 하고 밖으로 나왔다. 다행히 그는 더 이상 나를 따라오지 않았다.

5시간의 고생에도 돈을 찾을 수 없자, 영역을 넓혀야 한다는 결론에 도달했다.

"일단 다시 빠하르간지로 가 보자. 어제처럼 운이 좋기를 바라야 해."

"…"

이번에는 지번도 'Don't worry, No problem'이라는 말을 하지 않았다.

우여곡절 끝에 빠하르간지의 한 ATM에서 3번의 시도 끝에 돈을 인출할 수가 있었다. 이번에는 흥분된 목소리도 나오질 않았다. 아침 10부터 오후 4시까지 그 돈을 구하기 위해 밥도 못 먹고 돌아다닌 것이었다. 기계에서 돈이 나오고 내가 그것을 손에 쥐는 순간, 난 뒤에 기다리는 사람들은 생각지도 않고 바닥에 주저앉아 펑펑 울었다.

지번도 그런 날 달래지 않았다. 아마 자기도 같은 마음이었으리라.

빨리 뉴델리역으로 가서 고락푸르행 기차표를 구해야만 했다. 우리는 배고픔도 잊고 기차역을 향해 달렸다. 그사이 기차표 좌석이 다 소진된다면, 그건 상상하기도 싫은 일이었다. 난 이 지옥을 빨리 벗어나고 싶은 마음뿐이었다. 그렇다. 인도는 나에게 지옥이었다. 신용카드 분실… 직불카드 고장… 예의 없는 사람들… 사기꾼… 도둑… 더위와 더러움…. 이런 여행지는 내 평생에 처음이었다. 하지만 지옥은 그동안 수많은 죄를 저질러 온 나를 쉽게 놔주지 않았다. 외국인 전용 창구 데스크에 앉았지만 예상대로 지번의 표 예약이 안 되었다. 무슨 심사인지 지번이 끼어들더니 결국 해결하지 못하고 일어서고 말았다. 낮의 일이 미안해서 내가 나서지 않고 그를 따랐다.

"뭐래?"

"우리는 NEPAL MBC로 가서 증명서를 발급받아 와야 해."

'아니, 방송국에는 왜 가?'

속으로 생각했지만 말할 힘도 없고 그의 신경도 건드리기 싫어 묵묵히 그를 따라 MBC인지 KBS를 찾아 그와 사이클 릭샤에 올랐다. 코노트 플레이스에 있던 NEPAL MBC는 1시간을 돌아도 나타나질 않았다. 묻는 사람마다 알고 있다며 여기저기를 가리키며 설명을 해 주었지만 맞는 곳은 하나도 없었다. 2시간가량을 같은 장소를 뺑뺑 돌다가 그때서야 우리가 하고 있는 행동이 얼마나 멍청한지를 깨달았다.

"헉헉. 지번, 인도인들은 'I don't know.'라는 말을 몰라."

"뭐?"

"이들은 모른다는 말을 안 한다고. 모르면서도 아는 것처럼 알려 주는 것뿐이야."

"휴우, 그런 것 같다."

"근데 방송국에서 무슨 증명서를 받는 거야?"

"방송국이라니?"

그가 땀을 손으로 털어 내며 의아하다는 표정으로 물었다.

"네가 MBC 간다고 했잖아."

"MBC는 방송국이 아니야."

"그럼 뭐야?"

"너 MBC를 몰라?"

"응."

"네 핸드폰 이리 줘 봐."

내가 그에게 내 전화기를 주었다. 그가 전자사전에 스펠링을 찍어 보여 주었다. 영어가 약한 내가 그와 의사소통하면서 이해할 수 없는 단어가 나오면 그가 이렇게 알려 주었다.

EMBASSY: 대사관

난 내 멍청함이 너무 웃겨서 전화를 들고 또 한참을 웃었다. 그도 이런 내가 어처구니가 없는지 한참을 허탈하게 웃었다. 네팔 대사관을 네팔 방송국으로 생각하다니.

"지번, 오늘은 포기하자. 나는 문제가 잘 안 풀릴 때는 그냥 놀아. 그러고 나면 문제가 풀릴 때가 있어. 오늘은 쇼핑하고 영화 보고 맛있는 것 먹고 놀자. 우리 오늘 너무 힘들었어. 벌써 6시가 넘었어. 우린 어떤 식사도 못 하고 하루 종일 무언가를 찾기만 했다고."

"그래. 네 말이 맞아. 그럼 이제 어디로 갈까?"

"가이드북에 안샬 프라자(Ansal Plaza)라는 백화점이 가장 고급이라 되어 있었어. 거기로 가서 간단한 쇼핑을 하고 PVR 극장에서 영화를 보자. 8시에 시작하는 영화가 있다고 아침에 호텔 지배인한테 들었어. 시간이 없어. 빨리 움직이자."

그와 나는 마음이 급해져서 오토릭샤에 올랐다. 안샬 프라자는 코노트 플레이스에서 꽤 떨어져 있었다. 40분가량을 달려야 했다. 가는 도중 내가 지친 몸을 그에게 기대며 낮은 목소리로 말했다.

"내 글의 제목을 바꿔야겠어. 포카라가 아닌 ATM으로 말이지…. 아마 포카라보다 더 잊지 못할 거야."

"후후. 나쁘지 않은데?"

"그렇지?"

난 잠깐의 시간이지만 그의 어깨에 기대 단잠을 잤다.

잠에서 깨서 안샬 프라자를 보았다. 대형 고층 백화점을 기대했지만, 그저 동네 마트 수준이었다.

간혹 명품 화장품 브랜드도 눈에 띄지만 물량도 적고 그나마 브랜드도 몇 개 없었다. 나는 이곳에서 지번의 시계를 사 주려고 마음먹었었다. 그는 시계가 없었다. 그래서 여행 중간중간 내 시계로 시각을 확인했었다. 그리고 우리가 헤어지더라도 내 흔적을 그의 가장 가까운 곳에 남기고 싶었다. 그나마 하나 있는 카드의 한도를 다 써서라도 말이다. 그래서 시계를 선택한 것이었다.

백화점을 한 바퀴 돌고 시계 매장으로 내려왔다. 여기저기 둘러보니 중저가 브랜드가 주류를 이루고 있었다.

'천만다행이군.'

나는 몇 개의 매장을 둘러보고 나우티카 매장에 섰다. 점원에게 진열대에 놓인 것 중 맘에 드는 몇 가지를 꺼낸 후 지번을 불렀다.

"손 이리 줘 봐."

세 개의 디자인으로 범위를 좁혀 이것저것 그의 손목에 대어 본 후 1분 후에 갈색 밴드의 시계를 선택했다.

"포장해 줘."

계산을 마치고 돌아와 포장된 쇼핑백을 그에게 내밀었다. 립스틱 하나 사는 데도 벌벌 떠는 나지만, 지번을 위해 쓴 그 거금이 아깝지 않았다. 그는 내게 돈으로 환산할 수 없는 많은 것을 주었기에 그걸 받을 자격이 충분히 있었다. PVR로 향하는 오토릭샤 안에서 그의 손목에 시계를 채워 주며 선물의 의미를 영어로 더듬더듬 얘기해 주었다.

"이 시계는 두 개의 의미를 가진 선물이야. 하나는 우리가 함께한 시간들을 잊지 말아 달라는 것이고, 또 하나는 우리가 헤어진 후에도 시계를 볼 때마다 나를 생각해 달라는 의미야. 내 말 이해해?"

"응."

역시나 그에게서 고맙다는 얘기를 듣지는 못했다. 하지만 난 쇼핑백을 가슴에 꼭 안고 행복해하는 그의 모습만으로도 충분히 인사를 들은 것이라 생각했다.

PVR 앞에서 나는 또 한바탕 릭샤왈라와 실랑이를 벌이고 있었다. 처음 안샬 프라자에서 탈 때 빠하르간지와 가장 가까운 PVR 영화관을 아냐고 물었을 때 그는 안다고 태우더니 빠하르간지 근처에 다다르자 자신이 모르고 있음을 드러내기 시작했다. 빠하르간지의 상점 주인들에게 PVR을 물으면서 내 금쪽같은 시간을 축내고 있었다. 코노트 플레이스 근처의 PVR에 우리를 내려놓았다. 게다가 돈을 더 달라고 조르는 것이었다. 안 그래도 자기 때문에 늦어서 열이 받아 있는 상황인데 돈을 더 달라니…. 난 대꾸도 않고 처음 약속한 100루피만을 던져 주고 매표소를 향해 걸어갔다. 그러자 그가 졸졸 따라오며 돈을 더 달라고 졸랐다. 나는 너무 화가 나고 귀찮아서 100루피를 한 장을 던져 주고 "입 다물어!"라고 소리쳐 사태를 매듭지었다.

"정말 지긋지긋해."

내가 투덜거리며 매표소 앞에 섰다. PVR은 깨끗한 멀티플렉스 영화관이었다. 네팔에는 없을 이런 장소를 지번에게 경험시켜 주고 싶었다. 마침 극장에서는 내가 좋아하는 〈인디아나 존스〉를 상영하고 있었고 상영 시간은 2분을 남겨 놓고 있었다.

"어른 표 두 장 줘."

"카메라 가졌어?"

표를 줄 생각은 않고 매표소 직원은 내게 물었다. 당연히 관광객이 카메라가 있지, 없니?

"응. 왜?"

"그럼 네게 표를 팔 수 없어. 카메라가 있으면 입장할 수 없어."

"그럼 락커는 어디야?"

"없어."

"쳇! 그럼 내 가방을 네가 맡아 줘. 난 영화를 꼭 봐야겠어."

"안 돼. 난 네 가방을 맡아 줄 수 없어."

"무슨 소리야? 가방을 들고 들어갈 수 없다면 맡아라도 줘야지. 뭐 이런 경우가 다 있어."

매표원은 대꾸 없이 내 뒷사람을 불렀다. 난 뒷사람을 밀치고 그를 향해 얼굴을 들이밀고 소리쳤다.

"내가 여기 얼마나 힘들게 온 줄 알아? 그럼 나는 영화를 보지 말라는 말이야?"

그는 역시 대꾸도 없이 뒷사람의 표를 그에게 내밀었다. 난 그 순간 이성을 잃었다.

"야! 이 새끼들아! 내가 얼마나 힘들게 여기 온 줄 알아? 이 개자식들아! 쌍놈의 새끼들… 미친 새끼들…!"

난 너무 흥분해서 영어도 아닌 한국어로 그를 향해 욕을 퍼부었다. 이런 내 모습이 익숙한 지번이었지만, 이번에는 사태가 심각하다고 생각했는지 내 어깨를 붙잡고 그곳에서 끌어냈다.

"잠깐, 잠깐. 진정해."

순간 내 눈에서 눈물이 울컥 쏟아졌다. 하루 동안의 힘든 기억들이 눈물이 되어 쏟아진 것이다.

"난 이따위 영화관 한국 가면 매일 갈 수 있어. 하지만 네팔에는 이런 곳이 없잖아. 네게 좋은 영화관을 경험하게 하고 싶었어…. 그런데 저 개새끼가…. 흑흑."

지번은 감정이 격해 더욱 이해하기 어려운 내 영어를 한참 동안 들어 주었다. 그리고 내 어깨를 감싸 안으며 작은 소리로 말했다.

"난 괜찮아. 네팔에도 외국 영화를 상영하는 극장이 있어. 걱정하지 마!"

옆에 있는 보도블록에 나를 앉히더니 근처 매점에서 무언가를 사 들고 왔다.

"이거 마시면 기분이 좋아질 거야."

올려다보니 그가 손에 초록색 병의 스프라이트를 들고 있었다. 피식 웃음이 나왔다.

"고마워."

눈물 고인 얼굴로 그가 내민 스프라이트를 한 모금 마셨다. 톡 쏘는 탄산의 시원함이 내 목을 적시며 정말 내 감정을 안정시켰다.

"이제 뭘 하지?"

내가 물었다.

"네가 화가 난 걸 보면, 넌 지금 굉장히 배고픈 거야. 그러니까 우린 저녁을 먹어야 해."

그의 말에 내가 쿡쿡 웃었다.

"맞아. 우린 맛있는 거 먹어야 해."

우리는 손을 잡고 근처의 식당가를 향해 걸었다.

저녁을 먹고 밤에는 오랜만에 바에 가 보기로 했다. 매주가 엄격
한 인도에서는 술을 마시기가 어려웠다. 술을 좋아하지 않는 나지
만, 그날은 시원한 맥주가 너무 그리웠다. 그래서 내가 지번에게
바에 가자고 제의했다. 지번도 좋다고 했고 우리는 빠하르간지에
있는 'ZEN'이라는 바에 자리를 잡고. 킹피셔 맥주를 마셨다. 맥주
병 사이로 보이는 서로의 얼굴을 각자의 카메라에 담으며 행복해
했다. 이렇게 맘껏 웃을 수 있는 시간도 이제 얼마 남지 않았다.
포카라로 돌아가면 그는 자신의 일상으로 돌아가야 했다. 나의 여
행도 슬슬 막바지를 향해 가고 있었다.

호텔로 돌아와 침대에 엎드려 일기를 쓰고 있는데 지번이 내 노
트를 뺏었다.

"이리 내놔!"

내가 뺏긴 노트를 향해 손을 뻗으며 소리쳤다.

"걱정 마! 어차피 난 한국어는 읽지도 못하니까."

'아! 그렇지!'

"넌 언제나 열심히 쓰기를 하고 있어. 나도 여기에 써 줄게."

그가 INDIA로 오 행시를 써서 내게 주었다.

    I: I

    N: Never

    D: Do

    I: It

    A: Again

내가 그의 오 행시 옆에 덧붙였다.

    It's right!

"오늘은 꼭 이곳을 떠나야 해. 수단과 방법을 가리지 않고 고락 푸르행 기차표를 구할 거야. 네팔 대사관을 찾을 시간이 없어. 그러니까 오늘은 내가 시도해 볼게."

다음 날 아침, 나는 역에서 그의 자존심을 상하지 않게 하기 위해 호텔 방에서 미리 그의 동의를 구하고 있었다.

"응…."

그가 고개를 끄덕였다. 돈이 되었든, 눈물이 되었든, 아니면 역

바닥에 드러눕든 난 이 지옥에서 빨리 벗어날 수 있는 티켓을 원했다. 단단히 마음먹고 뉴델리역 외국인 전용 예약실에 들어섰다. 먼저 분위기를 살폈다. 맨 오른쪽 데스크에 시크교 역무원이 앉아 있었다. 옆 좌석과 간격도 조금 떨어져 있었다. 난 그에게 다가가 내 이름과 지번 이름이 적힌 기차 예약증을 슬며시 내밀었다. 역시나 지번의 국적을 보고 이곳에서 예약이 안 된다고 했다. 나는 여권 사이에 200루피를 넣어 조금 센 베팅을 시작했다. 빨리 끝내고 싶었기 때문이다. 예상외로 쉽게 승리의 칩을 쥐어 주었다. 안 된다고 고개를 저었던 그의 태도가 180도 달려졌다.

"노 쁘로블람."

그 말을 연발하며 컴퓨터로 좌석을 찾았다. 지번의 네팔 ID 카드를 달라고 해서 내가 지번에게 받아다 주니 유효 기간이 지난 거라 했다. 내가 확인해 보니 사실이었다. 그는 더욱 친절하게 '노 쁘로블람'이란다. 잠시 후 그가 미간을 조금 찡그리며 날 보았다.

"마담, 오늘은 뉴델리역에서 출발하는 고락푸르행 기차표 좌석이 없어."

"안 돼. 난 오늘 무슨 일이 있어도 여길 떠나야만 해."

정말 당시 내 심정은 너무나 절실했다. 이곳에 온갖 정나미가 다 떨어졌기 때문이었다. 다시 그가 컴퓨터로 조회를 해 보더니 다시 웃음 띤 얼굴로 나를 보았다.

"다행히도 올드델리역에서 가는 표가 있어. 그 기차의 종착역은 자나이가르이고 중간에 고락푸르에서 멈추니까 거기서 내리면 돼. 그리고 당신의 목적지는 자나이가르이고 요금도 그에 해당하는 걸 내게 주어야 해. 그리고 이 좌석은 일반 슬리퍼 좌석이야. 에어컨은 없어."

이해할 수 없는 좌석 배정이었지만 어쨌든 난 빨리 여기를 떠나야 했기에 무조건 표를 달라고 해서 손에 넣었다. 뇌물에 추가 구간 운임까지 더 주고 그 표를 구한 것이었다. 그래도 괜찮았다. 이 지옥을 탈출할 수만 있다면.

"지번! 표를 구했어. 우린 오늘 여길 떠날 수 있어."

"다행이다."

지번의 표정이 말과는 다르게 시무룩했다.

'정말 그렇게 생각하는 거니? 넌 이곳에 더 머무르고 싶은 건 아니니?'

"시간이 없어. 오늘은 델리 관광을 모두 해야 해. 난 보고 싶지도 않지만, 너를 위해 하는 거야."

사실이었다. 난 인도라는 나라에 온갖 정이 다 떨어져서 뭔가를 보고 싶다는 생각도 안 들었다. 단지 이곳을 떠난 빨리 포카라에 머물고 싶은 마음뿐이었다.

기차표에는 21시 10분에 올드델리역에서 출발한다고 쓰여 있었다. 정말 그 시각에 출발할지는 알 수 없었지만.

'지금 시각 오전 10시! 시간은 충분해.'

"먼저, 우리의 짐을 올드델리역에 보관하고 정말 이 기차가 그곳에서 출발하는지 확인할 거야. 난 이곳의 모든 걸 믿을 수 없어. 우린 정말 신중하게 행동해야 해. 난 이곳이 두렵기까지 하다고. 마치 공포 영화 같다니까."

정말 인도에서의 내 일정들은 말 그대로 공포 영화 수준으로 강도가 높아졌다. 처음에는 호기심으로 들어왔다가 끝내 후회하고 나중에는 살아 돌아가기만을 바라는… 아주 처절한 그런 공포영화 말이다. 이제 그 공포영화의 엔딩이 다가오는데 항상 엔딩 직전에 가장 큰 공포 장면이 설정되어 있기 때문에 난 세심한 주의를 필요로 했다.

지번이 심각한 나를 향해 쿡쿡 웃으며 말했다.

"걱정 마. 노 프러블럼."

'이 녀석아! 그건 네게나 해당되는 말이야.'

"난 인도에 있는 모든 게 다 걱정된다."

내가 그에게 가볍게 소리쳤다.

클라이맥스는 전날의 ATM 사태였는지 그날은 일이 순조롭게 풀렸다. 올드델리역으로 가기 위해 탄 오토릭샤에서 릭샤왈라와 홍정을 해서 1일 투어를 저렴한 가격에 하기로 했고, 그날 밤 탈 기차도 올드델리역의 타임테이블에 기록되어 있었다. 우리는 배낭을 짐 보관소에 맡기고 오토릭샤를 타고 투어에 나섰다. 처음 방문한 곳은 라즈가트였다. 그곳은 마하트마 간디의 화장터였다. 인도의 최고 영웅인 만큼 공원처럼 조성된 이곳은 많은 인도인으로 가득 차 있었다. 간디가 화장된 대리석 위에는 추모의 꽃들이 놓여 있고 그 옆에는 성화가 불타고 있었는데 이 성화는 항상 불타고 있으며 영원히 꺼지지 않는 간디에 대한 인도인들의 존경을 의미하는 것이라 한다. 나는 신발 보관소 옆에 붙어 있는 간디가 말한 7가지 사회적 죄악을 읽어 보았다.

'원칙 없는 정치, 노동 없는 부, 판단력 없는 즐거움, 인격 없는 지식, 도덕성 없는 상거래, 인간성 없는 과학, 희생 없는 숭배'로 해석이 되는 내용이었다. 1925년 독립하기 전의 인도에 대고 간디가 말했던 것으로 적혀 있었는데 80년이 지난 지금도 우리 사회에 팽배한 이 죄악들을 보며 사후 세계에 있는 그는 무슨 생각을 할까 궁금해졌다.

두 번째로 찾아간 곳은 후마윤의 무덤이었다.

"들어가 볼래?"

지번의 물음에 난 타지마할을 이미 경험하고 온 터라 내키지 않아 고개를 저었다.

"만약 네가 원한다면 들어가자."

"나도 별로…"

정말 그런 건지 알 수 없었지만 우리는 건물 앞에서 사진 몇 장을 찍고 오토릭샤에 다시 올랐다.

오토릭샤를 타고 도로를 달리면서 처음으로 인도의 자동차들의 모습을 유심히 바라보았다. 뭔가 이상했다. 우리랑 똑같은 마티즈도 있고 베르나도 있는데 뭔가 달랐다.

"사이드미러가 모두 없어."

그랬다. 인도 자동차의 90%가 사이드미러가 없었다. 간혹 있는 것들도 안으로 접혀 있었다.

"왜 사이드미러를 보지 않고 저렇게 다 떼고 다니는 거야?"

내가 지번에게 물었다.

"교통 혼잡 때문에 부딪히니까 그렇겠지."

정말 이해가 안 되는 일이었다. 만약 사이드미러를 달고 방향 지시등을 사용한다면 교통사고는 현저히 줄어들 것이고 미친 듯이 울려 대는 경적 소리에서도 해방될 수 있을 텐데. 인도의 경적 소리는 정신병을 유발할 정도로 시끄럽다. 버스를 타고 가면서 경적 소리 때문에 잠도 자지 못하고 짜증이 난 게 한두 번이 아니었다. 내 일기의 한구석에는 인도에 있는 모든 자동차의 경적에 폭탄을 설치하고 싶다고 적혀 있다. 인도 여행 중 경적 소리에서 해방된 적이 있었다. 바로 찬디가르에 머무를 때였다. 계획도시이자 문화 도시답게 도로에서 경적 소리를 거의 들을 수 없었다. 하지만 그런 생각을 하며 오토릭샤를 타고 인디아 게이트로 향하고 있는 그 순간도 난 경적 소리에 귀를 막아야 했다. 여기는 델리니까.

인디아 게이트에 도착해서 오토릭샤에서 내리는데 릭샤왈라가 지번에게 무슨 말인지 심각하게 했다.

"뭐래?"

궁금한 내가 물었다.

"인디아 게이트에 가면 어떤 여자들이 인도 국기를 달아 주며 성금을 요구한대. 봉사 단체가 아니니까 돈 주지 말래."

"응. 알았어."

난 별것도 아니라는 듯 흘려들으며 인디아 게이트 광장에 들어섰다. 인디아 게이트는 제1차 세계대전에 참여했던 인도 군인들을 추모하기 위해 세워진 파리의 개선문을 닮은 커다란 조형물이다. 벽에는 전쟁에서 희생된 군인들의 이름이 새겨져 있었다. 델리에서 가장 멋진 야경을 자랑하는 문화재이기도 하단다. 인디아 게이트 앞에서 우리는 여러 포즈를 취하며 사진을 찍었다. 그때, 한 인도 여인이 다가와 상냥한 목소리로 말을 건넸다.

"우리는 어린이를 위한 학교를 설립하고 있어. 당신이 이 성스러운 행사에 약간의 기부를 해 주면 좋겠어."

그녀는 내 어깨에 작고 귀여운 종이로 만든 인도 국기를 달아 주었다. 난 인도 아이들에게 기부도 하고 기념 국기를 받으니 좋은 기회라는 생각이 들어 200루피를 선뜻 그녀에게 주었다. 그녀가 가고 난 후 지번이 내게 다가왔다. 그리고 내 옷에 달린 인도 국기를 손가락으로 가리키며 화를 내는 것이었다. 그가 화를 내는 건 처음 봤다.

"내가 주지 말라고 했지?"

'아차, 아까 그 말이었구나!'

하지만 자기 돈을 준 것도 아니고 더 화날 일에도 덤덤했던 지번이 이토록 화를 내는 게 난 이해가 되질 않았다.

"왜 화를 내는 거야? 지번! 내가 릭샤왈라나 거지들에게 돈을 줄 때 넌 화내지 않았잖아. 그런데 왜 그래?"

"네가 방금 돈을 준 그들은 가난하지 않아."

지번이 말을 던지고 오토릭샤를 향해 혼자 걸어갔다. 도무지 이해가 가지 않았다. 정말 돈을 준 것 때문에 저렇게 화가 난 걸까? 그 자리에 한참을 서서 곰곰이 생각을 해 봤다.

'나도 같이 화를 내, 말아?'

그때, 문득 아침에 뉴델리역에서의 작은 사건이 생각났다. 그것과 연관이 있을지도 모른다는 생각이 들었다. 기차표를 구하면서 200루피나 돈을 더 내야 하는 내가 기분이 좋을 리 없었고 지번에게 ID 카드를 달라고 하니 지번이 내게 뭔가를 물었다. 난 작은 목소리로 그에게 인상을 쓰며 말했었다.

"너 때문에 난 200루피나 더 쓰고 있어. 그러니까 가만히 여기서 기다려. 내가 다 처리하고 올 테니까."

난 기차표를 구한 기쁨에 그 순간을 잊고 있었다. 그의 입장에서 보면 나는 똑같은 200루피를 가지고 아침에는 그에게 화를 내더니 지금은 성큼 낯선 사람에게 이유도 없이 돈을 주는 꼴이었다. 당연히 기분 나쁠 수 있는 일이었다. 이해심 넓은 그지만 이해하기 힘든 상황이었을 것이다. 총총걸음으로 그를 따라가 그의 옆에 섰다.

"지번! 너는 내게 주의를 주었음에도 내가 네 말을 귀 기울여 듣지 않아서 화가 난 거지?"

아침의 일을 얘기하면 그가 자존심 상할까 봐 다른 쪽으로 방향을 돌려 얘기했다.

"그래."

그가 퉁명스럽게 말을 받았다.

"미안해. 하지만 너도 알고 있듯이 난 항상 잊어버리잖아. 네가 말한 걸 순간 잊어버렸어. 정말 미안해. 화내지 마!"

"알겠어. 난 괜찮아."

괜찮다고는 했지만, 그의 얼굴은 여전히 괜찮지 않은 상황이었다. 나는 릭샤왈라에게까지 잔소리를 듣고 싶지 않았기에 어깨에 단 인도 국기를 떼어내 지갑에 넣었다.

침묵 속에 지번이 꼭 보고 싶어 했던 바하이 사원에 도착했다. 나와 달리 그는 모든 모더니즘을 경험하고 싶어 했다. 바하이교는 모든 종교를 인정하는 개성 있는 종교란다. 뭐랄까, 종교의 틈새시장을 보았다고 해야 하나? 불교든, 기독교든, 힌두교든, 이슬람교든 다 인정하고 그들이 믿은 신은 결국 동일한 유일신이라는 것이 그들의 주장이란다. 그래서인지 한국에도 바하이 사원이 있다고 한다. 그곳은 신자들보다 사원을 구경하려는 관광객이 더 많은 곳이었다. 연꽃 모양의 현대적인 하얀 건축물을 보기 위해 관광객이 뜨거운 햇살 속에서 긴 줄을 만들고 있었다. 더위와 감기의 후유증으로 어지러움을 느낀 나는 건물 안으로 들어가는 걸 포기했다.

"지번, 나 두통이 너무 심해. 여기서 쉬고 있을 테니 너만 들어갔다 와!"

"괜찮겠어?"

"걱정하지 마. 문제없어."

웃으며 그를 들여보내고 인공 호수 옆에 자리를 잡고 앉았다. 한 가족이 연못 앞에서 사진을 찍고 있었다. 청바지에 티셔츠를 입은 젊은 아빠와 사리를 곱게 차려입은 엄마, 그리고 3살과 5살 정도로 보이는 딸과 아들로 이루어진 가족이었다. 그들은 인도에서 쉽게 볼 수 있는 구형 필름 카메라로 사진을 찍으며 행복한 모습이었다.

'언젠가는 지번도 저런 모습으로 살겠지. 지금 사귀고 있는 여자친구와 저런 가정을 꾸미게 될지도 몰라. 그들은 힌두교의 교리에 따라 결혼을 하고 그에 맞는 생활 방식으로 살아갈 거야. 그렇게 살다가 가끔 나를 기억할까? 그네들의 여자들과 전혀 달랐던 나를.'

나는 그 가족의 사진을 찍고 싶어 그들에게 동의를 구했다. 그들은 흔쾌히 응했고 나는 내 카메라에 그들을 담았다. 아내에게 팔 올리는 것조차 못하는 남편은 아내에게서 30㎝나 떨어져 있는 모습으로 내 카메라에 담겼다.

잠시 후 지번이 왔고, 우리는 정원을 걸었다. 작렬하는 태양 아래 그림자를 만들며 나란히 걸었다.

그날의 마지막 투어 장소인 레드 포트(Red fort)에 들어섰다. 붉은 성…. 모든 건물이 붉은 갈색으로 이루어져 있었다. 하지만 이미 아그라성의 아름다움을 경험하고 온 내게 큰 감흥을 주지는 못했다. 이곳도 아그라성처럼 타지마할의 주인공인 샤 자한에 의해

건축되었단다. 이곳에서 권력을 향한 얼마나 많은 살육이 있었을
까 생각하니 붉은 벽돌이 혈흔처럼 느껴졌다.

　입구에 들어서서 사진을 찍다가 다와니암 앞에서 한국 남자를
만났다.

　"여행 오셨나 봐요?"

　그의 물음에 대답했다.

　"그럼 그쪽은 여행 온 거 아니에요?"

　"전 여기 살아요. 여기 온 지 4개월 정도 되었네요."

　"아니, 어떻게 여기서 살아요?"

　"왜요?"

　그가 의미심장한 웃음을 보내며 물었다.

　"전 이번 여행에서 처음으로 제가 얼마나 나약한 존재인지 알게
되었어요. 전 인도를 너무 만만하게 본 것 같아요."

　"하하. 만만하게 볼 곳은 아니죠. 하지만 살 만한데…."

　살 만하다? 이곳이 살 만하다고? 내가 이상한 거겠지. 다들 모두
멀쩡히 다녀가는 곳인데.

　그와 짧은 대화를 마치고 지번과 잔디밭에 자리를 잡고 앉았다.

　"우리 아빠가 잔디밭에 앉지 말라고 했는데…."

　내가 잔디에 책을 깔고 앉으며 말했다.

　"왜?"

"쥐 배설물 때문에 큰 병에 걸릴 수 있어."

"하하하. 너희 아빠도 너처럼 항상 모든 일을 걱정하는구나."

듣고 보니 그렇다. 한국인은 모든 걸 걱정한다. 그래서 TV에서는 일어나지도 않은 사고를 걱정하는 안전사고 예방 프로그램까지 방영하고 있지 않은가! 〈위기탈출 NO. 1〉이라고. 그에 비해 늘 문제투성이 환경 속에 살면서 걱정 없다는 이 남자. 난 두려움 없는 이 남자를 사랑한다.

"아까 바하이 사원에서 한 가족을 봤어. 그들을 보면서 네 미래를 상상했지. 언젠가는 너도 그런 가정을 갖겠지, 하고 말이야."

내가 손으로 잔디를 쓸며 말했다.

"언젠가는…."

"언제쯤 될까?"

"글쎄, 아마 5년 후?"

"그래, 너는 멋진 남편과 아빠가 될 거야."

"아마…."

우리는 쓸쓸하게 마주 보고 웃었다.

"5년 후에 나는 무엇을 하고 있을까? 아마 나는 꽤 유명한 여행 작가가 되어 있을 거야. 여행 작가가 된 나는 전 세계를 다니며 글을 쓰는 거지. 그러던 어느 날 우연히 포카라에 들르게 돼. 난 식사를 하기 위해 한 식당에 들어가는데 대각선 맞은편에 네가 가족과 식사를 하고 있는 거야. 우리는 눈이 마주치고 서로 놀라지. 우리 모습은 조금 변해 있지만, 서로를 알아보는 게 힘들지는 않아. 네가 먼저 식사가 끝나고 일어서서 밖으로 나가지. 우린 계속 마주 보고 있지만, 아는 척할 수 없지. 그렇게 잠깐 운명처럼 다시 만나는 거지."

난 고개를 떨구고 잔디를 뜯었다. 다음번의 만남이 어떤 만남이 되든지 지금과는 다를 것을 알기에 지번도 말이 없었다.

하늘은 어느새 해가 지고 낮과는 다른 풍경을 우리에게 선물해 주고 있었다. 하늘의 구름은 짙푸른 색의 드레스로 차려입고 밤의 파티를 준비하고 있었다.

"델리 와서 처음으로 하늘을 보는 것 같아. 그래도 자기를 잊지 말라고 마지막 작별 인사를 하는 것 같아. 고생시켜서 미안하다고…. 후후. 예쁘다."

"너처럼…."

"그래. 나처럼…. 고맙다."

진심인지 아닌지는 알 수 없지만, 이런 그의 로맨틱한 얘기를 들을 시간도 얼마 안 남았으니 긍정적으로 응대해 주었다. 한국에 돌아가면 누가 나를 보고 이른 밤하늘의 푸르름만큼 예쁘다고 말해 주겠는가?

인도를 떠나며

전날의 ATM 찾아 헤매기가 공포영화의 클라이맥스였다고 생각한 건 완전한 내 오판이었다. 클라이맥스는 아직 우리를 기다리고 있었다. 올드델리역에서 말이다. 밤 9시 20분 출발 예정인 기차를 타기 위해 30분 정도를 걸어 역에 도착했더니 기차의 출발 시각은 새벽 2시로 바뀌어 있었다. 5시간을 그곳에서 기다려야 했다. 비까지 부슬거려 더위와 습기, 그리고 모기와 거지의 마지막 총격전이 우리를 기다리고 있었다. 이리저리 장소를 옮기며 떠돌던 우리는 결국 다른 인도인들처럼 플랫폼에 자리를 잡았다. 나는 가방 속에 있던 A4용지의 계약서를 꺼내 바닥에 깔고 앉아 책을 읽다가 잠이 들었다. 지번은 자리도 없어 앉지도 못하고 서성여야 했다. 깜박 잠이 든 나를 지번이 깨웠다. 어디서 구했는지 빈 박스를 가져와 바닥에 깔아 주었다. 그 위에 앉으니 그나마 엉덩이가 덜 아팠다.

"고마워."

짧은 인사를 하고 다시 무릎에 기대 잠이 들었다.

또 얼마나 지났을까? 지번이 또 나를 깨웠다.

"왜?"

잠에 취한 내가 짜증을 내며 눈을 떴다.

"여기 기대."

내 뒤에 앉아 있던 사람이 자리를 비우고 나가자 그곳에 내 배낭을 놓아 등받이를 만들어 놓은 것이었다. 잠결에도 난 고마워서 눈물이 날 뻔했다. 자기는 여전히 자리가 없어 기둥 받침대로 돌아가 엉덩이 반쪽을 걸치고 앉아 있으면서.

"난 괜찮아. 배낭 빼고 네가 여기 앉아. 너 너무 힘들어."

"난 괜찮아. 걱정하지 마. 자! 기차 오면 내가 깨워 줄게."

정말 2시에 올지 더 늦어질지 예정 없는 기차를 우리는 그렇게 힘겹게 기다리고 있었다. 미안했지만, 그 공간이 너무나 편안했던 나는 금세 또 잠이 들었고, 가끔 바퀴벌레와 모기를 내 몸에서 쫓는 그의 인기척을 느낄 수 있었다.

기차는 2시 30분이 넘어 도착을 했다. 잠결에 일어나 우리 좌석을 찾아 기차에 올랐다. 기차표는 SC5칸이었기에 지번이 내 손을 잡고 그 객차에 올라 우리의 좌석을 찾으니 한 가족이 먼저 앉아 있었다. 그런 상황에도 큰소리를 못 내는 지번은 통역만 하고 상황처리는 내가 나섰다.

"여기는 내 자리야."

"무슨 소리야? 여긴 내 자리야."

그 자리에 앉아 있는 인도 여인이 눈을 부라리며 통역하는 지번에게 말했다.

"여기 봐! 좌석 번호가 여기잖아."

내가 표를 들이밀며 말했다.

"너희는 SC5칸이잖아. 여긴 SC3라고."

지번이 내게 통역을 했다.

'아유, 멍청이! 이건 통역할 게 아니라 바로 따져야지. 자기랑 나랑 같이 확인하고 여기에 타 놓고선….'

"내가 밖에서 SC5라고 쓰여 있는 거 보고 탔어."

그제서야 지번도 나를 거들어 그녀에게 따졌다. 그러자 주변의 모든 사람이 이곳은 SC3라고 말하는 것이었다. 결국 우리는 그 객차에서 내렸다. 분명 밖의 객차는 SC5라고 쓰여 있었다. 우리는 속는 셈 치고 한 칸 건너, 객차 번호가 쓰여 있지 않은 칸에 올라 우리의 좌석 번호를 찾았다. 그곳으로 가는 동안 화가 난 나는 입으로 욕을 중얼거리며 객차 내의 사람들을 밀쳐 내며 걸었다. 그런 나의 눈에 마주 오는 한 남자의 와이셔츠가 이상하게 낯익었다. 그의 가슴팍에는 '김형수'라는 한글이 쓰여 있었다. 반듯한 차림의 중년 인도인은 우리나라의 교복 와이셔츠를 입고 있었다. 정말 그 상황은 웃어야 할지 울어야 할지 가늠이 안 되었다. 근엄해 보이는 그 남자는 그 옷이 교복이라는 모르고 입었을 것이다. 난 머리를 절레절레 흔들며 다시 사람들을 밀치고 지번이 서 있는 좌석에 도착했다. 정말 말도 안 되게 그곳이 우리의 좌석이 맞았다. 물론 그곳에도 한 아이를 포함한 가족이 이미 자리를 잡고 있었지만 우리 자리라고 내가 말하자 순순히 누워 있던 자세를 앉는 자세로 바꾸어 주었다.

"미안하지만, 너희 자리로 가서 앉아. 여긴 내 자리야. 우린 잠을 자야 해."

어린아이를 가진 그들이 좌석이 없다는 걸 알고 있었지만, 그걸 배려할 여유가 내겐 없었다. 단지 지번과 내가 조금이라도 편하게 가야 한다는 생각 외에는 아무것도 없었다. 지번은 달라진 내가 낯설었는지 한참 나를 바라보더니 머쓱하게 그들을 쫓아낸 그 자리에 앉았다.

그와 나의 생각을 다른 곳으로 돌리기 위해 내가 말을 꺼냈다.

"이곳은 인도인이 아니면 살 수 없는 곳이야. 자기들끼리만 객차 번호를 알고 있잖아. 어떻게 객차 번호가 다른데도 자신들의 좌석을 정확히 찾을 수 있지? 신기하지 않아?"

"응…."

지번은 짧은 대답을 하고 귀에 이어폰을 꽂았다. 나 역시 말을 잇지 않고 위 칸의 침대로 올라가 그대로 곯아떨어졌다. 더러움도,

더위도 이 순간은 모르겠다. 피곤이 그들을 이겼다.

더 오래 잠들어 있길 바랐지만, 내 배꼽 시계는 오전 10시를 넘기기 못하고 나를 깨웠다. 이제 더위와 지루함, 배고픔과의 싸움을 언제 도착할지 모르는 그 순간까지 계속해야 했다. 12시가 가까워질 무렵, 지번이 일어났다. 난 아래 칸으로 내려가 지번과 마주 앉았다. 지번의 더러운 모습이 너무 우스워 그를 보고 킥킥거리고 웃었다. 그도 거지와 다름없는 나를 보고 웃었다. 그렇게 우리는 상거지꼴을 하고서도 마주 보고 웃었다.

난 더위를 참지 못하고 객차 출입문으로 걸어 나갔다. 그곳에는 우리 자리에 앉아 있던 부부가 잠든 아이를 앉고 서 있었다. 내가 남자에게 따라오라는 손짓을 했다. 나는 내 자리에 서서 아이를 2층에 눕히라는 손짓을 했다. 그가 아이를 누이고 다시 서 있던 자리로 돌아갔다. 난 출입문과 좌석을 왔다 갔다 하면서 지루함과 더위를 달랬다. 지번은 음악으로 그 시간을 채우고 있었다. 가끔 정차 시간이 긴 역에 내려 바나나와 리치를 사서 허기를 때웠다. 아무리 물을 들이켜도 갈증이 해소되질 않았다. 몸이 가려워 긁고 나면 손톱 밑에 새카만 때가 덩어리가 져서 붙어 나왔다. 정말 눈물이 찔끔찔끔 나올 만큼 고통스러운 시간이었다. 공포영화의 클라이맥스가 너무 길었다. 나는 노트를 꺼내 글을 썼다.

　　공포영화는 끝이 있기 마련이야.... 하지만 지금은 왠지 그
　　시간이 오지 않을 것 같다는 절망마저 몰려와....

　그 아래에는 포카라에 도착하면 먹고 싶은 음식을 적으며 이 힘
든 시간 사이에 희망을 끼워 넣었다.

　　김치찌개, 삼겹살, 열무국수, 된장찌개, 모모, 뚝바 그리고
　　흰 쌀밥....

지번에게 묻는다.
"나는 이런 거 먹고 싶어. 넌 뭐 먹고 싶어?"
뻔한 답을 물었다.
"달밧! 그리고?"
그리고 둘이 동시에 외쳤다.
"빅 스프라이트!"
　우리는 깔깔대고 웃었다. 주변 사람들이 우리를 쳐다보는 것에
개의치 않고 그는 나의 손에, 나는 그의 손에 입을 맞췄다.

다시 해가 지고 있었다. 하루가 지난 것이다. 새로운 고통은 메뚜기들의 습격이었다. 창문으로 튀어 들어온 메뚜기들이 내 얼굴과 몸에 달라붙었다가 날아가기를 반복했다. 손을 휘저으며 성질 내는 내 모습을 보고 좋아하던 지번이 메뚜기 두 마리를 잡더니 내게 보라고 했다. 그는 두 마리의 메뚜기로 메뚜기 K1대회를 개최했다. 그로 인해 몇 분간 고통을 잊을 수 있었다. 하지만 안내 방송도 없는 인도 기차에서 언제 이 고통이 끝날지 모른다는 암담함은 나를 점점 우울하게 만들었고, 결국 난 훌쩍거리며 울게 되었다. 그리고 다시 정차한 역에서 바나나와 스프라이트를 사서 마셨다. 노트를 꺼내 긁적이다 학창 시절에 해 봤던 앙케트를 만들어 보았다.

"예전에 학창 시절에는 남자친구가 생기면 첫 번째 편지를 이런 형식으로 쓰곤 했어. 현명한 방법이었던 것 같아. 상대방의 취향이나 생각을 미리 알고 연애를 시작하는 거잖아. 너도 내 질문에 답해야 해."

난 눈물 자국까지 남은 땟국물 흐르는 얼굴로 지번을 바라보며 말했다. 그는 내 얼굴 때문에 웃는 건지, 내 말 때문에 웃는 건지 대답 대신 빙그레 웃더니 노트를 받았다.

질문은 간단한 인적 사항과 '만 달러가 생기면 뭘 할 거냐?', '내일 지구가 멸망한다면 뭘 할 거냐?' 등 정말 학생 때 썼던 질문들을 집어넣었다. 지번은 만 달러가 생기면 쇼핑과 여행을 하고 싶다고 했고, 내일 지구가 멸망한다면 오늘은 사랑하는 사람들과 파티를 하고 싶다고 썼다. 앙케트를 읽고 내가 말했다.

"네 마지막 질문은 현실성이 없어. 우리는 내일까지 가족과 친구를 만날 수 없어. 오늘은 더욱 그렇지. 나는 내일 지구가 멸망한다면 너와 밤하늘의 별을 바라보며 빅 스프라이트를 마실 거야. 치트완에서처럼 말이지."

그는 웃을 뿐 내 말을 받아치지는 않았다.

우리는 이런저런 방법으로 고통의 시간들을 넘기고 있었다.

하지만 나는 안다. 이 기차는 언젠가는 고락푸르역에 도착할 것이고 고통의 시간도 끝을 맺을 맺는다는 걸…. 모든 것은 끝이 있다는 걸 알기에….

노트의 맨 마지막 줄에 글을 쓰고 펜을 놓았다.

기차는 표에 쓰여 있는 예상 도착 시각보다 9시간이나 늦어 고락푸르역에 우리를 내려 주었다. 올드델리역에서 기다린 시간까지 합치면 24시간이 걸린 것이다. 시간은 밤 10시를 향해 가고 있었기에 소나울리로 이동할 수는 없는 상황이었다. 고락푸르역 근처에서 하룻밤을 보내야만 했고, 우리 여행의 마지막 밤은 하루가 더 연장되었다. 역 앞의 호텔에 짐을 풀고 허기진 배를 채우기 위해 길가에 늘어선 식당으로 향했지만, 결국 나는 음식을 먹지 못하고 스프라이트로 배를 채웠다. 질척거리는 더러운 땅의 펌프에서 나오는 물을 사용하고, 시커멓게 때에 찌든 앞치마를 두른 요리사가 만든 음식을 먹기엔 아직 내 배가 덜 고팠던 거다. 그런 내 앞에서 지번은 배가 많이 고팠는지 손가락을 쭉쭉 빨며 염소 커리를 맛나게 먹고 있었다. 지번이 손으로 음식 먹는 모습이 역겨워 보이기는 그때가 처음이자 마지막이었다.

"왜 안 먹어? 배고프다고 했잖아."

멍하니 자신을 바라보는 나를 느꼈는지 그가 물었다.

"막상 음식을 보니 배가 불러. 몸이 피곤해서 그런가 봐."

난 거짓말을 했다. 아! 배는 고픈데 먹을 수 없는 이 고통이란.

귀청을 찢을 듯한 경적 소리에 눈을 떴다. 벌써 8시….

"지번! 일어나! 늦었어. 빨리 소나울리로 가야 해."

이불을 뒤집어쓰는 지번을 잡아끌자 그가 내 손을 잡아끌었다.

"빨리 놔! 늦었다고."

"놓지 않을 거야. 빠져나가 봐!"

그가 빠져나가려는 나를 더 세게 끌어안았다. 버둥거리던 나는 결국 포기했다. 그의 몸 위에 누워 그의 가슴에서 들리는 심장 소리를 들었다. 작은 떨림을 더 크게 느끼고 싶어 귀를 붙였다.

"뭐 하는 거야?"

"네 심장 소리 듣고 있어. 잊지 않도록 귀 기울여 듣는 거야."

"큭큭. 넌 정말 이상한 걸 좋아해."

"맞아. 난 이상한 여자야."

그의 심장 소리마저 내 기억 속에 오랫동안 담아두고 싶은 내 마음을 그는 이해하지 못할 것이다.

밖으로 나오니 부슬부슬 비가 내리고 있었다. 나는 바로 앞에 서 있는 지프의 운전사와 금액을 합의하고 지프에 올랐다. 국경 도시인 소나울리까지 가는 합승 지프였다. 내가 처음 포카라로 향할 때도 이런 지프로 소나울리까지 갔었다. 5명 정원의 지프에는 보통 8명 이상이 타고 간다. 그날도 어김없이 앞 좌석에 4명, 뒷자석에 4명이 탔다. 앞 좌석에 앉은 나는 운전사와 함께 운전석에 앉았기에 그가 기어를 바꿀 때마다 다리를 벌려야 했다. 하지만 버스보다 훨씬 빠르기 때문에 1시간 30분 정도의 고통은 감수할 수 있었다. 문제는 지프차의 와이퍼가 고장이었다는 것이다. 비가 꽤 오는데도 앞도 보지 못하고 빗속을 달려야 하니 위험하기 짝이 없었다. 결국 개 한 마리를 치고 나서야 운전사는 가게에서 담배 한 개비

를 사더니 담뱃가루를 앞 유리에 발라 와이퍼 역할을 대신하게 했
다. 신기하게도 그렇게 하니 앞이 잘 보였다. 물방울들은 금연하나
보다. 나는 담배가 좋은데….

포카라에서의
마지막 이야기

소나울리에 도착해서 네팔 이민국에 입국 심사를 받으려니 처음 입국 때 받았던 비자는 단수 비자라고 비자를 다시 받아야 한단다. 생각도 못 했는데.

'안 그래도 돈 없어 죽겠는데…'

밖으로 나오니 지번은 그사이 오토바이 센터를 여기저기 뒤지고 다니고 있었다.

'또 늦겠지? 뭐든지 고를 때마다 오래 걸리니…'

나는 아예 리치 한 봉지를 사다가 사이클 릭샤 위에서 먹으며 기다렸다. 10분이면 된다더니 근 1시간이 걸려 오토바이 커버 하나를 사 들고 돌아왔다. 누군가와 연신 전화 통화를 하면서 말이다. 내게 돌아온 그가 신난 표정으로 말했다.

"포카라까지 편하게 갈 수 있을 것 같아."

"어떻게?"

"내 친구가 여기 와 있어. 네가 치트완에서 봤던 그 친구야. 우리를 자신의 투어리즘 밴으로 태워다 준대."

"공짜로?"

"아니, 약간의 돈을 주어야 해."

'피, 친구라면서.'

공짜가 아니라는 말에 조금 실망했지만 한 달 전 이곳에서 출발하는 16시간의 로컬 버스의 악몽을 경험해 본 터라 편안함과 빠른 도착을 보장한다는 지번의 말에 위안을 삼았다. 우리가 탄 승합차는 지번의 친구의 친구가 운전하는 것이었다. 다시 말해 운전사는 지번과는 모르는 사이였다. 지번의 친구는 다른 한국인과 인도인 커플을 태우고 포카라로 향하고 있었다. 아마 지금 운전사에게도 약간의 부수입을 제공하기 위해 우리를 이곳에 태운 것이리라 생각했다. 지번의 말대로 차는 깨끗했고 승객도 우리밖에 없었다. 지번은 소나울리에서 자신의 친구를 만났고, 통화가 가능해서인지 인도를 떠나올 때의 아쉬움은 모두 잊은 듯 기가 살아나 계속 싱글벙글이었다. 나 역시 네팔에 들어섰다는 기쁨에 30달러의 비자비를 잊었다. 내 앞자리에 앉아 지번이 손을 뒤로 보냈다. 난 그의 손을 잡았다. 그리고 색이 비슷해진 두 사람의 손을 흑백 모드로 찰칵, 찍었다. 그의 마음이 묻은 사진이었다. 내 옆에 앉지 못하는 현실 앞에 우리가 할 수 있는 유일한 스킨십. 버스가 주유소에 멈추자 지번이 내리더니 과일상에게 뭔가를 또 한참 골랐다. 과일을 좋아하지 않는 그인데…. 궁금해서 내려다보니 리치와 망고를 고르고 있었다. 피식 웃음이 나왔다. 그가 버스에 오르자 난 모르는 척, 창밖을 보고 있던 척했다. 내 옆으로 걸어온 지번이 리치와 망고가 담긴 검정 비닐봉지를 던져 놓고 자신이 앉아 있던 자리로 돌아가 앉았다.

그의 소극적인 애정 표현에 정말 내가 네팔에 왔다는 걸 실감했다. 이제 우리는 거리에서 손을 잡을 수도 없고 서로의 손에 입을 맞출 수도 없을 것이다. 기껏 이 정도의 애정 표현만이 가능하겠지. 이곳은 그의 나라니까. 그리고 포카라는 그의 동네니까. 리치를 까먹으며 이어폰을 통해 흘러나오는 음악과 함께 창밖의 풍경에 빠져들었다. 시간이 지날수록 공기가 점점 시원해짐에 다시 한 번 내가 정말 네팔에 있음을 실감했다. 그 시원한 바람이 나의 눈을 스르르 감기게 했다.

눈을 뜨니 옆에 지번이 앉아 있었다. 차 안에는 우리 말고도 몇 명의 승객이 더 늘어 있었다. 그래서 지번은 내 옆에 앉을 용기를 낼 수가 있었나 보다. 그는 내 손을 잡고 있었다.

어쩌면 이 순간은 우리가 손을 잡을 수 있는 마지막 시간일지도 모른다. 그도 그런 생각을 한 것일까? 몇 시간 후 포카라에 도착하면 나는 홀리 롯지로 갈 것이고 그는 그의 집으로 가야 한다. 아마 그의 연인이 포카라에서 그를 기다리고 있을지도 모른다. 레이크사이드에는 많은 그의 친구들이 살고 있다. 우리는 손을 잡고 그곳을 거닐 수 없다.

난 그의 손을 꼭 잡았다. 그가 내 얼굴을 당겨 자신의 어깨에 기대게 했다.

그때, 그의 전화벨이 울렸다. 그는 번호를 보더니 자리에서 일어나 버스 뒤쪽으로 가서 전화를 받았다. 아마 그녀인가 보다. 처음 우리가 만났을 때, 아니, 인도에 들어가지 전까지 그는 친구들의 전화를 다른 곳에서 받은 적이 없었다. 분명 그 안에는 그녀의 전화도 포함되어 있었을 텐데…. 그래서 때때로 난 그녀로 추정되는 여자의 목소리를 수화기 너머로 들을 수 있었다. 그런데 왜 지금 그는 자리를 뜬 것일까?

버스는 겨우 6시간 만에 우리를 레이크사이드에 내려놓았다. 그의 사무실 앞에 도착하자 주변 상점의 사람들이 모두 그를 반갑게 맞아 주었다. 동네 꼬마들까지. 그들은 마치 가족이라도 되는 것처럼 지번을 불러 대며 반가워했다. 내 여행의 끝에서는 보기 힘든 광경이었다. 알아들을 수는 없지만 인도 여행은 어땠는지 묻는 것 같았고 지번의 얼굴 표정상 힘들었음을 얘기하는 것 같았다. 그 사람들 중에는 예전에 내가 지번을 찾아 사무실 주변을 서성일 때 날 예의주시하던 트레킹 상점 아주머니도 있었다. 지번은 긴 인사를 마치고 집으로 들어가 그의 오토바이를 끌고 나왔다.

"타! 태워다 줄게."

"아니야. 걸어가도 돼."

내가 손을 저으며 말했다. 이젠 정말 혼자가 되어야만 하니까.

"네 가방 무거워. 어서 타!"

그러고 보니 인도 여행 중에 난 내 배낭을 한 번도 멘 적이 없었다. 처음 출발할 때 내가 메고 다니겠다고 걱정하지 말라며 짊어지고 출발했지만 카트만두 버스 파크에 내리자마자 내 배낭은 지번의 몫이 되었었다. 대신 난 지번의 가벼운 배낭을 메고 다녔었다.

"지번, 고마워. 내 무거운 가방을 항상 네가 들어 주었잖아."

오토바이에 올라 그의 허리를 잡으며 처음 고마움을 말했다.

"천만에."

싱긋 웃으며 그가 오토바이에 시동을 걸었다.

홀리 롯지의 사람들은 마당으로 들어서는 나를 보고 깜짝 놀라는 표정이었다.

"왜 다시 온 거야?"

"인디아가 너무 힘들었어. 한국에 돌아갈 때까지 여기서 쉬다 가려고 돌아왔어. 여기가 너무 그리웠어."

"잘 왔어."

나 역시 지번처럼 반갑게 맞아주는 이들이 있었다. 마치 오랜 친구처럼.

'이들은 또 나와 어떤 인연으로 이런 편안함을 주고 나를 다시 이곳에 가방을 풀게 만든 걸까?'

짐을 풀고 간단히 샤워를 마친 후 그토록 먹고 싶던 김치찌개를 먹기 위해 서울 뚝배기로 향했다. 다시 홀로 걷는 레이크사이드 거리는 다시 돌아온 나를 차분한 분위기로 반겨주었다. 몬순이 시작되어서인지 여행객은 많이 줄어 있었고 거리도 조용한 느낌이었다. 하지만 이 길을 따라 왼쪽으로 보이는 마차푸차레를 숨긴 푸른 밤하늘과 오른쪽의 페와호수의 검은 일렁임은 여전히 변함이 없었다. 인간이 만든 것들은 너무도 빠른 속도로 변하지만, 신이 만든 것은 항상 그대로이다. 그래서 나는 자연을 사랑한다. 아주 오랜 후에 내가 다시 이곳에 온다 해도 저 산과 호수는 변함없이 나를 반겨 주겠지. 변함없이.

나는 이런저런 생각으로 오랜만에 갖는 혼자만의 시간을 즐기며 산책을 했다. 하지만 이내 내 발걸음이 멈췄다. 그의 사무실 앞에서 그를 본 것이다. 누군가와 얘기를 나누고 있었다. 순간 서늘해지는 내 가슴은 인기척을 줄이고 그 자리를 지나쳤다. 이제 나는 더 이상 그의 일상에 끼어들 수 없다. 나는 여행자이지만 그는 이곳이 일상의 터전이다.

'그를 흔들어서도 안 되고, 내가 흔들려서도 안 돼. 어차피 헤어질 우리니까 지금부터 준비해야 해.'

하지만 내 곁이 아닌 떨어져서 봐야 하는 그의 모습은 다시 나의 가슴을 아리게 만들었다.

서울뚝배기에서 그토록 그리워하던 김치찌개를 먹었다. 너무 맛있어서 눈물이 날 것 같았다. 이곳으로 걸어오며 느꼈던 약간의 슬픔은 매콤한 국물에 모두 지워졌다.

'역시 나는 먹는 게 약이야.'

기분이 좋아졌다. 정말 오랜만에 배부르다는 느낌을 가져 봤다. 기분이 좋아진 나는 콧노래를 부르며 어두워진 길을 걸어 홀리 롯지로 돌아왔다.

방문을 열고 안으로 들어섰다. 습관처럼 침대 주변에 스프레이 방충제를 뿌렸다. 순간 내 손이 멈칫했다. 너무 조용했다. 원래 지번은 조용한 사람이다. 그와 함께했던 20일간의 시간들에 그의 목소리는 별로 없었다. 나는 그의 목소리조차 기억을 하지 못했다. 그런데 그를 따라다니던 소리가 지금 이 공간에는 없다. 지긋지긋하던 TV 소리, 핸드폰에서 울려 대던 음악 소리, 그런 게 그의 소리였나 보다. 욕실 문을 열었다. 수건걸이에 타월이 깨끗하게 걸려 있고, 변기에 그의 오줌 방울도 묻어 있지 않았다. 변기 물도 깨끗하게 내려져 있었다. 나를 짜증 나게 했던 그 모든 것이 사라져 있었다. 그와 함께하면서 날 화나게 했던 그 모든 요인이 이 공간에는 모두 제거되어 있었다.

'그런데… 그런데… 왜 지금 나는 행복하지 않은 거지?'

난 생각을 떨쳐내기 위해 방충제를 두 번 더 뿌리고 정적 속에서 독서를 하고 잠에 들었다. 아무런 꿈도 없이. 그의 스킨십이나 팔베개가 없으니 난 한 번도 깨지 않고 편안하게 아침을 맞을 수 있었다.

다음 날부터 난 완전히 무위도식하기로 계획을 세웠다. 남은 일주일을 독서와 글쓰기 그리고 산책을 하고 멍하게 앉아서 보낼 작정이었다. 계획 없이 생활하기가 내 계획이었던 것이다. 아침 식사를 숙소에서 해결하고 나갈 생각도 하지 않았다. 식사 후 테라스에 앉아 새들이 모이를 쪼는 모습을 물끄러미 바라보거나 하늘의 구름이 떠가는 풍경에 매료되어 그 구름이 무대에서 사라질 때까지 바라보는 것으로 긴 시간을 보냈다. 점심때가 되어서는 포카라를 떠나기 전, 지번이 날 데려갔던 'Tibetan Pena Restaurant'에 가서 티베트 칼국수인 뚝바를 먹었다. 떠나기 전날 이것을 먹었을 때는 과연 다시 이것을 먹을 수 있을까 생각했는데 운명은 이렇게 빨리 나를 다시 그곳에 갈 수 있게 해 주었다. 식당을 나와 인터넷 카페로 들어갔다. 인도에서 찍어 온 사진 중에 지번의 모습이 담긴 것만을 추려냈다. 한국에 가지고 갈 수도 없는 그것들을 난 겁 없이 찍어 댔다. 하지만 그 사진들을 난 도저히 버릴 수가 없었다. 그래서 똑같은 두 장의 CD로 구웠다. CD의 표면에 매직으로 썼다. 'MEMORIES' 그 속에서 그는 웃고 있기도 하고 잠을 자고 있기도 하다. 혼자 계단에 걸터앉아 있거나 땀을 닦고 있기고 하다. 나는 내 카메라를 향해 포즈를 취하라는 말을 하지 않았다. 그의 자연스러운 모습을 사랑했고 그럴 때마다 셔터를 눌렀으니까.

이제 내 카메라 속에서 나는 정말 혼자 여행한 사람이 되었다.

다시 숙소로 돌아와 오후의 더위를 글쓰기와 독서로 밀어냈다. 그리고 6시경이었다.

부르릉.

마당으로 들어서는 오토바이 소리에 책을 덮었다.

사실 나는 그날 하루 종일 홀리 롯지 옆을 지나가는 오토바이 소리가 들려올 때마다 그가 이곳으로 나를 만나러 왔을까 설레고 또 실망했다. 싫다. 그런 내가 너무 바보 같았다. 나는 이별을 준비해야만 했다.

옷을 갈아입고 해가 뉘엿뉘엿 지는 거리를 나섰다. 내 입에는 담배 한 개비가 물려 있었고 지나가는 사람들은 나를 보고 친근한 인사를 보냈다. 가끔 일거리가 줄어든 가이드들이 내게 다가와 호객 행위를 했지만 이곳에서는 기분 나쁘지 않았다. 그들의 물음에 친절하게 응대하며 대화를 하기도 했다. 이곳은 사람을 착하게, 아름답게, 우아하게 만드는 마법의 성이다. 호숫가를 걸었다. 바람이 내 머리카락을 쓸어 뒤로 넘겨 주었다. 어디선가 풍겨 오는 꽃내음이 내 심장을 맑게 해 주었다. 앞을 보고 걷던 내가 호수 쪽의 계단으로 재빨리 내려갔다.

지번이 앞에 있었다. 나는 그를 피했다. 두려웠다. 이곳을 알기에. 이곳은 그를 더 사랑하게 만들 곳임을 알기에. 그 추억으로 얼마나 오래 내가 아파할지 알기에 두려웠다. 한참을 계단에 앉아 있다가 위로 올라왔다. 예상대로 그가 가고 없었다. 그가 서 있던 자리에 앉아 담배를 피우며 호수를 바라봤다. 바람, 냄새, 내 눈에 들어온 이 풍경. 어느 것 하나 흠잡을 데 없는 이 완벽함.

난 다시 일어서서 걸었다. 눈을 감고 걸었다. 내 앞에 무언가와 부딪히면 운명이라 생각하고 싶었다.

빵빵.

경적 소리에 눈을 떴다.

그가 오토바이에 위에서 채 내 곁에 서 있었다.

"헤이, 걸! 어디 가?"

헬멧을 쓴 그가 날 보고 웃으며 장난스레 물었다.

'너무 보고 싶었어.'

왈칵 눈물이 날 것 같았다.

"그냥 산책 중이야."

"저기 공원에 가는 거야?"

"응."

사실 난 목적도 없었지만 그렇게 대답했다.

"어제 한국 음식 먹었어?"

오토바이에서 내리지 않은 채 그가 질문을 이었다.

"응. 김치찌개…. 너무 맛있었어."

"오늘은 뭐 했어?"

"책 읽고 글 쓰고 그랬어."

"고생 안 해서 좋았어?"

"응. 후후."

내가 슬리퍼로 바닥의 흙을 긁으며 대답했다.

"오늘 밤에는 뭐 해?"

그가 핸들을 만지작거리며 물었다.

"계획 없어…. 남은 시간 동안 계획 없는 게 내 계획이야."

"저녁은 한국 음식 먹겠지? 아마…."

"응…. 아마…."

내가 싱긋 웃으며 대답했다.

"···."

마치 헤어졌던 연인이 몇 년 만에 우연히 만난 것 같은 서먹함이 우리 사이에 흘렀다. 왜일까? 우린 헤어진 지 겨우 22시간이 지났을 뿐인데.

"저녁 식사는 가족과 함께해야겠지?"

이번엔 내가 물었다.

"응."

"아! 하늘이 역시 달라. 너무 아름다워."

내가 얼굴을 마차푸차레 쪽의 하늘로 향하며 말을 돌렸다.

"조금···."

그가 나를 따라 마차푸차레를 바라보며 말했다.

"아니야. 많이."

"후후. 한국 음식 먹고 난 다음에 뭐 할 거야?"

"계획 없어."

"그럼 우리 만날까?"

순간, 고민이 되었다. 하지만 내 머리는 또 가슴을 이기지 못했다.

"아니. 만나지 말자."

"그래."

그가 어깨를 들썩이며 짧게 대답한 후에 오토바이에 시동을 걸었다.

"타! 공원까지 태워다 줄게."

"아니야. 너 바쁠 텐데. 난 그냥 걷는 게 좋아"

그를 두 번이나 거절했다. 힘들었지만 그렇게 하는 게 옳았다.

홍콩에서의 일정을 취소하고 포카라에서 더 머물려고 문의했던 항공사에서 좌석이 없어서 불가능하다는 통보를 받았다. 예상보다 빨리 이곳을 떠나게 되었다. 마음이 착잡했지만, 잘되었다는 생각이 들었다. 앞으로 3일간만 이곳에 머물 수가 있었다. 그의 사무실에서 카트만두에서 델리로 가는 비행기표를 예약하고 밖으로 나왔다. 지번이 오토바이를 타고 내 앞에 멈춰서 기다리고 있었다.

"가자."

난 머뭇거리다가 그의 뒤에 앉았다.

그의 오토바이가 바람을 가르며 산길을 올랐다. 나는 그에게 어디 가는지 물어보지 않았다. 산비탈을 굽이굽이 돌아 오르는 오토바이에서 그를 만났던 첫날이 기억났다. 그 순간에는 몰랐었다. 이런 미래가 기다리고 있을지는.

우리는 바람의 손길을 느끼며 청명해진 하늘 배경 위를 달렸다. 그가 도착한 곳은 사랑곳이었다. 구름은 솜사탕처럼 하늘을 달콤하게 장식해 놓고 있었다.

"와! 너무 아름답다."

그는 나를 태우고 힘겹게 산길을 이리저리 올랐다. 비탈은 꽤 가파르게 길게 이어져 있었다. 위로 오를수록 난 입을 다물지 못했다. 발밑으로 펼쳐지는 풍경은 또 하나의 명화로, 내 감성을 자극했다.

"지번, 여기 너무 아름다워. 고마워. 네가 아니었으면 이런 곳을 놓치고 갈 뻔했네."

"하지만 네가 사랑하는 마차푸차레가 안 보여. 구름이 너무 많아."

"그러게. 나는 마차푸차레를 사랑하는데 마차푸차레는 내가 안 보고 싶은가 봐!"

"네 문법 너무 틀렸어. 이건 아주 간단한 건데 말이야. 따라 해 봐! I love Machapuchare, But Machapuchare don't want to meet me!"

나는 그를 따라 되뇌었다.

"고마워요. 선생님!"

신기하게도 그는 항상 틀린 내 문법과 낱말을 잘 알아들어 주었다. 그리고 너무 심하게 틀린 경우는 고쳐 주었다. 나 역시 그의 말은 잘 이해할 수 있었다.

오토바이를 세우고 계단을 한참 동안 올랐다. 땀을 흘리며 오르는 그의 모습에 웃음이 나왔다.

1시간가량을 걸어 올라가니 정상이 나왔다. 포카라 시내 전경과 페와호수의 아름다운 풍경이 하얀 뭉개구름들과 더불어 내 주위를 둘러싸고 환상의 파노라마를 연출했다.

"정말 환상적이다. 이렇게 아름답다니…. 그림 같다."

그는 힘들어 헉헉거리는 와중에도 핸드폰으로 내 모습과 풍경을 찍고 있었다.

"이리 줘 봐! 내가 찍어 줄게."

그의 모습을 찍고 핸드폰을 돌려주었다.

"어! 마차푸차레다!"

그의 놀람에 나는 흥분이 되어 "어디 어디?"라고 외쳤다. 내가 고개를 돌려 그가 가리키는 곳을 보니 철판에 그려진 히말라야 설봉들의 그림이 서 있었다.

"너 맞을래?"

내가 주먹을 보이며 눈에 힘을 주었다. 그가 그런 내 모습에 킥킥거리며 즐거워했다.

내려가기 위해 내딛는 발걸음 주위에 암소 형상의 작은 석상이 보였다.

"이건 뭐야?"

"시바를 지켜 주는 거야. 저기 시바가 보이지?"

그가 가리킨 곳에는 작은 움집 형태의 신당 안에 시바의 석상이 놓여 있었다.

"정말이네."

"암소는 항상 밖에서 시바를 지켜 주는 거야. 나처럼."

"그럼 내가 시바야?"

"하하하."

산을 내려오는 길에 산 아래 펼쳐진 배경을 등지고 서 있는 빨간색 전통 의상을 입은 여인에게 모델이 되어 줄 것을 요청하고 사진을 한 컷 찍었다.

아래로 걸어 내려와 오토바이를 타고 조심조심 비탈길을 내려갔다. 지번은 오토바이 운전을 정말 잘하는 것 같았다. 그와 만난 첫날, 산티 스투파에서 내려오던 기억이 떠올라 가슴이 뭉클해졌다. 난 그의 가슴을 꼭 껴안았다.

"무서워?"

그가 물었다.

"아니, 너무 행복해서…."

'이렇게 안아서 내 것이 된다면…. 내 것이 될 수 있다면….'

오토바이를 타고 시내를 달려 나오면서 그의 귀에 대고 혼잣말처럼 중얼거렸다.

"가끔, 아주 가끔 널 갖고 싶다는 생각을 해."

"무슨 말이야? 난 항상 네 곁에 있어. 지금도 네 곁에 있잖아."

'바보. 그 뜻이 아니야.'

그날 밤은 네팔의 토속주인 락시를 마시러 갔다. 그런데 그가 날 데려간 식당이 하필 그의 사무실 바로 옆 식당이었다. 예전에 내가 그를 만나기 위해 잠복했던. 그곳에서 락시와 샐러드 한 접시를 시키고 그와 마주 앉았다.

"나 여기에 온 적 있어."

"그래?"

"응. 트레킹 다녀와서 여기서 누군가를 찾았었어."

"누구?"

그가 눈가에 웃음을 띠며 물었다.

"첫눈에 반한 한 남자!"

그가 빙그레 웃었다. 난 말을 계속 이었다.

"이 자리에 앉아서 이렇게…. 주머니에는 편지가 들어 있었지."

나는 그 당시의 내 모습을 재현하며 이야기를 계속했다.

"그래서 찾았어?"

"아니, 한참을 앉아서 혹시 그가 지나가지 않나 기다렸지만 그는 보이지 않았어."

"안 됐군. 그래서?"

그는 계속 웃음을 머금은 채 내게 질문을 던졌다.

"슬펐지. 나 자신이 너무 바보 같았고…."

"그래서?"

"그런데 신은 결국 내 편이었어."

내가 얼굴에 웃음을 활짝 띠고 그를 보며 말했다.

"왜?"

"그 남자가 지금 내 앞에 앉아 있으니까."

"후후."

그가 탁자 위에 놓인 내 손을 살며시 잡았다.

락시는 짙은 노린내를 풍기는 독한 술이었다. 첫 모금을 들이켜
고 구역질을 하려는 나를 보고 식당 주인과 지번이 재미있어하며
웃었다.

"거 봐! 내가 맛없다고 했잖아."

"아냐, 아냐. 그렇게 나쁘지는 않아. 단지 향이 고약하네."

나는 코를 막고 다시 한 모금 들이켜지만 쉽게 넘어가질 않았다.

"와! 도저히 못 먹겠다."

난 혀를 길게 빼며 포기를 선언했다.

"거 봐! 내가 뭐랬어. 그만 마셔. 나가자! 빅 스프라이트 마시러."

결국 나의 락시 도전은 인도 도전과 마찬가지로 실패로 돌아가고 말았다.

세상에는 할 수 있는 것과 할 수 없는 것이 정해져 있는 게 분명하다.

포카라의 마지막 날이었다. 나는 다음 날 아침에 이곳을 떠나 카트만두로 간 뒤 그곳에서 델리행 비행기를 탈 것이다. 그리고 홍콩을 경유해 나의 일상이 있는 한국으로 돌아갈 것이다.

'오늘은 마차푸차레를 볼 수 있을까?'

아침에 눈을 뜨자마자 커튼을 젖히고 창밖을 보았다. 역시나 그의 모습을 볼 수 없었다.

"정말 당신 나 안 보고 보낼 거야?"

특별한 계획 없이 아침을 먹고 글을 썼다.

11시쯤 지번이 나를 데리러 마당으로 들어왔다.

"또 글 쓰는 거야? 정말 너 이러다가 작가 되는 거 아냐?"

"바보! 나 작가 되려고 글 쓰는 거야. 헤헤."

테라스에서 글쓰기에 빠져 있는 나를 보고 지번이 놀렸다.

"글쓰기 그만하고 나랑 놀자."

"뭐 하고 놀아?"

"영화 보러 가자."

"무슨 영화인데?"

"인도 영화야. 나가자."

그를 따라 들어간 극장은 예전에 갔던 곳이 아니었다. 그곳보다 규모는 컸지만 들어서는 순간 들이치는 지린내 때문에 영화가 눈에 들어오지 않을 정도로 역겨웠다. 게다가 〈SARKAR RAJ〉라는 그 힌디 영화는 뮤지컬 영화가 아닌 정치 영화여서 내가 전혀 이해할 수가 없었다. 졸다 깨다를 반복하다가 극장에서 나왔다.

점심을 먹기 위해 근처의 'Almond's Cafe'에 들어갔다. 이 식당은 네팔에서 유명한 체인 식당이라고 했다. 그곳에서 난 달밧을 손으로 먹고, 지번은 치킨 볶음밥을 스푼으로 먹었다.

"오후에는 버스표를 예매해야지?"

지번이 물었다.

"응."

"내가 카트만두까지 같이 갈게."

"…"

빠르게 음식을 섞던 내 손이 멈췄다.

"지번, 난 카트만두에 혼자 갈 거야."

"왜?"

"그냥 그러고 싶어."

"카트만두에 함께 가면 하루를 더 함께할 수 있잖아."

"알아. 하지만 난 너무 힘들 것 같아. 그리고 우린 여기서 시작했어. 여기서 끝내고 싶어."

지번이 스푼을 세차게 탁자에 놓으며 말을 이었다.

"넌 항상 네 생각만 해. 왜 내 생각은 안 하는 거야? 아직 하루가 더 남았는데 넌 그것마저 나에게 포기하라고 해."

그가 두 번째로 내게 화내는 거였다. 난 그의 긴 속눈썹이 가늘게 떨리는 걸 볼 수 있었다.

"너 정말 나 좋아하는구나?"

"너 그걸 몰랐어? 내가 왜 인도에 따라갔겠어? 왜 너랑 치트완에 갔겠어? 널 좋아하기 때문이었다고."

그랬다. 난 이제껏 그가 날 좋아하고 있을 거라는 생각을 해 본 적이 없었다. 그가 날 어떻게 생각할지에 대해 깊이 생각하고 싶지 않았다. 그 생각의 끝에는 결국⋯ 10살이나 나이가 많은 내가 있었다. 또 난 그보다 잘사는 나라에서 온 여행자였다. 여자친구도 있는 그가 날 따라다니는 건 상식적으로 그가 날 좋아해서라고 생각하기 어려웠다. 그렇기에 난 그저 내 감정만 생각했다. 마치 그는 감정이 존재하는 않는 사람 취급했던 것이다. 내 아픔만 생각하고 내 상처만 걱정했던 것이다.

"미안해. 지번! 네 감정을 몰랐어. 내가 바보였어. 진작 네 감정을 알았다면 인도 여행에서 네게 조금 더 조심했을 텐데…. 정말 미안해."

나의 진심 어린 사과에 그도 가라앉았다.

"괜찮아. 걱정하지 마."

"힘들겠지만, 나와 카트만두에 같이 가 줄래?"

"물론이지. 그런데 나 아이스크림 먹을 건데 너도 먹을래?"

"아니. 난 아이스크림 안 좋아해. 너 먹어."

천진한 아이 같은 이 남자를 떠나야 했다. 정말 떠나야 했다. 그 기간이 하루 더 길어진다고 무슨 의미가 있을까?

그의 사무실로 돌아와 버스표 두 장을 예약했다. 버스표를 받아 들자 지번이 나를 끌었다.

"가자. 리치 따 줄게."

"아냐. 힘들 텐데…. 괜찮아."

"쉬워. 이리 와!"

우리는 사무실 뒷문을 통해 그의 집으로 갔다. 호텔 공사장 앞의 커다란 리치 나무 아래에 이르자 그가 긴 장대를 가지고 왔다.

"쉬워. 이렇게 따면 돼."

그는 대나무 장대를 리치 열매가 달린 가지에 끼우고 장대를 돌려 리치를 쉽게 따냈다.

"뭐야? 이렇게 쉬워? 난 네가 직접 나무에 올라가 리치를 딴 줄 알고 굉장히 감동받았었는데. 이건 나도 할 수 있겠어."

내가 그에게 눈을 흘기며 장대를 받아들자 그가 내 옆구리를 찌르고 헤헤거리며 웃었다.

"생각보다 쉽지 않아. 조심해."

"걱정 마. 우리 할아버지가 농부라고 말했었지? 그래서 밤이라는 열매를 딸 때도 장대를 써 봤다고."

하지만 장대로 밤을 딸 때와는 달리 쉽지가 않았다. 내가 장대를 돌리는 게 아니라 내 몸이 장대와 함께 돌아가고 있었다. 그 모습을 보고 지번과 공사장 인부들이 모두 웃어 댔다. 나도 웃었다. 겨우 리치 10개를 따서 지번 옆에 앉아 까먹었다. 달콤했다. 인도에서 처음 리치를 맛본 후 난 망고와 멀어졌다. 그 앞에서는 공사장의 인부들이 모래와 시멘트를 나르고 있었다.

"다음번에 여기 오면 저곳에서 묵을 수 있을 거야."

지번이 호텔의 틀이 다 잡힌 건물을 보며 말했다.

"혹시 저 호텔도 너희 집 거야?"

"…응. 우리 보스 거지."

"너희 집 정말 부자구나. 그런데 뭐 하러 한국에 오고 싶어 하니? 학교 졸업하고 여행사든 호텔이든 하나 맡아서 하면 되지."

"우리 보스는 내 사촌 형이야. 이 집은 우리 집이 아니야."

그가 잠깐 망설이다 말했다.

"그래? 그럼 네 집은 어디야?"

"어제 갔던 사랑곳 아래쯤…. 여기서 20분쯤 걸려."

"그런데 왜 여기서 지내?"

"여기가 더 편해서…. 바랑 가게도 많고 길거리에 앉아서 미녀들을 바라볼 수도 있지. 후후."

내가 눈을 흘겼다.

"네 집에 가 볼 수 있어? 네 어릴 때 사진 보고 싶은데…."

"물론이야. 하지만 우리 집은 좁고 간소해."

난 그의 목소리에 힘이 빠져 있음을 느꼈다.

"그게 뭐? 한국에 있는 우리 집도 좁아. 난 네 집을 보러 가는 게 아니야. 네 가족과 네 사진을 보러 가는 거지. 지금 집에는 누가 있어?"

"응. 엄마가 다리를 다쳐서 집에 있어."

"왜?"

내가 놀란 표정으로 물었다.

"일하다가 다쳤어. 가자."

그가 엉덩이를 털고 일어서며 말했다.

"네 엄마는 무슨 선물 좋아해?"

리치 껍질을 주변에 뿌리며 그에게 물었다

"과일. 너처럼. 여자들은 다 과일을 좋아하잖아."

"좋아. 그럼 과일을 사 가자."

그의 말대로 그의 집은 평범한 가정집이었다. 거실에서 만난 그의 엄마는 날 보며 환하게 웃어 주었다. 웃는 모습이 지번과 똑같았다.

'날 미치게 만드는 그 웃음은 엄마에게서 받았구나.'

"나마스떼."

그녀는 다리를 다쳐서 움직이지 못하고 있었다. 지번은 항상 그렇듯 퉁명스러운 말투로 엄마의 상태를 확인하는 것 같았다. 그의 여동생이 인사를 해 왔다. 예쁜 얼굴은 아니지만 귀여운 미소를 가진 아가씨였다. 그리고 그에게는 두 명의 남동생이 더 있었다. 모두 잘생긴 아버지를 닮아 있었다. 지번과 여동생은 엄마를 닮고 남동생들은 아빠를 닮은 것이다. 그와 사진을 보았다. 주로 축제 때 찍은 것들이었다. 그가 축제에 대한 얘기도 해 줬다.

"이건 디왈리 축제야?"

인도 여행 책자에서 보았던 디왈리 축제의 모습과 비슷한 종교 의식이 이루어지는 한 장의 사진을 보며 내가 물었다.

"아니. 다사인(Dashain)이야. 네팔에서 가장 큰 축제지. 이때는 모두 여신의 사원에 가."

"디왈리가 가장 큰 축제 아니었어?"

"응. 디왈리는 두 번째로 큰 축제야. 네팔에서는 티하르라고 해.
5일 동안 매일 다른 행사가 치러져. 이리 줘 봐!"

그가 내 노트에 티하르에 대한 정보를 적어 주었다.

1일째 까마귀에게 먹이 주는 날

2일째 개에게 먹이 주는 날

3일째 암소에게 먹이 주는 날

4일째 황소에게 먹이 주는 날

5일째 여형제와 남형제의 날, 여형제는 남형제에게 티카를

붙여 주고 남형제는 여형제에게 선물을 준다.

사진을 다 본 후, 그의 여동생이 만들어 준 치킨 달밧을 먹고 오
토바이에 올랐다. 나와 그의 가족은 오랫동안 손을 흔들며 헤어짐
을 아쉬워했다.

그의 집 앞이었다. 그가 자신의 방으로 나를 이끌었다. 그의 방
은 마당에서 바로 들어갈 수 있는 문간방 위치에 있었다. 그는 방
으로 들어가 주섬주섬 정리를 했다. 나는 밖에서 담배를 꺼내 입
에 물었다. 그때, 갑자기 2층에서 그의 큰엄마가 지번을 불렀다. 이

런 난감할 때가. 심야에 여자가 남자 방문 앞에서 담배를 피우고 있다가 걸리는 기분이란⋯. 쩝. 엉겁결에 담배를 던지고 두 손을 모아 인사했다.

"나마스떼."

그녀는 응대 대신 지번에게 몇 마디의 잔소리를 하고 안으로 들어갔다.

"왜 나를 여기에 데리고 왔어?"

내가 목소리를 낮춰 지번에게 눈을 흘기며 물었다.

"들어와."

대답 대신 나를 불렀다. 어수선한 방 안에 들어서서 그의 침대 아래에 엉덩이를 붙였다.

"망고 먹을래?"

그가 건넨 망고를 껍질을 까지 않고 구멍을 내어 빨아먹었다. 침대에 누워 음악을 듣고 있던 지번이 일어나 앉으며 침대에 기대앉은 나의 얼굴을 쓰다듬었다. 난 그를 향해 고개를 돌려 웃었다. 그의 입술이 내 입술 위에 포개졌다. 이어 이제까지 그에게서 경험할 수 없었던 깊고 긴 키스가 이어졌다. 그리고 그의 비좁은 침대에서 우린 사랑을 나눴다.

'너는 포카라에서의 마지막 사랑의 장소로 왜 하필 이 비좁은 네 방을 선택한 거니? 네 마음도 나와 같은 거니?'

그와 사랑을 나누며 쳐다본 벽에서 난 한 개의 의미심장한 단어
가 인쇄된 스티커를 발견했다.

DESTINATION

왜 그 단어가 그곳에 붙어 있는지는 이유를 알 수 없었지만, 난
그저 그것이 답이라 생각하고 두 눈을 꼭 감았다.

이별

아침 일찍 눈을 떠 차마 창문의 커튼을 젖히지 못했다. 그날도 마차푸차레를 볼 수 없다면 내 절망은 깊이를 헤아릴 수 없을 것 같았다.

배낭을 챙겨 테라스로 나와 마지막 편지를 부모님께 썼다. 좋은 딸이 되지 못하고 나쁜 딸이 되어야 할 것 같다고. 착한 딸, 좋은 엄마, 현모양처가 되지 못할 것 같다고. 그걸 지키기 위해 도저히 날 버리지 못하겠다고, 죄송하다고. 행복한 나로 살 거라고 적었다. 그리고 이곳에서 사랑하는 사람이 생겼다고 적었다. 두 노인네가 기절할 일이지만 겁나지 않았다.

편지를 봉투에 넣고 홀리 롯지 주인에게 인사를 했다.

"이번에는 정말 가! 후후."

"음… 아쉽다."

여주인의 말이 인사치레가 아님이 느껴졌다.

"나도. 이곳은 내게 집보다 더 편했어. 너무 고마워."

"천만에. 널 만나서 나도 반가웠어."

"다음에 또 올 거야."

"기다릴게. 참, 택시 불러 줄까?"

"아니. 어제 예약해 놨어. 아마 30분쯤 후에 올 거야. 난 그동안 잠깐 산책 다녀오려 해. 내 배낭을 맡아 줘."

"그래. 걱정 마."

주인 여자에게 돈을 건네고 밖으로 나섰다. 어김없이 새들이 노래와 춤을 보여 주고 내가 걷던 코스를 걸었다. 페와호숫가에 서서 마지막으로 호수와 작별 인사를 했다.

'고마워! 내게 일어난 모든 꿈같은 일들을 만들어 준 너였어. 제발 신이 널 다시 만나게 해 주었으면 좋겠다. 안녕!'

"나마스떼."

한 택시 기사가 내게 다가왔다.

"나마스떼."

내가 인사를 받았다.

"택시 탈래?"

"아니. 지금 여길 떠날 거라서 어제 예약해 뒀어."

"음… 그렇군. 지금은 몬순이라 손님이 적어. 그래도 오늘 아침에는 구름이 많이 걷혔어. 산도 보이고…."

그가 내 곁을 떠나지 않고 말을 이었다.

"산이 보인다고?"

그의 말에 난 급히 뒤돌았다. 마차푸차레가 얼굴을 내밀고 나를
바라보고 있었다.

'당신… 당신…도 날 좋아하고 있었군요. 난 혼자만의 짝사랑이
라 생각했어요.'

나를 떠나보내는 포카라의 마지막 선물이었다. 셔터를 누르는
동안 내 눈에서는 눈물이 흘러내리고 있었다. 굳이 눈물을 닦지
않았다. 이렇게 마음껏 울고 웃을 수 있는 것도 오늘이 마지막일
테니. 이곳은 내 모든 미친 행동을 정상으로 보이게 해 주었다. 그
래서 난 이곳과 사랑에 빠지고 말았던 것이다.

홀리 롯지에 도착하니 택시가 나를 기다리고 있었다. 여주인과
다시 간단한 인사를 나누고 택시에 올랐다. 이곳에 와서 처음으로
누군가가 나를 먼저 기다리고 있었다. 택시를 타고 지번의 사무실
앞으로 가니 그도 나를 기다리고 있었다.

"미안해. 마차푸차레와 페와호수랑 마지막 인사를 나누느라 늦
었어. 오늘은 마차푸차레가 날 만나길 원했어."

웃으며 얘기하고 있었지만, 흐르는 눈물은 멈추지를 않았다.

"이건 내 물건들이야. 다음에 올 때까지 맡아 줘."

읽지 못한 몇 권의 책, 살충 스프레이, 매니큐어 그리고 그와 함께
여행 중에 먹다가 남은 비타민 통이 담긴 쇼핑백을 그에게 건넸다.

"그 안에 비타민은 네가 먹어. 나머지는 버리지 말고 잘 맡아 줘. 꼭 다시 돌아오겠다는 스스로의 약속을 지키기 위해 맡기는 거야."

"알았어. 걱정 마!"

버스는 이젠 내게 익숙해진 길을 달렸다. 경유가 많이 부족한지 주유소를 네 군데나 들르고 나서야 시내를 빠져나갈 수가 있었다. 가파른 벼랑길에는 몇 대의 사고 차량들이 아슬아슬하게 걸쳐 있었다. 우리는 치트완과 처음 카트만두로 향할 때 들렀던 그 식당에서 점심을 먹고 리치 한 봉지를 사서 좌석으로 돌아왔다. 버스가 아래로 깊이 뻗어 있는 벼랑길을 달리는 내내 그는 나의 어깨에서 손을 내리지 않았고, 난 불편했지만 그의 팔을 빼내지 않았다.

다시 돌아온 카트만두는 매연과 수많은 사람과 찢어지는 경적 소리로 나를 맞았다. 예전에 묵었던 타시 다르게이 호텔에 짐을 풀고 나는 간단한 쇼핑을 하기 위해 길을 나섰다. 가족과 친구들에게 줄 몇 가지 선물을 고르고 입고 싶었던 나는 네팔 여인들의 옷인 꿀따 쌀와(Kurtha Salwar)도 한 벌 샀다. 그리고 옷을 줄이기 위해 근처 쇼핑몰로 갔다. 내게 큰 옷을 내 몸에 맞게 수선하는 동안 지번은 바로 옆에 있는 코인 체중계에서 몸무게를 쟀다. 그가 옆의 코너에서 뭔가를 고르고 있었다. 다가가서 보니 열쇠고리였다. 그곳은 열쇠고리에 이름을 새겨 주는 곳이었다. 그는 주인에게 'EUN'이라고 쓰인 종이를 건네며 두 개의 빨간 하트 모양의 아크릴 메달에 새겨 달라고 부탁했다.

"잠깐!"

지켜보고 있던 내가 끼어들었다.

"한쪽 면에는 이 이름을 넣어 주고, 다른 면에는 이 이름을 새겨 줘."

내가 메모지에 글자를 적어 주인에게 내밀었다.

'JIWAN'

지번이 나를 보고 웃었다. 주인이 내민 빨간 아크릴 메달에는 금색으로 새겨진 'EUN'과 'JIWAN'이 공존하고 있었다. 그가 열쇠고리 한 개를 내게 내밀었다.

"아주 싼 선물이야."

"아니야. 그렇지 않아. 세상에서 가장 근사한 선물이야."

내 입은 귀까지 찢어져 있었다. 정말로 열쇠고리 하나를 선물로 받고 그토록 행복해 본 건 처음인 것 같았다. 우리는 1층으로 내려와 나의 요청에 의해 똑같은 네팔 노래 CD 두 장을 사서 하나씩 나누어 가졌다.

다시 타멜 거리로 돌아와 인터넷 카페에 들어갔다. 지번이 꽉 찬

내 메모리칩에 저장된 사진들을 CD로 구워 준다고 했기 때문이었다. 사진 양은 많고 컴퓨터 속도는 느려서 시간이 한참 걸렸다.

"지번, 난 호텔에 올라가서 옷을 갈아입고 올게. 아까 산 옷을 입고 타칼리 키친에 가서 저녁을 먹을 거야. 오늘은 네팔에서의 마지막 저녁이니까."

"알겠어. 다녀와!"

방으로 올라와 화장을 하고 옷을 갈아입었다. 낮에 샀던 하늘색 꿀따 쌀와를 입었다. 넝쿨무늬가 수놓인 바지를 입고 비즈가 많이 달려 반짝거리는 소매가 없는 긴 상의를 가까스로 껴입었다. 꿀따 쌀와는 몸에 꼭 맞게 입어야 한다고 의상실의 재단사가 내 몸에 꼭 맞게 맞춰 놓았기 때문이다. 내 키만큼 기다란 시폰 스카프를 가슴에서 등 쪽으로 둘렀다. 네팔 여자들이 입는 모습대로 따라 했다. 오렌지색 쪼리 슬리퍼가 화려한 의상과 어울리지는 않았지만 어쩔 수 없었다. 총총걸음으로 내려가 인터넷 카페로 들어서니 지번이 나를 보고 피식 웃었다.

"왜 웃어?"

"아니야."

"예뻐?"

"응. 잘 어울려. 역시 너는 네팔리야."

"응. 너는 코리안이고."

우리는 다시 마주 보고 우습지도 않은 그 이야기들에 낄낄거
리고 웃었다. 그가 컴퓨터 앞에 앉은 내 모습을 내 카메라에 담
아 주었다. 화면 안에 내가 고운 옷을 차려입고 새 신부처럼 웃
고 있었다. 이런 옷을 입고 이곳에 산다면 얼마나 행복할까 생각
해 봤다.

지번과 마지막 저녁을 먹었다. 이제부터는 순간순간이 마지막이
될 것이었다. 마지막 빅 스프라이트, 마지막 밤, 마지막 키스, 마지
막 사랑.

웃고 떠들며 밥을 먹던 나는 맥주의 취기가 올라오자 꼭꼭 숨겨
두었던 감정들이 하나씩 끈을 풀고 고개를 내밀기 시작했다.

"지번, 나는 꼭 돌아오겠다고 약속했지만 운명이 허락을 해야만
가능해. 내가 20살 때 사랑했던 사람이 있어. 그가 외국으로 유학
을 떠날 때 우리는 우리가 헤어지리라고는 생각지 않았지. 서로 사
랑했기에⋯. 하지만 운명은 우리에게 그걸 허락하지 않았어. 무슨
뜻인 줄 알아? 운명에 의해 만났듯이 운명이 우리를 어떤 자리에
놓을지는 아무도 모르는 거야. 게다가 너와 나는⋯."

난 더 이상 말을 잇지 못하고 눈물을 흘렸다.

"⋯."

"아무리 갖고 싶어도 갖지 못하는 것들이 많아."

"그만해. 그런 얘기 그만하고 맥주나 마시자."

우리는 취할 만큼 맥주를 마시고 호텔을 향해 걸었다. 비틀거리며 걷는 내 눈에 타멜 거리의 불빛이 눈물처럼 일렁거리며 들어왔다.

'이 밤 풍경도 마지막이네.'

새벽 6시에 눈을 떠 건너편 침대에 누워 있는 그에게로 가서 누웠다. 그의 감긴 눈에 입을 맞추었다. 이마와 콧날에도 입을 맞췄다. 그가 스르르 눈을 떠 나를 올려다보았다. 그리고 날 안아 그의 몸 위에 올렸다. 우리는 깊은 키스를 나누었다.

"오늘이 무슨 날인지 알아?"

그에게서 입술을 뗀 내가 물었다.

"몰라."

"우리가 처음 만난 지 정확하게 한 달 되는 날이야."

"네가 노 터칭, 노 키싱 계약서 쓴 날?"

"후후. 그래."

"그런데 어쩌지. 지금 우리는 지기지기까지 하고 있네."

"후후. 그러게."

우리는 다시 입을 맞췄다. 긴 시간 동안 스미는 아침 햇살 속에서 사랑을 나눴다. 가끔 창밖의 새들이 벌어진 커튼 사이로 우리의 사랑을 훔쳐보는 것이 느껴졌다.

　마지막 아침 식사를 위해 식당의 탁자에 마주 앉았다. 우리는 음식을 앞에 놓고 대화가 없었다. 깨작깨작 감자를 자르던 내가 포크와 나이프를 내려놓고 핸드폰을 꺼냈다. 그리고 그를 향해 카메라를 동영상 모드로 맞추었다.
　"나에게 마지막 인사해."
　"뭐라고?"
　"아무거나. 네 기분 감정, 어떤 것이든…."
　"내 기분?"
　그 역시 자신의 카메라를 나에게 맞추며 낮은 목소리로 물었다.
　"응."
　"어떨 것 같아?"
　화면 속의 그가 이어폰을 귀에서 빼내 입에 물며 날 향해 물었다. 검은 그의 얼굴에 슬픔이 깃들어 있는 게 너무나 확연하게 보였다. 울컥 눈물이 솟을 것 같아 침을 꼴깍 삼켰다.
　"난 모르지. 행복해?"
　애써 밝은 목소리로 물었다. 그가 쓸쓸하게 웃었다.
　"행복해 보여?"
　"아님 슬픈가?"

내가 역시 웃으며 일부러 장난스러운 말투를 섞어 물었다.

"…"

결국 그는 아무 인사도 하지 않았다. 다른 때 같았으면 건들거리며 한국 미녀가 좋다고 렌즈를 향해 얘기했을지도 모른다. 그러나 그는 아무 말이 없었다. 나 역시 말없이 핸드폰을 내려놓았다.

"그럼 여기 노트에다가 나한테 하고픈 말을 써."

"뭘 써?"

내가 집요하게 그에게 요구하자 그가 펜을 잡으며 물었다.

"아무거나 써!"

'그냥 아무거나…. 네 목소리, 네 필체, 네 음성…. 그 무엇이라도 조금 더 갖고 가고 싶은 거야. 지금 나는.'

그가 노트에 글을 적었다. 일곱 줄가량을 적고 날짜와 사인을 하고 내게 돌려주었다. 읽어 보았다.

Eun은 매우 아름다운 여자지만 가끔 실수를 한다. 그러나 그녀는 매우 좋다. 항상 모든 걸 배우기를 좋아하기 때문이다. 새로운 것, 사회, 사람들, 문화 등등…. 궁금한 게 정말 많은 여자다. 하지만 그녀는 어떤 때에는 자신의 감정을 주체하지 못하고 소리치거나 울기도 한다.

"고마워."

내가 웃으며 그에게 인사를 했다.

방으로 돌아와 짐을 챙겼다.

"여기 앉아 봐!"

짐을 챙기는 나를 의자에 앉아 바라보던 그가 나를 침대에 앉혔다. 그리고 자신의 카메라를 셀프 모드로 맞추더니 화장대 위에 올려놓고 내 옆에 앉아 몇 컷의 사진을 찍었다. 나 역시 카메라와 삼각대를 꺼내 그와의 사진을 찍기 위해 테라스로 그를 불러냈다. 낡은 의자를 나란히 놓고 그를 앉혔다. 또 하나의 의자에 내가 앉으려 하자 그가 자신의 무릎을 치며 내게 말했다.

"여기 앉아."

난 한 개의 의자를 치우고 그의 무릎에 앉아 사진을 찍었다. 카메라 속의 내가 웃고 있다. 속으로는 울고 있음에도. 그리고 난 그와 나의 열쇠고리를 나란히 놓고 다시 카메라 셔터를 눌렀다. 그리고 다시 그의 열쇠고리를 돌려주었다. 우리는 상대방의 배낭을 어깨에 둘러멨다.

'이제 이 빨간 열쇠고리처럼 우리는 헤어져야만 한다…. 언제 다시 만나자는 약속도 없이….'

공항으로 향하는 택시 안에서 우리는 아무 말이 없었다. 단 한 마디의 말도.

카트만두의 트리부반 국제공항은 승객만이 공항 안으로 들어갈 수 있었다. 카트에 내 배낭을 실으며 지번을 보며 입을 뗐다.

"여기서 헤어져야겠다. 승객만 들어갈 수 있나 봐."

"응."

"잠깐 나 담배 한 대만 피우고."

그를 두고 쓰레기통 옆에서 담배를 피웠다.

'제발 울지 마! 네가 울면 그는 더 아플 거야. 너도 남겨져 봤잖아. 얼마나 힘든지 너도 알잖아. 제발…'

난 담배를 깨물며 눈물을 억눌렀다. 하지만 금세 울음이 터져 나올 것 같아 참기가 힘들었다.

"지번! 들어가야 할 것 같아. 그리고 이거 받아! 돌아가는 버스 비야."

"이러지 않아도 돼. 난 걱정하지 마!"

"아니야. 가져. 너무 고마워. 여기까지 데려다줘서…. 그럼 나 들어갈게."

난 발끝을 들어 그의 볼에 입을 맞추고 돌아섰다. 그의 인사도 듣지 못한 채…. 카트를 밀고 안으로 들어가면서 나는 뒤를 돌아볼 수 없었다. 눈물은 생각보다 잘 참아 주었다. 수속을 마친 뒤에야 그의 모습을 찾아 다시 공항 밖을 기웃거렸지만 그의 모습은 보이질 않았다. 시간은 그를 더 찾을 만큼 넉넉지 못했다. 결국 나는 게이트를 향해 걸어 들어갔다.

비행기가 활주로를 달려 하늘로 솟았다.

'정말 우리는 이별을 한 건가?'

창밖을 보는 나의 머릿속에는 그와의 순간들이 영화처럼 지나가고 있었다. 꿈같던 시간들…. 그가 정말 존재하기는 했던 걸까? 카메라를 꺼냈다. 화면 속에 그가 있었다. 화면 속에 있다면 그는 분명 존재했던 것이다. 세상에 태어나 처음으로 첫눈에 사랑에 빠진다는 걸 경험하게 해 준 그였다. 나 혼자만의 감정이라도 부끄럽거나 아깝지 않다는 걸 알려 준 그였다. 주는 사랑이 더 행복하다는 걸 알려 준 그였다. 그리고… 내 작은 소리도 잊지 않던 그였다.

비행기는 구름 위를 비행하고 그 구름들 위에는 어느새 히말라야의 설봉들이 봉긋봉긋 빙산처럼 솟은 광경을 펼쳐 놓고 있었다. 얼마나 그렇게 밖의 풍경에 취해 날았을까? 낯익은 봉우리가 내 시야에 들어왔다.

다울라기리!

그가 처음 이름을 알려 준 그 산이 내 아래 있었다. 순간, 내 눈에서는 억눌려 있던 슬픔이 빗장을 부수고 터져 나왔다. 난 흐르는 눈물을 닦을 생각조차 못 하고 창문에 손바닥을 대고 그곳 아래 어딘가에 있을 그를 만져 보았다.

안녕, 지번! 안녕, 포카라! 안녕! 나의 순수했던 시간들이여!

에필로그

틀에 박혀 있던 나의 삶이 2008년 인도와 네팔 여행을 기점으로 소설 같은 삶으로 변화되었다. 이 글을 쓰고 난 후 얼마 뒤, 나는 포카라로 이주해서 4년간을 포카라와 카트만두에서 살았다. 그곳에서도 소설 같은 삶을 살았다. 한국에 돌아와서도 소설 같은 삶은 이어졌다. 다양한 사람을 만났고, 다양한 장소에서 다양한 사건을 경험했다. 대한민국의 주류층이 경험하지 못할 여러 일이 내 삶에 이어졌다. 그것은 때때로 비극이었고, 때때로 희극이었다.

나는 매 순간 글을 썼다. 새로운 사랑 이야기와 삶의 이야기를 내 안에서 뽑아내는 작업을, 그것을 사실과 허구로 버무리는 작업을 했다. 아마도 내가 포카라를 처음 다녀온 후에 생긴 가장 큰 변화일 것이다.

작년 겨울 무렵, 나는 내 안의 어떤 소리를 들었다. 2008년 5월에 떠난 그 여행이 이제 끝이 났다는 것을 깨달았다. 나는 지금 한국에서 평범한 중년으로 살아간다. 치열한 일상, 울고 웃게 만드는 가족, 아주 작은 일탈. 그런 것들의 순환이 내 삶을 채우고 있다. 코로나로 카오스 상태인 2020년, 나는 두 가지 일탈을 시행했다. 하나는 제주도 바다 바로 앞에 전망이 예술적인 오피스텔을 얻은 것이다. 내 작업실로 쓰기 위해서다. 한 달에 며칠을 이곳에 머물면서 글을 쓴다. 또 한 가지는 내 생일에 맞춰 묵혀 두었던 글 하나를 책으로 내기로 한 것이다. 그게 『포카라』다. 오글거리고 부끄러워서 도저히 원고를 끝까지 제대로 읽지 못했다. 편집자님께 마무리를 맡길 생각이다. 오글거리고 부끄러운 나의 글이 서점에 놓이고, 누군가에게 작은 무언가를 남겨 줄 수 있다면 그것으로 이 일탈은 의미 있는 도전으로 내 삶에 남게 될 것이다.

우리는 알 수 없는 미래를 향해 걸어간다. 그리고 이 땅에서의 유한한 삶을 살아간다. 유한한 시간을 인지한다면, 더 멋진 삶을 매일 만들어 갈 수 있을 것이다. 일분일초가 얼마나 귀중한지, 그 시간 동안 우리는 얼마나 위대한 일들을 해낼 수 있는지 말이다. 난 누군가 이 책을 읽고 새로운 도전을 하길 바란다. 유치하고 부끄럽더라도 할 수 있는 일부터 해 보길 바란다. 그리고 그 안에서 더 나아가는 길을 찾길 바란다.

지난 9년간 변함없이 나와 함께해 주신 예수님께, 투박하게 나를 사랑해 주는 남편과 철없는 엄마를 늘 품고 사는 아들에게 깊은 감사를 드립니다. 사랑해요!

2020년 10월 6일
도두, 제주시, 대한민국
실비아 정